All the Broken Places

那些破碎的地方

謝靜雯 譯
約翰・波恩
John Boyne

獻給馬格斯・朱薩克

CONTENTS

作者的話

《那些破碎的地方》的構想萌生於二〇〇四年，就在完成《穿條紋衣的男孩》的最終草稿之後，我立刻知道我總有一天會寫這本書。多年來，我電腦裡一直存著題名為「葛蕾朵的故事」的檔案，我在裡頭為布魯諾的姊姊做筆記，關於她在長大以後可能會成為什麼樣的人，有哪些經驗可能會形塑她的成年時期。

我的想法一直是在人生末尾時著手寫這本書，也許在耄耋之年時，屆時我的創作引擎，連同我的其他部分會漸漸減速，準備停擺。可是疫情突如其來，進入緊急封城狀態，我發現我在自家後院，準備寫點新東西，那個時刻的隔離狀態讓我覺得現在時機對了。於是我開始動筆。

重訪早期作品的角色可能相當冒險，但對小說家來說卻是個令人激昂的體驗，尤其那些角色來自該作者寫作生涯中最知名的書。不過，在將近二十年之後，返回葛蕾朵那裡，透過書寫發掘她往後的人生經歷，這件事令我十分入迷。還有，重新發掘早先那本書裡的其他幾個角色，檢視他們在戰爭期間的所作所為，如何形塑他們往後的人生歲月，也給我同樣的感覺。

我在創意寫作工作坊講課時，總會問學生這點：在不提及情節的狀況下，用簡單幾

作者的話——那些破碎的地方

句話告訴我你小說的重點。如果我要針對《那些破碎的地方》作答，我會說這本小說講的是罪疚、共犯與悲慟，檢視一個年少之人該受到何等程度的譴責，而這麼一個人是否有可能洗刷她所愛之人犯下的罪過。

這些主題貫穿我許多作品，也是我再三書寫的東西。一九八〇年代在愛爾蘭成長，在我所屬的世代裡，擔負教育重任的那些人士在我們的童年和青春歲月留下污點，也許不意外，我對那些怪物的興趣，不如對那些知道怪物在做什麼卻刻意視而不見的人。

我從十五歲起就受到猶太大屠殺的強烈吸引，這個議題在我的閱讀和寫作人生中扮演了重大的角色。從我一九八六年初次遇到埃利．維瑟爾（Elie Wiesel）的作品《夜：納粹集中營回憶錄》——這本書燃起我對這個主題的興趣——幾十年以來，我遍覽相關小說、非小說、電影和紀錄片，這個歷史時期總是讓我想要學習更多。就像那些研究這個時代的人，我希望能在過去七十五年來產生的大量文學書籍中找到答案。儘管如此，我意識到自己的搜尋只是徒勞，因為並沒有答案。在試圖理解的過程中，我只能盼望發揮提醒與記憶的作用。

雖然葛蕾朵是我故事裡的主要角色，我並未嘗試將她塑造成引人同情共感的角色。跟大多人類相同的是，葛蕾朵也充滿了瑕疵和矛盾。她有時能夠展現極大的仁慈，也能做出駭人的殘酷行為。我希望讀者在讀完本書之後，能夠久久思考著她，也許質疑自己如果在她的位置上可能會怎麼做。說到底，人與歷史事件拉開距離之後，聲稱自己永遠不會像別人那樣做，說來容易，但要在那時那刻展現如此基本的人性，卻困難得多。

我選擇在脫離今日的三個時代重訪葛蕾朵。頭一個是一九四六年的巴黎，我很感謝

Antony Beevor 和 Artemis Cooper 廣博精深的作品《解放後的巴黎 1944—1949》（Paris After the Liberation, 1944—1949）對於那段時期提供的洞見。第二個是澳洲雪梨，一九五〇年代早期。身為熱情的澳洲迷，走訪那個國家多次，我之所以選擇那裡不是因為那是我所鍾愛的城市，而是因為那裡距離歐洲如此遙遠，人大有可能一去不返；我覺得這點可能會吸引企圖抹消過去的葛蕾朵。最後是一九五三年的倫敦，才接掌王位不久的新任女王，她的年紀與葛蕾朵相仿，其父親也在戰爭裡扮演了重要的角色，但有人性得多。在這裡，和平歲月帶來了一個世代的年輕猶太人，身上背負著可怕的傷疤，家人以最慘絕人寰的方式死去。我想要發掘葛蕾朵面對這樣的創傷時會做什麼，她會怎麼回應他們的痛苦，以及是否會擔起任何責任。

書寫猶太大屠殺是件困難的事情，任何接觸這個議題的作家都承擔著巨大的責任。不是教育的重責大任——那是非小說的任務，而是探索情緒真相與人類真實體驗的責任，同時要記得每個死於大屠殺的人的故事都值得述說。

儘管葛蕾朵的一生犯過錯，身為邪惡行為的共犯，一路走來經歷種種遺憾，我相信她的故事也值得述說。

至於值不值得閱讀，就交由讀者決定了。

約翰・波恩

都柏林，二〇二二

Part One

惡魔的女兒

The Devil's Daughter

倫敦 2022——巴黎 1946

1

如果每個人因為自己沒做的善事而有罪，有如伏爾泰提議的，那麼我這輩子都在想辦法說服自己，說起所有的惡行，我都是無辜的。這一直是個方便門，讓我得以承受幾十年來遠離過往的自我放逐，視自己為歷史失憶的受害者，卸除共犯的罪名，並且免於受到責難。

不過，我最終的故事始於也終於開箱刀這個微不足道的小東西。我的開箱刀幾天前壞掉了，我發現廚房抽屜非得放一把這種實用的工具不可，於是前往當地的五金行買把新的。我回來的時候，仲介留了封信給我，冬市苑的每個住戶都收到了類似的信件，客客氣氣通知我們每個人，我樓下的公寓即將出售。前任居民李察森先生住在一號公寓三十年之久，但聖誕節以前不久過世了，住處於是騰了出來。他女兒是語言治療師，住在紐約，就我所知，她並不打算回倫敦。於是我只好接受不久之後就會被迫在大廳跟陌生人互動，甚至必須假裝對對方的生活有興趣，或是不得不吐露一點關於自己的小細節。

我和李察森先生向來維持著完美的鄰居關係，因為我們從二〇〇八年起就不曾交換過隻字片語，他入住的早年歲月，我們一度關係友好，他偶爾會上樓來跟我先夫艾德格下盤棋，但我跟他素來只是相敬如賓。他總是稱呼我為「芬斯比太太」，我則稱他為「李察森先生」。我最後一次踏進他的公寓，是在艾德格過世四個月之後，他邀請我共進晚餐，我接受了邀約，然後婉拒了對方發動的愛情攻勢。他對我的拒絕反應激烈，後來我們幾乎形同陌路，成了兩個同住一棟樓房的陌生人。

我位於梅費爾區的住處登記為公寓，但這有點類似將溫莎城堡形容為女王週末的避居處。我們這棟樓房的每戶公寓——總共有五戶，一戶在地面樓層，上面兩層則各有兩戶——占地一千五百平方英尺，在倫敦地產的黃金地段，每戶都有三間臥房、兩間半浴室，加上海德公園的景色，按照可靠的資訊來源，每戶價值介於兩百萬至三百萬英鎊之間。艾德格在我們婚後幾年拿到了一筆豐厚的財產，是終身未婚的姑姑所遺贈，他更想搬到倫敦市中心外更寧靜的地方，但我事先做了點研究，打定主意不只要住在梅費爾區，如果有可能的話，更要住進這棟建築不可。財務上來說，原本看似毫無可能，但是有一天，彷彿有如神助，柏琳達姑姑過世了，一切都改變了。我一直計畫要向艾德格解釋，我這麼急著住進這裡的原因，可是我卻從來不曾說過，我現在還滿後悔的。

我丈夫非常喜歡孩子，但我只同意生養一個，並在一九六一年生下我們的兒子卡登。近年來房地產增值，卡登鼓勵我賣掉這戶公寓，在城裡房價較低的地區買個坪數小點的單位，但我想那是因為他擔心我可能會活到一百歲，急著趁年輕還能享受的時候，拿到他的那份遺產。他結婚過三次，現在第四次訂婚；我已經放棄認識他生命中的女性。我發現每每才認識她們，她們就被送走，然後新的款式就會進駐，我還得花時間學習她們的特性，就像新型洗衣機或電視機。孩提時代，他就用類似的無情方式對待朋友。我們經常通電話，他每兩週就會過來吃一次晚飯，不過我們的關係複雜，部分因為我在他九歲時從他生活中缺席整整一年。事實是，我跟小孩相處就是不自在，而我發現小男孩特別難相處。

我對新鄰居的顧慮不是他或她可能發出不必要的噪音——這些公寓隔音效果很好，

即使在這裡那裡有幾個瑕疵，經年以來，我已經習慣透過李察森先生天花板傳上來的各種奇特聲響——但我痛恨自己井井有條的世界可能會被顛覆。我希望進駐的人不會有興趣認識住樓上的婦人。也許來個病弱殘疾的老人家，鮮少離開家門，每天早上有家務幫手來探訪。或者是年輕專業人士，星期五下午消失，返回自己週末的家，然後星期天深夜才回來，其餘的時間都在辦公室或健身房。有個謠言傳遍了這棟樓，說有個事業在一九八〇年代到達顛峰的知名流行樂手考慮把那戶當成退休以後的住家，但令人高興的是，這件事並無下文。

只要房仲把車停在外面，護送客戶參觀那戶公寓，我的窗簾就會跟著掀動：我針對每個潛在的鄰居都做了點筆記。有個前景看好七十出頭的夫婦，說話輕聲細語，手牽手，問這棟樓能否養寵物——我在樓梯井上側聽——被告知不行時，似乎相當失望。一對三十幾歲的同志伴侶，從他們刻意仿舊的服飾、帶有凌亂感的外觀看來，口袋肯定頗深，但他們說這個「場域」對他們來說可能有點小，覺得自己不大能跟它的「敘事」起共鳴。一個長相不起眼的年輕女子說，有個叫史提芬的人會很愛這裡的挑高天花板，除此之外並未洩漏自己的意願。想也知道，我希望是同志——他們很適合當鄰居，而且不大有機會生兒育女——但他們似乎興趣最低。

然後，幾個星期過後，仲介不再帶人來參觀，待售訊息從網路上消失了，我猜交易已經談定。不管我喜不喜歡，總有一天醒過來就會發現搬家貨車停在外頭，有個人或幾個人正把鑰匙插進前門，住進我樓下。

噢，我真害怕！

2

我和母親在一九四六年初期逃離德國，當時戰爭結束才幾個月，我們從殘破的柏林搭火車前往殘破的巴黎。我當年十五歲，對人生所知不多，但還是逐漸接受了軸心國被打敗的事實。父親曾經充滿信心說著我們種族在基因上多麼優越，以及元首[1]身為軍事策略家有無以倫比的技巧，勝利指日可待。但是我們卻戰敗了。

橫越大陸將近七百英里的行程，不大能讓人對未來懷抱樂觀。我們行經的城市呈現近年來飽受摧殘的模樣，而我在車站和車廂裡看到的人臉並不因為戰爭結束而開心，而是因為戰爭的影響而受創。到處都瀰漫著筋疲力竭的感覺；眾人逐漸領悟到，歐洲無法回到一九三八年的模樣，而必須整個重建，居民的心靈也是。

我出生的城市現在幾乎整個夷為平地，征服我們的四個勢力瓜分了戰利品。有少數堅定信徒[2]的屋舍從戰火倖存下來，我們為了得到庇護，在取得偽造文件、確保可以安全離開德國以前，一直躲在他們家的地下室裡。現在，我們護照上的姓氏是蓋馬爾。為了確定聽起來很逼真，我反覆練習發音，母親現在要改名為娜塔莉——我祖母的名字——我則維持原名葛蕾朵。

關於集中營裡發生的事情，每天都有新的細節曝光，父親的名字成了天理不容罪行

1 Führer，納粹統治時期對希特勒的稱呼。
2 指的應是堅信納粹黨或希特勒理念的人。

的代名詞。雖然沒人暗示我們跟他一樣有罪，但母親相信，要是我們向當局揭露自己的身分，肯定會招來災禍。我有同感，因為我跟她一樣害怕，雖然想到有人會認為我是暴行的共犯，震撼了我。確實，從我十歲生日以來，我一直是「少女聯盟」的成員，但德國的每個年輕女生都是，畢竟那是強制的，就像十歲男孩非得加入「德意志少年團」不可。可是，比起黨的意識形態，我更有興趣的是跟朋友參加定期的運動賽事。我們到了另一地方時，我只越過那道圍籬一次，當時父親帶我進營區觀察他的工作實況。我試圖告訴自己，我只是旁觀者，如此而已，告訴自己我的良心清白，但我已經開始質疑自己參與了我目睹的事件。

不過，我們的火車駛入法國時，我擔心口音會洩漏我們的身分。當然了，我推想，最近解放的巴黎公民因為一九四〇年的立即投降感到羞愧，對於講話方式跟我們一樣的人都很不客氣。我的憂慮證實是對的，儘管強調我們身上帶的錢要長期住宿綽綽有餘，卻一連遭到五家民宿的拒絕。最後凡登廣場那裡有個婦人同情我們，給我們附近一家民宿的地址，說那個女房東不會多問，我們才找到落腳的地方。要不是因為她，我們可能會成為有錢卻浪跡街頭的可憐人。

我們租用的房間在西堤島東側，早先那些日子，我只在住處附近活動，將步行距離限制在從蘇利橋到新橋，然後再回來，永無止盡的迴圈，如果要過橋進入陌生區域就會備感焦慮。有時候我會想起弟弟，他一直渴望成為探險家，如果能夠辨識這些陌生街道，他該有多高興，但在這樣的時刻裡，我總是快快揮開對他的記憶。

我和母親住在島上兩個月之後，我才鼓起勇氣前往盧森堡公園，那裡綠意盎然，讓我覺得彷彿無意間遇見了天堂。我們初初抵達另一地方時，迎面就是光禿荒蕪的自然景象，跟這裡的對比起來好強烈，我想。在這裡，可以吸進生命的芬芳；在那裡，會因死亡的臭氣而嗆噎。我從盧森堡宮遊蕩到梅迪奇噴泉，彷彿陷入恍惚狀態，然後從那裡走往水池，看到一群小男孩將木船放進水裡，輕風將他們的小船帶到另一側的玩伴那裡，我便轉身離開。我無聲地苦惱著——這成了我日漸熟悉的情緒——苦思不解，為何一片大陸可以同時容納如此極端的美麗與醜陋，而他們的笑聲和興奮的對話提供了令人難受的背景音樂。

某天下午，我在滾球場附近的板凳上躲避陽光，發現自己被悲慟和內疚吞噬，淚水簌簌淌下我的臉。有個俊美的男孩，也許比我大兩歲，一臉擔憂走過來問我怎麼了。我抬起頭，湧上一絲慾望，渴望他能攬住我，或是讓我將頭靠在他肩上。但當我一開口，就落入了舊有的說話模式，德國口音壓過了我的法文，他往後退開一步瞪著我，神情不掩輕蔑，然後召喚起他對我族類所感到的怒火，當著我的面暴烈地啐了一口，然後大步走開。怪的是，他的舉止並未削減我對他撫觸的慾望，反倒增加了。我抹乾臉頰，追了過去並揪住他的手臂，邀請他帶我進樹林裡，並且告訴他，在隱密的空間裡他可以對我為所欲為。

「如果想要，你可以傷害我。」我輕聲說，閉起眼睛，心想他可能會用力摑我耳光，用拳頭揍我肚子，打斷我的鼻梁。

「妳為什麼想要那樣？」他問我，語氣洩漏出天真，與他的俊美互為牴觸。

「這樣我就會知道自己還活著。」

他似乎起了性慾同時又覺得反感，環顧四周看看是否有人旁觀，然後望向我指的小樹林。他舔舔嘴唇，觀察我起伏的胸脯，但是當我握住他的手，我的碰觸侮辱了他，他連忙將手抽開，用法文罵我妓女，然後拔腿就跑，消失在吉梅荷路上。

天氣好的時候，我從清晨開始在街頭遊蕩，回到租處時母親往往已經爛醉如泥，不會問我都怎麼打發時間。現在，她先前生活的雅致漸漸消散無蹤，但她依然是個外貌姣好的女子，我忖度她會不會再找個丈夫，找個可以照顧我們的人，可是她似乎不想要陪伴或愛情，寧可與自己的思緒獨處，在酒吧跟酒吧之間遊走。她買醉的時候很安靜，會坐在幽暗的角落裡慢慢啜飲一瓶瓶的酒，在木頭桌面上刮著隱形的刻痕，絕對不會鬧事，免得被趕到街上。有一次，太陽消失在布洛涅森林上方時，我們湊巧碰上了，母親搖搖晃晃走過來，勾住我的手臂，問我幾點了。她似乎不知道講話的對象是自己的女兒。我回答之後，她露出如釋重負的笑容——天色越來越暗，但酒吧還會營業好幾個小時——她持續朝著西堤島上燦亮誘人的點點燈火走去。我納悶，如果我完全消失，她是不是會忘記我曾經存在過？

我們共睡一張床，我很討厭在母親身邊醒來，吸進毒化她呼吸、注滿睡意的酒精臭氣。她睜開眼睛的時候，會困惑地坐起身，然後回憶就會一股腦兒湧回來，她便會合起雙眼，試圖回到不省人事的狀態。當她終於接受日光的無禮攪擾，勉強將自己從被單底下拖出來，就會到水槽那裡做基本的清洗，然後換上洋裝走到外頭去，高高興興重複昨天的時時刻刻，前天的，以及大前天的。

她將我們的錢和貴重物品收在衣櫥後方的一個小舊背包裡，我看著我們那筆小小的財富開始漸漸縮水。相對來說，我們過得還算舒適——堅定的信徒確保了這點——但母親拒絕投資更多在我們的住所上，只要我提議到城裡更便宜的區域租個小公寓，她就搖頭拒絕。看來她對自己的生活只有個簡單的規劃，就是藉酒驅逐夢魘，只要有床可睡、有瓶酒可飲盡，其他一概無關痛癢。跟過去簡直有著天壤之別，我曾在這女人的懷抱裡度過早年歲月，她曾經是個舉止神態有如電影明星，風情萬種的名媛嬌妻，頂著最新潮的髮型、身穿最細緻的禮服。

這兩個女人天差地別，肯定會互相鄙視。

3

每個星期二早晨，我都會穿過走道去找鄰居海蒂・哈葛夫，她住在三號公寓。海蒂今年底就要六十九歲了，她的生日落在聖母無染原罪始胎節，這個日期滿諷刺的，因為她從來不曉得親生父母是誰，呱呱落地到人間後就立刻被領養了。冬市苑的居民裡只有她一輩子都住這裡，從產房直接被帶來梅費爾，成長期間海德公園是她的遊樂場。她少女時期懷了孕，不曾結婚，在養父母過世之後繼承了他們的資產。

儘管比我年輕二十三歲左右，她的靈活度卻比我低多了，無論身心都是。過去三十年，她都會參加倫敦馬拉松，但左腳跟得了嚴重的足底筋膜炎，被迫停止跑步，她必須為了這個病痛穿戴夜間夾板，足部定期施打類固醇。對這樣一個活躍的女子來說是個可怕的打擊，我納悶這是不是她心智逐漸衰退的原因，因為她曾經如此活力充沛、是個備受敬重的眼科醫師，但現在說起話來往往沒頭沒腦。謝天謝地，她的狀況沒有失智或阿茲海默症那麼嚴重，她偶爾會迷糊起來，忘記我們正在討論的事情，也會混淆人名和地名，或是突然改變話題，讓人很難跟得上。

今天早上，我發現她正在細看舊相本，希望我不會被迫跟她一起看。我自己從來不保存這樣的剪貼簿，不覺得有必要在家裡放家庭照片。事實上，我只展示了兩張，是艾德格和我婚禮那天的銀框影像，以及卡登的大學畢業照。我必須補充說明，我擺出這些照片不是因為多愁善感，而是為了符合一般人的期待。

雖說如此，我衣櫥架子後側藏著一只古董蘇諾珠寶盒，是我一九四六年在蒙帕納斯市集的攤子上買來的，盒身以果木打造，用拋光的銅鑲邊，前方有個盾形徽章，還有一把可用的鑰匙。我在裡面放了張照片，雖然超過七十五年我一直不敢看，但我相信我還想得起它的內容。我當時十二歲，視線投向拍攝的人，我正試圖賣弄風情，因為站在鏡頭後面的是庫特，他的手指搭在快門上，目光完全放在我身上，我盡量不要洩漏對他的強烈感情。他一身制服站著筆挺，體型修長結實，滿頭金髮、淡藍眼眸都令我神魂顛倒。我察覺他謹慎的興趣，急著跟他更進一步。

「你看到這個男人了嗎？葛蕾朵？」海蒂問，指著照片裡一臉聰明相的男人，雙手搭臀站在海灘上，啣著木菸斗。「他叫比利．史普拉，是個舞者，也是俄羅斯間諜。」

「是嗎？」我邊說邊倒茶，納悶這個故事會不會是她的幻想——也許她昨天晚上看了詹姆斯龐德老電影，心思裝滿諜報情節——雖然從攝影的年代看來，她說的可能是真的。當時似乎有不少俄羅斯間諜潛伏在英國。

「比利是我父親的朋友，賣機密給KGB[3]被發現，」她氣喘吁吁補充，「英國安全局正準備逮捕他，但他發現自己的身分暴露，趕緊逃往莫斯科。很刺激吧，妳不覺得嗎？」

「噢，對啊，」我附和，「非常刺激。」

「他們應該堅持要他回來受審的，沒有比犯罪逃離法網更氣人的事了。」

我什麼都沒說，視線投向她壁爐橫架頂端的可攜式時鐘，以及旁邊的小小瓷人，這是她視為珍寶的東西。

「妳同情那些俄羅斯人嗎？」她問，從杯裡啜飲一口，「一九六〇年代，我以為他們的共享哲學會帶來新氣象，不過他們一旦開始用核子彈瞄準我們，我就失去興趣了。沒人需要再來一場戰爭，是吧？」

「我不碰政治，」我告訴她，在兩個回烤的司康上抹奶油，把她那份遞過去，「我看過它對人的影響。」

「不過，妳當時一定很活躍吧？」她問。

「六〇年代嗎？」我說，「是吧，不過妳也是啊，海蒂。」

「不，我是說之前，戰時，就是……怎麼叫？」

「二次世界大戰。」我說。

「對。」

「是，」我告訴她，我們之前就聊過這個，很多次了，可是我很少講太多關於我過

3 蘇聯國家安全委員會。

去的細節，一旦說了，也大多都是虛構的，「可是我當時只是個女生。」

海蒂放下相本，然後轉向我，眼裡發出淘氣的閃光。

「樓下有什麼消息嗎？」她問，我搖搖頭。通常她喜歡突然拋開一個話題，轉向另一個，令人困擾，但這回我卻覺得高興。

「還沒，」我說，將餐巾紙拿到嘴前，抹去碎屑，「南方前線無戰事。」

「妳想不會是黑仔吧？」她問，我蹙起眉頭。海蒂越來越迷糊的腦袋，更令人苦惱的一點就是，她常用公認不再恰當的說法，是她人生顛峰期永遠不會使用的。我懷疑那是她年少歲月的語彙，在慢慢解體的大腦上喧賓奪主。真奇怪；她可以鉅細靡遺跟我說童年往事，但是問她上星期三六點到九點之間發生什麼事，她卻如墜五里霧。

「我想誰都有可能，」我回答，「在他們出現以前，我們不會知道。」

「有個討人喜歡的傢伙在樓下住了好多年，」她說，臉龐現在亮了起來，「一個歷史學家，他在倫敦大學教書。」

「不，海蒂，那是艾德格，我先生，」我告訴她，「他跟我一起住在妳對面。」

「沒錯，」她說，對我眨眨眼，彷彿我倆共享秘密，「就是這樣。艾德格真是紳士，總是打扮得很講究，我相信我從沒見過他沒穿襯衫搭領帶的樣子。」

我微笑。確實，艾德格特別留意自己的外表，連在假日也不喜歡俗話說的「隨便穿穿」。他蓄著牙刷式小鬍子，有人說他看起來有點像演員羅納·考爾門[4]，這樣的比擬還說得過去。

「我有一次想辦法親他，」她說下去，瞥向窗外，就她說話的方式，我知道她忘了自己在跟誰對話，「當然了，他年紀大我不少，可是我不在乎。不過他沒興趣，沒把我當回事，跟我說他對妻子忠心不二。」

「是嗎？」我小聲說，試圖想像那個場景。艾德格從沒跟我提起這件小醜聞，我也不訝異就是了。

「他很溫柔地婉拒了我，這點我滿感激的。那是我單方面的無恥行為。」

「奧布朗這星期來看妳了嗎？」我問，現在輪到我轉換話題。奧布朗是海蒂的孫子，大約三十歲，長相俊俏，可惜受到荒謬名字的詛咒。（很遺憾，海蒂的女兒幾年前死於癌症，生前熱愛莎士比亞[5]）他在附近工作——我相信他在塞爾福里奇[6]位居高層。他對外婆雖然不錯，但只要我在場，他就會用想像得到的最大嗓門跟我說話，將每個音節念得清清楚楚，彷彿假定我耳聾似的，這點惹我心煩。我沒聾。事實上，我身體幾乎沒有任何狀況，想想我歲數都這麼大了，這點還挺令人詫異和不安的。

「他明天傍晚過來，」她回答，「要帶女朋友來，說有消息要公布。」

「也許要結婚了。」我提議，她點點頭。

「也許吧，」她附和，「我希望，他也該定下來了，就像妳家的卡登。」

4 Ronald Colman（1891 – 1958），英國演員，活躍於一九三〇和一九四〇年代，在英國以劇場和默片起家，後至美國好萊塢發展，極為成功。

5 奧布朗是莎劇《仲夏夜之夢》裡仙王的名字，原文是 Oberon。

6 Selfridges，英國高級百貨。

我挑起一眉。卡登那麼常定下來，肯定是全英國最放鬆的人，可是我選擇不用我兒子對待承諾的草率態度來煩她。

「妳聽到的時候，會讓我知道吧？」她問，往前傾身，我讓自己的心思匆匆回顧剛剛的對話，納悶她剛剛在哪裡臨時紮了個營。

「我聽到什麼的時候，親愛的？」我問。

「新鄰居的事啊，我們可以替他們辦場派對。」

「我想他們不會喜歡。」

「或者至少烤個蛋糕送他們。」

「那樣可能更適當。」

「猶太人呢？」她停頓很久之後說，「以前有段時間，這樣的大樓是不接受猶太人的。我自己是不介意，我什麼人都可以接受。老實說，我向來覺得他們很友善。想想經歷過那些事，他們簡直開朗得意外。」

我什麼都沒說，不久之後她合上眼睛，我將從她手裡收走茶杯，在水槽那裡洗好用過的餐具，然後離開，隨手關上門之前，輕輕吻了她額頭一下。我站在走廊上，視線順著樓梯往下一瞥樓下那戶公寓，目前依然靜得跟墳墓似的。

4

那個男人叫雷米．圖桑，右眼戴了眼罩，上頭飾有法國國旗紋章，因為自己埋下的炸彈過早爆炸而失去一眼。儘管毀了容，他以殘酷的方式英俊著，一頭濃密黑髮，掛著冒充成笑容的冷笑。他比母親年輕八歲，要挑什麼女人都可以，卻偏偏選了她。從我弟弟過世以來，她頭一次似乎對著生命的可能性敞開心胸，克制飲酒量，再次重視起外表。她會坐在我們房裡那面模糊的鏡子前，拿梳子理順頭髮。她曾經暗示這場新的韻事是上帝在告訴她，祂並未要她負責另一地方所犯下的罪行，不過，我沒那麼信服就是了。

「關於圖桑先生，妳一定要明白的是，」她告訴我，將他的姓氏念得如此精確，都可以去面試法蘭西學院院士資格了，「他是個極有教養的人，祖先血脈裡有不少子爵、侯爵夫人，不過，當然了，身為堅定的平等主義者，他鄙視那些頭銜。他會彈鋼琴和唱歌，讀過大多重要的文學作品。上個夏天，他在蒙馬特的一場展覽展過一些畫作。」

「所以他想從妳這裡得到什麼？」我問。

「他不『想要』任何東西，葛蕾朵，」她回答，被我的語氣惹惱，「他愛上我了，這點有這麼難相信嗎？法國男人總是喜歡某個年紀的女人，勝過稚嫩天真的年輕女子。他們懂得看重經驗和智慧。妳千萬別嫉妒，二十年後，妳會很感激事情這樣發展。」

她轉回去面對鏡子，從我在床上的角度看去，我納悶這點是真是假。就我看來，男人看中吸引力重於其他事情。母親向來是個大美人，但是戰爭結束以來，她失去了大半的生機。髮絲的光澤不如從前，黑髮之間閃現灰絲，有如不請自來的賓客；細小的血管也像雀斑一樣從臉頰上浮出來，是她貪杯的結果。不過她的眼眸依然教人難以抗拒，動人的薩伏依藍[7]會擄獲坐在對面的任何一人。男人還會對她動情，不無可能，這點我接受。不過她想得沒錯，我滿羨慕的。如果有風流韻事，那麼我希望自己位居焦點中心。

「他有錢嗎？」我問。

「他打扮講究，」她回答，「在好餐廳用餐。他拿一根法耶手杖，扣環上有家族徽章。所以是的，我想他應該是個有家底的男人。」

「他在戰爭期間是做什麼的？」

她不理會這個問題——彷彿我根本沒開口似的——然後走向衣櫥，從裡頭拿了件紅色絲質洋裝，是父親告訴我們，我們必須離開德國那晚送她的，這件衣服曾經很貼身，強調每條曲線，但現在她穿起來不再那麼好看了。

「需要配條腰帶。」她說，對鏡細看自己。她在抽屜裡撈找，找到跟緋紅對比效果不錯的顏色。

「我什麼時候可以見他？」我問，瞥瞥窗外沿著樓下街道行走的路人。我們住處對面有家男性服飾用品店，裡頭有個男員工，年紀沒比我大多少，引起了我的注意。我常常看著他忙進忙出，就像庫特，他一頭金髮，但髮絲散落在額頭上，似乎總是絆到東西，好似一個笨拙的孩子，這點讓我想要親近。他動作不如舞者靈活，但模樣很美。

「他提出邀請的時候。」母親說。

「可是他知道妳有女兒吧？」

「我提過。」

「妳跟他說過我的年紀嗎？」

她遲疑不決。「那對他來說有什麼關係，葛蕾朵？」她皺著眉問，「其實他也有個女兒，當然比妳小多了。才四歲，跟母親住在安古蘭。」

「那他已婚嘍？」

「那個娃兒是私生孩子，不過想也知道，身為正人君子，他會確保她衣食無缺。」

「唔，也許某天晚上我可以跟妳一起去。」我提議，她朝脖子和手腕噴了點香水，最後一瓶嬌蘭一千零一夜，是七年前祖母送她的生日禮物，現在就快用完了。那股香氣將我帶回我們在柏林的送別派對，當時看來勝券在握，德意志國似乎注定會存續上千年。我看到弟弟站在樓梯欄杆旁邊，那些軍官和妻子聚集在會客室，繽紛絢麗的制服和禮服在走廊上來回穿行，我們看得目眩神迷。距離現在真的才四年嗎？感覺彷彿好幾個人生以前，將那個時刻跟此刻隔開的兩百個星期，因為鮮血橫流而黏稠。

「我想不行。」她回答，對著鏡子檢查最後一次，然後離開房間，準備投入這天晚上可能有的冒險。

我再次望出窗外，看著男士服飾店的維尼耶先生走到人行道上。一輛車停靠過來，司機開了門，我喜歡的那個男生捧著幾個盒子穿過店門，盒子岌岌可危一個個往上堆疊。不用說，他穿過人行道的時候腳一滑，有個盒子掉了，轉眼其他盒子也紛紛落下。幸好那天傍晚乾燥無雨，沒有造成任何損壞，但維尼耶先生還是臭罵他一頓，賞他腦袋一記，男生把手貼在耳上以緩和疼痛。也許察覺有人在看，他往上一瞥注意到我，滿臉脹得通紅，連忙往後一轉並走回店裡，這時母親跨越掉落的一個包裹，消失在岔路裡。

7 Savoy blue，一種飽和的藍色，比孔雀藍淡些。

5

我經常利用南奧德利街的梅費爾圖書館，從我的公寓出發腳程只要十分鐘，那個路段散步起來相當宜人。我在那裡借書很多年了。艾德格熱愛閱讀，他很多書還放在架子上，那裡原本是他的書房，現在改作客房，我們兩人的閱讀品味差別頗大。我丈夫白天是歷史學家，閒暇時間偏愛當代小說，但一般來說我喜歡非小說，我在書架間遊走的時候，總是再三回到那一區。我避開跟我童年那個時期相關的任何東西，但我對希臘人和羅馬人深深著迷。我對太空人的自傳有種奇特的興趣，我發現，擁有逃離這個星球的慾望以及徹底實踐這個慾望的能力，同時古怪又值得讚許。我沒有艾德格那麼嗜書如命，不過父親也是愛書人，將這個人格特質灌輸在兩個孩子身上。

我弟弟當然喜歡讀探險家的事蹟，堅持自己有一天也要踏上這條路。有一次，我聽到他跟另一地方的傭工柏威爾說起我們在柏林的家，還有他和朋友以前會花好幾個鐘頭，探索塞滿多年小玩意的寬闊閣樓、迷宮般的陰暗地下室，還有各個樓層，房子的設計充分展現了建築師對神秘隱匿處的熱情。柏威爾對這些事情可能都沒興趣，但我弟弟照樣自顧自滔滔不絕。

「你不能在這裡探險嗎？」柏威爾問，繼續壓低嗓門，因為庫特正在陽光下擦靴子。庫特曾經明確嚴禁柏威爾跟我們兩個說話。**妳總不會跟鼠輩說話吧？**庫特曾經問過我，我為了討好他，當時噗哧一笑，讚許他的幽默。

「他們不讓我。」我弟弟悲傷地說。

「你就乖乖遵守這種規則？」柏威爾問，語氣裡帶著疲憊的屈從，「也許你害怕往圍籬另一邊看去會發現什麼東西。」

「我什麼都不怕。」我弟弟堅持，氣沖沖坐起身。

「你應該害怕的。」

長長的沉默隨之而來，我看到弟弟思索著那些話，然後上樓回到臥房。從我們抵達的那天早晨以來，母親和父親一直堅持要弟弟待在住家附近。他們早該猜到他不會聽話的。小男生很少會乖乖聽話。

不過，這天早上，我腋下夾著近期出版的瑪麗安東尼傳記，從圖書館回來，注意到有輛陌生車子停在冬市苑外頭，我不安地盯著這輛車。街上只有區區幾個停車位，每個都很貴，所以通常沒人去用。居民有停車證可以使用附近的車庫，這年頭只有傻子或富翁，或兩者兼具，會開車進倫敦市區。我踏進大廳，在一號公寓外頭暫停腳步，耳朵貼在門上。我聽到裡頭有動靜，但沒有講話的聲音。

我輕輕敲著門框，這是種奇怪的矛盾，我一方面想被聽見，另一方面又不想打攪別人。門打開的時候，我發現自己跟一個年輕女子面對面站著，女子可能頂多三十五歲，做著所謂折衷風格的打扮，淡金黃髮絲夾著粉紅挑染，我不得不說，我還挺佩服她這種奔放的模樣。

「哈囉。」她說，一臉坦誠，我回以同樣的神情，伸出一手。

「葛蕾朵．芬斯比，」我說，「妳樓上的鄰居。看來，妳準備要搬進來了。」

「噢不是的，」她說，搖著腦袋，「我只是室內設計，來這裡丈量這個場域的。」

又是那個字眼。「場域」。我們難道不再用本名來稱呼事物了嗎？就我看來，這年頭語言已經被扯成碎片，基本字眼都被當成冒犯而一舉拋開。也許大家現在覺得「公寓」太布爾喬亞或者太無產階級。說真的，看來最安全的事情就是不要開口，這樣的話，也許這世界根本沒有多大改變。

「艾莉森．史墨，」她追加，自我介紹，「史墨室內設計。」

「很高興認識妳。」我說，一面審視自己的情緒，看看是否因此失望。我通常很快就能對性格作出判斷，她看來還滿討人喜歡的。我覺得要住樓下的是她，我會相當滿意。單是裝扮就會一直帶來娛樂效果。「我猜妳在替窗簾、沙發和之類的東西量尺寸？」

「對，」她說，往後退進公寓，迎我入內，「想要的話可以進來。」

我向她道謝，然後走了進去。我敢說她還沒邀任何人進來過，但大家直覺都會信任老人家。說到底，我又會有多危險？不過，置身李察森先生的家，他的物品全都清空了，感覺滿奇怪的。這裡的格局跟我樓上的公寓一模一樣，我想像自己走了以後，我所擁有的一切——經年累月積存下來的每樣小東西，從艾德格送我當結婚禮物的那幅畫，到我煎鍋在用的矽膠鏟子——作為我存在的證明，全部委託廢料車運走，或是交給二手慈善商店，想來真令人忐忑。我知道我的屍骸還沒僵硬以前，卡登就會把公寓放到市場上出售。

「你住樓上很久了嗎？」史墨小姐問，我點點頭，詫異於我們交談聲音的迴響，沒有任何家具或襯墊布料可以削減音量。

「超過六十年。」我回答。

「妳真幸運！」她宣告，「要是能住倫敦這一帶，我願意不計代價拿我的左手臂來換。」

「請問……」我停頓一晌，不確定她願意透露多少，「妳那位客戶，或者是那些客戶，很快就要搬進來嗎？」

「對，據說滿快的。」她邊說邊拿一個電子設備指著牆壁，設備朝牆面漆料射出紅點，她瞥瞥銀幕，我不知道那個紅點的意思或揭露了什麼訊息，但從她皺起的額頭看來，非常重要。「所以我和我的團隊得要加快步調。幸好我知道他們喜歡什麼，我跟他們共事過。」

「『他們』，」我說，揪住那個字眼，有如行將溺斃的男人可能會抓住救生圈，「是一對嘍？」

她猶豫起來。我注意到她的口紅抹得很厚，唇瓣貼在一起時會發出咂嘴聲。

「我可能不應該說，芬斯比太太，」她說，「因為客戶保密條款等等的。」

「噢，我確定他們不會在意的，」我回答，盡量別讓自己聽起來像是在地的好事之徒，「畢竟他們之後就會住我正下方。」

「不過還是一樣。我知道他們很重隱私。就跟我剛說的一樣，他們很快就會搬過來，到時會有機會碰上面的。」

我點點頭，覺得失望。

「在同一棟樓住很久之後，要應付新鄰居，」她說下去，看出我的焦慮，「我知道這種事讓人神經緊繃。以前的住戶也住很多年吧，我想？」

「其實也沒有，」我告訴她，「他一九九二年才搬進來的。」

她笑出聲來，我不知道為什麼。

「唔，放心，跟我客戶相處不會有什麼問題的，他們非常……」她頓住，尋找正確字眼，「怎麼說才好？他們……妳對法國大革命有興趣嗎？」

我盯著她，因為她天外飛來一筆而滿頭霧水。我的表情肯定洩漏了我的困惑，因為她朝著我拿的書點點頭。

「瑪麗安東尼。」她解釋。

「噢對，」我說，聳聳肩，「有權有勢的男男女女總是讓我著迷。我有興趣的是看他們怎麼施展權勢，將權勢用在善還是惡上，他們自己又因此產生什麼改變。」

她似乎有點尷尬。也許她沒料到我會答得這麼詳盡。她再次舉起設備，指著面向馬路的那面牆壁，另一個紅點出現在窗框上，發揮那些紅點該有的功能，不管是什麼。我納悶我要是逗留太久，她是否會拿那個裝置對準我。

「唔，我最好回頭工作了。」她說，現在打發我離開，我點點頭轉開身子，走向門口。不過離開以前，我再接再厲。

「最後一個問題，」我說，希望她至少可以讓我放下心來，「妳的客戶，他們沒有小孩子吧？」

她一臉不自在。「抱歉，芬斯比太太。」她說。我揮手道別時心一沉，然後回到樓上去。幾分鐘過後，我沏好一壺茶，這時才意識到我不可能確定她回答的意思。她說抱歉，是因為她無法回答我的問題，或者她抱歉的意思是沒有小孩子，像我這樣的老人家可能期待在這裡有點青春的能量？我是不可能提前知道答案了。

6

一個晴朗的早晨，陽光透過西堤島枝繁葉茂的樹木灑下光點，我越過瑪麗橋，走向孚日廣場，偶爾我會拿本書坐在那裡觀察巴黎富人穿著華麗服飾漫步路過。我相當欣賞他們毫不羞愧的虛偽，這群昔日的顯貴聲稱自己相信平等主義，卻用服裝和飾品來表達自己天生的優越。

對法國人來說，這場戰爭成了推動平等的大助力，但有種感覺就是在削弱維琪政府[8]上，低下階層的人比高等階層付出更多，因此一段究責時期於焉開始。當前，有個字眼——**賣國賊**——足以在大眾之間激起恐懼，程度有如一個半世紀以前的另一個字眼——**貴族**。目睹富人臉上的焦慮，我想像這個表情類似他們祖先在三級會議[9]召開時流露的神情。現在，當然了，將這樣的人帶去受審是「合法肅清」的行動，要不是處以死刑，不然就是更輕的刑罰：褫奪權利，降級成二等公民。

在這樣的時刻，獨自面對思緒時，我良心的複雜本質總是讓我陷入掙扎。弟弟過世三年了，父親受吊刑也半年了，我以不同的方式想念他們。失去弟弟，是我幾乎無法讓自己去思考的事，但父親每天都在我的心頭上。我慢慢理解父親曾經參與了什麼——**我們**

8 二次世界大戰期間納粹德國控制下的法國政府。

9 Estates General，國王路易十六為了解決王室的財政危機，於一七八九年召開「三級會議」，和各階級代表商議增稅計畫。

全家曾經參與了什麼——他的所作所為缺乏人性，和我自以為認識的那個男人判若雲泥，說是兩個不同的人也不為過。我告訴自己，這都不是我的錯，我當時只不過是個孩子，可是大腦裡有一小部分質問我，我是否全然無辜，如果是，我為什麼用化名生活？

我看著周遭的時候，有個體型魁梧的男人從噴泉另一側走過來，他靠得更近時，我認出是母親的情人，圖桑先生。我別開身子，希望他不會停下來跟我說話。我們還未正式介紹過——我只從酒吧窗戶看過他跟母親坐著對酌——我並不是很想認識他。可是他就在這裡，在我面前停步，摘下帽子並優雅一鞠躬。他的愚蠢惹惱了我。他難道虛榮到自以為是現代劍客，而我是個正要前往凡爾賽宮，心煩意亂的小女子嗎？

「我有這個榮幸跟葛蕾朵．蓋馬爾小姐談談嗎？」他問，我抬起頭，我們假造的姓氏在我聽來依然新奇。

「是的，」我說，「你是圖桑先生吧？」

他露出笑容，我可以看出女人為什麼輕易就會落入他的懷抱。他的面龐無紋，臉頰平滑，但上唇蓄著薄薄的八字鬍，給他一種淘氣的感覺，將紅得不自然的嘴唇襯得厚實。他那隻未遮的眼眸是帶穿透力的藍；我忖度如果他的目光聚焦在我身上，帶來的會是愉悅還是不安。可是，儘管到了這個年紀，我每天在街上路過幾十個俊美的青年時總會多看一眼。我在圖桑先生的眼神裡發現令人忐忑的什麼。他確實一表人才，但如果翻轉神話典故，我會將他視為蛇髮女妖美杜莎，而我是英雄柏修斯，只要盯他的面容太久，就會招來危機。

「妳母親講過我的事吧？」他說。

「一兩次。」我承認，後悔隨著他的自戀起舞。

「蓋馬爾夫人是位迷人的女士，我很高興終於見到她女兒。她時常講起妳。」

我納悶他是否在說謊，因為我無法想像母親會提到我。在任何男人的眼中，有個十五歲孩子只會拉高她的歲數，而且我也沒多少才藝好讓她吹噓。

「我懷疑。」我說，挑釁他，我那時在他眼裡看到一點什麼，一抹興味的閃光，微微的驚訝，因為我在他的恭維下不只是傻笑。我相信，藉由拒絕按照他的期望行事，我可以左右他；我開始領悟到，從童年以來一直無從施展的力量開始茁壯。

「你怎麼知道是我？」我問。他聳聳肩，彷彿我在巴黎是個知名人物。

「妳長得像她，」他回答，「還有我在夜裡見過妳，暗中監視著我們，擔心她在街上可能會碰上危險。我想，妳扮演的是她母親的角色，想確定她會安全回到妳們的住處。還是說，妳盯梢的是我？」

他暗地觀察我，我卻沒注意到。我不喜歡這樣。

「我一點也不像她，」我反駁，不理會他的提問，「我長得像祖母年輕的時候，我父親的母親，大家都這麼說。」

「那她一定是個大美人。」他說。我翻翻白眼。

「這些箭通常是不是會正中目標？」我問，「你一定以為我天真得不得了。」

他不習慣被揶揄，現在心慌起來。我樂在其中，發現自己停不下來。

「請問圖桑先生，你是作家嗎？」

「不是，」他蹙著眉問，「妳怎麼會這麼想？」

「因為你講起話來很像。我是說次等的那種，寫劣質羅曼史的作家。」

我那時站起來，決心要離開，但他揪住我的手腕，不溫柔也不兇悍。「葛蕾朵小姐，妳這姑娘真是少見的無禮，」他說，顯然對這番話相當滿意，「妳難道不覺得愧疚嗎？」

我瞪著他。「愧疚？」我問，「對什麼愧疚？」

「對自己的殘忍啊。」

我倆之間的沉默似乎持續到天荒地老。

「我不懂你的意思，」我終於開口，「對誰殘酷？」

「對我啊。欸，不然妳以為我在說誰？」

我什麼都沒說。我想要逃離他身邊，越遠越好。

「妳跟同齡的女孩不一樣，」他說，「這點讓我想到，在私人生活裡認識妳，應該會滿有意思的。我很樂意讓妳見識一下，男孩和男人之間有多大的差別。」他另一隻手伸上來，手指輕柔撫著我的臉頰，我感覺自己閉上雙眼，彷彿他對我施了咒。出於經驗，這種遊戲他比我拿手太多了。

他宣示主權之後頗為滿意，放開我轉身走開，拋下我暗暗咒罵自己，怎可如此輕易交出自己的勝利。他拉開一段距離之後，回頭看到我還盯著他不放，便縱聲一笑。

7

傍晚，卡登出乎意料來訪，他踏進公寓的時候，我發現他胖了。他從來不是個苗條的孩子，但成年時期開始投入建築業，在工地上班讓他保持一副好身材。不過，三十歲過後，他用我和艾德格給他的一些錢開了公司，身材幾乎立刻走樣，可能因為大半時間都坐在辦公桌後頭，體力活全交給別人。看到他的襯衫鈕釦在肚腩那裡繃得死緊，我就苦惱。

「我接到一通電話。」他說，呻吟一聲，癱進扶手椅裡，拒絕我要請他喝的茶，寧可要麥卡倫威士忌。

「關於什麼的電話？」我問。

「關於公寓。」

「誰的公寓？」

「妳的公寓，這戶公寓。」他環顧四周，手臂大大敞開，彷彿他是眼前所見一切的國王，而不只是王太子。「有人出價了。」

我花了片刻整頓思緒，不希望情緒失控。

「這戶公寓沒有公開上市，」我問，「怎麼可能有人出價？」

「有時候有人詢問，」他隨意回答，不敢直視我的眼睛。「倫敦這一帶的房地產很搶手。他們出三一〇。」

「三一〇什麼？」

「三一〇萬英鎊。」

「我不想。」我回答，走到櫥櫃那裡替自己倒了杯威士忌。如果這個話題要繼續談下去，我也需要來一杯。

「出價比我原本預期的高很多，」他說，「不至少討論一下是很蠢的事。」

「我們正在討論，」我強調，「我們現在就在討論。」

「我看過目前市面上的物件，」他充耳不聞，繼續下去，「我們可以替妳找個很適合的，大概一五〇萬，這樣我們就會有一六〇萬可以拿來自由運用。」

「『我們』？」我問，「你不是指我嗎？我要拿一六〇萬英鎊幹嘛呢？去賭馬嗎？」

「妳可以投資啊，」他提議，「我認識很不錯的投顧，可以給妳意見。」

「我都九十幾歲了，卡登，」我回答，「又不是說我需要開始規劃舒服的退休生活。總之，你明明知道我在冬市苑住得很開心。」

「妳不覺得該是改變的時候了嗎？」

「不，不覺得。」

他嘆口氣。

「父親從沒喜歡過這裡。」他嘀咕，雖然說得很小聲，但音量又大到足以讓我聽見。這番話讓我吃了一驚，艾德格從未表明對我們家有什麼不滿，至少不曾對我說過。

「才沒有這回事。」我告訴他。

「唔，他是住得滿舒適的啦，我想，」他讓步，不把我的抗議當回事。「可是他沒料到會在這裡老死。他原本想在鄉下找個小地方，一個有舒適酒吧和歷史社團的村莊，可是妳不肯。」

「你把我說得好像典獄長，而你父親是我的囚犯。」

「當初他領到遺產，堅持買這戶公寓的是妳，不是嗎？」

「唔，確實。」我承認。

「為什麼？」

「我有自己的原因。」

「就我瞭解的，接下來的那些年，其他地方妳根本完全拒絕考慮。」

「這也是真的。」

「為什麼？」

「一樣，我自有理由。」

他嘆口氣。「我擔心妳上下樓梯危險。」他說，不怎麼真心。

「我才擔心你會把我推下樓梯呢。」我告訴他，逗他笑了，「欸，卡登，在我此生餘下的時間，我只想在六十多年來當成家的地方，享受平靜和安全，這樣要求很過分嗎？」

「只是……」他現在一副不自在的樣子。我暗暗告訴自己，無論他給我多大壓力，我都不可以屈服，「實情是，生意沒有之前好……」他終於開口，「目前手頭有點緊。」

「有多緊？」

「非常緊，我碰到各式各樣的問題。首先是脫歐，我本來以為撐得過去，結果又來了疫情。我原本雇了新人要來處理歐洲的關稅問題，後來不得不先讓他們放無薪假，同時又要讓公司營運下去。我不用再付贍養費給阿曼達或碧翠絲了，可是夏洛特每個月都吸乾我的血。」

關於我兒子有順有逆的情史，有個較不尋常的細節就是，他似乎嚴格按照字母順序來選太太，就像《ＡＢＣ謀殺案》[10]裡的殺手那樣。雖說如此，他目前的未婚妻叫艾蓮諾，所以要不是他像俗話說的「搞混了」，不然就是我上了年紀，忘了他曾經娶過迪德芮、黛布拉或朵恩[11]。

「阿曼達還好嗎？」我問，他的頭一任太太是我唯一真的處得來的，他們兩人分道揚鑣時我還滿難過的。

「她還好，」他說，「唔，我是說她得了癌症，除此之外還好。」

「什麼？」我問，震驚地在椅子裡坐直身子，「你說『她得了癌症』是什麼意思？」

「就字面上的意思，我想是卵巢癌。」

「你竟然現在才告訴我？」

「媽，我和阿曼達三十年前就離婚了，不管她有什麼小病痛，我都沒理由通知妳吧。我還會聽到這些消息，就已經夠奇怪了。」

「癌症不是小病痛，」我抗議，因為他聽起來如此冷酷無情而驚駭。「比小病痛嚴重多了。」

「你怎麼確定？你是醫生嗎？」

「我確定她不會有事的。」

他什麼都沒說。

「我不懂你怎麼可以這麼無動於衷，」我告訴他，現在提高了音量，「你的婚姻可能沒成功，可是你人生中有段時間愛過她，應該吧。畢竟，你曾經承諾要跟她共度人生。你言而無信，轉而承諾跟別人共度人生，後來又換了個人，現在又一個別的。」

卡登一語不發。他討厭在任何事情上失敗，這就解釋了他為何從不喜歡跟我討論他前妻的種種。幾個月以前，他通知我即將到來的婚禮時，出於禮貌，他至少還知道要一臉難為情。老實說，我考慮根本不去參加，等到下一場再說。

「你能不能考慮一下退休村？」他終於問，將對話導回最初的起點，「這些年來有不少很棒的地方，整個社區的長者開開心心住在一起，有舞會、出遊，還有——」

「每星期一和四會有葬禮，事後會有一頓豐盛午餐，我知道。我可能是個老女人，可是不表示我就得活得跟老女人一樣。就我這歲數的人來說，我的健康狀況很好，要是去住老人院——」

「是退休村。」

「我保證一年之內就死了。」

「噢，不，媽，」他回答，語氣彷彿想到更糟的結果。「妳會比我們所有人都活得久。」

「唔，如果我留在冬市苑，或許勉強還有機會。」

我望向他的酒杯，裡面沒剩多少，我希望他不會再討一杯。我累了，想靜下來看個影片。我喝完自己的那杯，希望他能接到暗示。

「樓下整整三百，」他終於說，我皺起眉頭。「李察森的公寓，」他澄清，「三百萬英鎊。」

10 *The A.B.C. Murders*，英國推理小說家阿嘉莎・克莉絲蒂（Agatha Christie, 1890 – 1976）的作品。

11 Deidre、Deborah、Dawn，這幾個名字都以 D 字母為首。

「你怎麼知道？」

「我在營建業，媽，我有自己的消息來源。」

「你知道買家是誰嗎？」我問。讓我失望的是，他搖了搖頭。

「我不知道他的名字。」

「是個男的嘍？」

「唔，不是，我只是假設——」

「你為什麼那樣假設？」

他翻翻白眼。

「好吧，我不知道買家的名字，也不知道性別，」他說，「可是不管是誰，出得起三百萬整，肯定滿有錢的。」

「你查得出來嗎？」

「查出什麼？」

「他們是誰。」

「我可以試試看，」他說，「咦，難道在地情報網已經式微嗎？竟然沒人想辦法打聽一下？」

「我只是想知道，沒別的意思，」我告訴他，「幾天前他們找了個設計師過來，現在隨時都有油漆工進進出出。我想知道會是什麼樣的人。這沒有不合理吧？」

「妳問了工班嗎？」

「問了。」

「結果呢？」

「他們什麼都不知道。或者說，即使知道也不說。」

「妳有沒有說可以給他們錢？」

「當然，可是他們不給收買。」

「好吧。」

「所以看看你能查到什麼，可以吧？」我問。

我現在站起來，他接到暗示了，把剩下的威士忌飲盡，站起來之後，一手按著脊椎底部，再次發出呻吟。眼見自己兒子露出老態，感覺真奇怪；他父親身強體健一輩子，過世前都還維持著苗條身材。我送卡登到門口，他踏出門口時吻了我臉頰一下。

「考慮一下，我只有這個要求。」他說著便轉過來面對我，「三一〇是——」

「一大筆錢，我知道，你說過。」

走廊對面的門開了，海蒂·哈葛夫探出頭來。就她頭髮的樣子看來，她今天狀況並不好。

「你變胖了，」她說，指著卡登的肚腩，「肥死了。」

語畢，她又消失在屋裡，我跟兒子面面相覷。真的沒有更多要說的了。

8

男士服飾店每天早上十點開門，但我等到中午，維尼耶先生固定消失兩個小時去吃午飯之後，我才下樓到對街去。

透過前側窗戶，那裡有一對假人模特兒穿著戰前的陳舊花呢西裝，我看出店面每天這個時候生意清淡。那個男孩站在櫃台後面，替一個發福的中年男人包襯衫，男人正用挑逗的方式斜睨著男孩。男孩完成工作後，男人從口袋抽出名片並遞了過去。男孩盯著名片片刻，不確定對方的要求，最後男人往前探出身子，肚皮抵著木櫃，對著男孩耳語，男孩皺眉搖頭。那是約會的邀請嗎？我納悶。如果是，從男孩的表情可以看出他並不想接受。那個男人毫無愧色，一副若無其事的模樣，只是聳聳肩，將商品夾進腋下並離開店家。

我等了幾分鐘才走進去。這是我頭一次踏進維尼耶的店，空氣中的好聞氣味很討人喜歡，混合了檀香木和萊姆。我想像男孩每天打開門鎖以前在店頭裡到處噴香水。我的鞋子在硬木地板上踩出聲響，男孩抬起頭來，看到我這年紀的女生進店裡來，似乎很詫異，但並未把臉別開，目光流連得久到超過必要。

「要幫忙嗎？小姐？」他問。我大步走向他，故作自信滿滿的模樣。

「鈕子，」我告訴他，音量超過我原本想要的，「我需要鈕釦，我來對地方了嗎？」

他點點頭，朝櫃台底下伸手，用雙手拖出一個大木盒，放在我倆之間。他掀開上蓋，我忍不出欣喜地叫了一聲。裡頭肯定有上千顆鈕釦，形狀大小和顏色各有千秋，檯燈光線從那些鈕釦的光滑邊緣反彈回來。

「要找到搭配的，才是問題，」他說，「不過如果妳看到什麼喜歡的，讓我知道，我會幫妳找出更多來。」

我將手深深探進盒子。那種觸感真是美妙，鈕釦抵著我的皮膚涼爽堅硬，我手指移動的時候，鈕釦也跟著動起來，恍如迷你海洋生物，在我的碰觸下活了過來。

「我有時候也會這樣，」男孩承認，面帶笑容。「感覺很不錯吧？」

「是啊。」

「我覺得那樣可以讓人放鬆下來，有時我覺得心煩或難過，我就——」他打住，表情有點尷尬。

「確實會讓人放鬆下來，」我附和，「我明白你為什麼會這樣。對了，我叫葛蕾朵，葛蕾朵．蓋馬爾。」我跟他說我的名字時，他莫名脹紅了臉，臉頰浮現的紅暈跟披垂的金髮成了強烈對比。

「艾密爾．維尼耶。」他說。

「《艾密和偵探》[12]。」我說，腦海浮現那本童書的封面，我們住另一地方時，那是我弟弟最愛的書。

「可是艾密爾有個 e，」他澄清，「我是說，在字尾那裡。唔，開頭也有個 e，前後兩端都有。」他現在越來越慌亂。

「你知道那本書？」

「我小一點的時候讀過，後來被爸爸扔掉了。」

「他為什麼要那樣？」我驚訝地問。

12 *Emil and the Detectives*，出版於一九二九年的兒童小說，背景主要放在柏林，由德國作家艾瑞克．卡斯特納（Erich Kästne, 1899 – 1974）所著，後於一九六〇年代改編成電影。

「妳猜不到嗎？」

我想了一下，沒花多少時間。

「因為他不准家裡有德國作家的書。」我說。他點點頭，我焦慮起來。我從抵達巴黎以來一直努力遮掩自己的口音，我表現得還不錯，我過去的音調變化偶爾會跑出來，威脅我的個人安全，就像在盧森堡公園遇到那個男生一樣，但以語言本身來說還滿容易的。母親相信法文是閱歷豐富者的語言，堅持我跟弟弟從小就學，我們住在另一地方時，李斯特先生繼續替我們上課。

「戰爭結束了，我們一定要把那些事情拋到腦後。」我說，希望他會同意，雖然我並非真心這麼覺得。對我來說，戰爭綿延不絕，對那些發生過的事情，我的罪責感從來不曾遠離我的腦海。他的領帶掛得有點歪斜，在布料底下，襯衫的第二顆鈕釦鬆了。我可以看到底下的丁點肌膚，我身體深處湧現一聲嘆息。我想摸摸他，我從來不曾以情慾的方式碰觸男生。

「遲早吧，也許，」他說，「可是還沒到，我想。罪人一定要受到懲罰。」

他走向展示紳士吊帶的地方，仔細重新排好，我則在鈕釦之間翻找，不確定要怎麼讓他對我更有興趣。這對我來說是新遊戲，我還不拿手。我以前試圖誘惑的對象只有庫特，當時我還只是個小娃兒，還有我嘗試向圖桑先生賣弄風情——兩次結局都不好。

「我看過你。」我終於開口，朝他走去，他再次抬起頭。

「看過我？」

「從我的窗戶。」我朝著街道點點頭，然後指著我們住處的樓上窗戶。「我的臥房在上頭那邊。我注意到你來來去去，常常絆倒。」

「爸爸都罵我笨手笨腳。我手腳不靈活，把他弄得很煩，可是我又不是天生要在店面工作的。」

「那你天生是要做什麼的？」

他聳聳肩，顯然沒想得這麼遠。「我還不知道，」他說，「我才十六歲。」

「我很快就要十六了，」我告訴他，「其實再幾個星期而已。」

他看著我，現在更有興趣，舌尖抵住上唇，我納悶他是否吻過女生，但直覺他並沒有。他給人某種天真無邪的感覺，可是我猜就像鍊住的小狗，他渴望解開束縛。

「也許我們可以一起做什麼，」我在一陣惱人的沉默之後繼續說，「我來巴黎沒多久，在這裡認識的人不多。反正認識的也沒有一個跟我同齡。」

「你來這裡之前本來在哪？」他問。

「南特。」我回答，不確定他為什麼要問我這個，母親一定跟他說過才對。

「那妳就會知道歐柏丁女士那個女裝裁縫，」他說，「她是我過世母親的朋友，我出生以前她在那裡開了家店。」

我猶豫不決，我既不認識那個女人，也不認識那座城市，暗暗擔心這是某種考驗。

「近年來，我們家的經濟狀況恐怕不能讓我去找裁縫訂製衣服，」我回答，閃避明確的答案，「不過你平常都去哪裡，艾密爾？我是說，你上班以外的時間。」

「有家咖啡館我滿喜歡的，」他說，「我會去那裡看書。」

「去讀德國作家的書嗎？還是你太聽爸爸的話？」

「有時候我會偷偷帶進去，」他承認，然後深深吸口氣，我等著他開口邀約。「如果妳想要，我可以帶妳去看看。」他說，似乎用盡力氣才能開這個口，「我是說那家咖啡館，離這裡不遠，他們家的糕餅也棒極了。」

「好啊，」我說，「也許明天傍晚？」

「好，」他點點頭，「我四點下班。」

「我在前門跟你會合。」

我膽大妄為，甘冒一切風險，往前傾身，將嘴唇貼上他的臉頰。他的皮膚柔軟，身體散發男生專屬的迷人香氣。我往後退開看著他，他似乎因為我的厚顏而驚愕，但也相當高興。他眼神確實流露飢渴。

我面帶笑容轉開身子，走向店門時將手舉至頭頂上方揮了揮。我在某部電影裡看過瑪琳．黛德麗[13]打了這個手勢，相當欣賞。

「那麼，明天見嘍。」我呼喚。

「可是葛蕾朵，」他對著我的背影喚道，「妳要找的鈕釦呢？」

「別傻了，」我笑著回答，「你該不會真的以為，我是為了鈕釦過來的吧？」

9

然後，麥德琳終於出現了。

當時是星期二上午，也許距離卡登來訪有一週時間。前一天，施工人員和裝潢師傅午餐前完成了工作，冬市苑終於恢復了往日的平靜。我醒來的時候，空氣中有某種非比尋常的聲音，暗示著樓下至少有個陌生人來到我們的周遭。在同一個地方住這麼久，氣氛中最微小的變動都察覺得到。

幾小時之後，我坐在客廳裡盡量專注在瑪麗安東尼上，卻發現自己頻頻分神去注意下方二十英尺的動靜。我預期會有家具往這裡或那裡推，或是播放音樂的隱約回音，收納瓷杯、玻璃杯和餐具的聲響；門開開關關，新住戶按照自己的喜好重新打理房間。

最後我的好奇心達到臨界點，除非親眼見到他們的臉，否則無法安下心來。於是我梳梳頭髮，往手肘和脖子噴了點香水，將我那天早上烤的司康放在盤子上，走下樓梯，敲敲一號公寓的大門。無聲無息了幾分鐘後，傳來赤腳踩過木頭地板的聲音。

「午安，」我說，對著站在眼前的女子微笑，「我叫葛蕾朵．芬斯比，妳樓上的鄰居。我一直想自我介紹，還有帶這個來給妳。」我用雙手遞出盤子，有如宗教祭品，女人一臉困惑盯著它，我覺得自己彷彿可以讀懂她的心思。她知道自己應該收下這些司康，可是不知道它們的來歷、裡頭加了什麼，或是含有多少卡路里，她別無選擇只能晚點扔掉，碰也不碰。

我的新鄰居三十出頭，我猜，相當高䠷，五官搶眼，濃密的金髮留得像是達斯蒂．史賓菲爾[14]的蜂窩頭，看起來和時代潮流脫節，又有種古怪的時髦感。她有雙淡藍眼眸，

13 Marlene Dietrich（1901 — 1992），生於德國柏林，德裔美國演員兼歌手。

14 Dusty Springfield（1939 — 1999），英國流行女歌手，曾因音樂上的貢獻而獲頒大英帝國勳章。

左眼帶點綠，會受鋼琴家歡迎的修長手指，還有男孩子氣的苗條身材，這年頭男人似乎滿喜歡這種類型。她可能是模特兒，我想，也許她**就是**模特兒沒錯。即使今天搬進新家，她也打扮得好像預期有人會從幾個不同角度替她攝影。

「噢，」她終於說，接過盤子，望向我背後，彷彿希望可能有個看護潛伏在後方，準備把我送回樓上，安頓在日間電視節目前方。「妳人真好。」

「沒什麼，真的。」

我們盯著對方，我決心等她先反應。

「想進來嗎？」她終於問，讓步給禮貌。

「謝謝，」我說——反正我都跨過門口一半了——「我不想多打攪，妳一定很忙，我只想打聲招呼。」

她在我背後關起門，我環顧四周，將一切看進眼底。艾莉森・史墨做得很不錯，將李察森先生原本破敗的公寓搖身變成了三百萬英鎊每分錢都花得很值得的模樣，卡登可能會這麼說。家具坐起來似乎很不舒服，可是我知道這是當代的風格，自有其特出之處。與其說像是一般住家，倒不如說是可以登上雜誌或週日副刊的公寓，給讀者一種不合理的期望，要是他們下定決心更賣力工作，就可能負擔得起。我會想花個半小時細細端詳，看這裡可能展示出來的其他寶物，但我猜我的活動範圍僅限於客廳。

「芬……斯比太太是嗎？」女人說，站在我背後，她把司康放在視線範圍之外的邊桌上。我轉過身跟她握握手，「請叫我葛蕾朵就好，」我堅持，「妳是？」

「麥德琳，」她說，「麥德琳・達西－威特。」

我點點頭，但她的回答莫名地惹惱了我。我自己不是英國人，對於聽起來彷彿直接從德倍禮公司[15]出版品上拿出來的名字，有種奇特的反感。她請我坐下，我接受了，再次承諾不會久待，沒想到外表宛如花岡岩材質的沙發，坐起來竟然頗為舒適。

「很不錯吧？」她說，在我對面的扶手椅上坐下。她這麼一坐，我想她是不打算請我喝茶了。「這沙發是Signorini & Coco，這把椅子是Dom Edizioni[16]。」

「我家的是John Lewis[17]的。」我說，希望這能逗她會心一笑，可是並沒有。反正也不真的是John Lewis的，艾德格偏愛好東西，經年來都委託布萊頓一家公司製作家具，結果向來令人滿意。

「當然。」她說。我不確定她這麼說的意思。

「看起來不舒服，」我說，一面輕撫沙發，彷彿在我碰觸下會呼嚕叫的貓，「坐起來卻完全相反，是吧？」

「外表確實會騙人。」麥德琳用惡毒的語氣說，彷彿這套沙發先前跟她鬧翻了，現在雙方只是暫時和好。

「確實。」我回答。我環顧四周，看到一些小小收藏品，我上門的時候，她一定正忙著排進架子上。有一些裝框照片面朝下放在小桌上；我真想看看裡頭的影像。「白天

15 Debrett's，英國禮儀權威，是提供專業訓練的公司也是出版商，成立於一七六九年。
16 兩者都是義大利高級家具品牌。
17 英國在地百貨品牌。

這個時間，妳這裡的光線真的很充足。」我補充，陽光正從前側的凸窗灑照進來，以黃金色調映亮了這個空間。我抬頭望向天花板。當然，長久以來我早就習慣，不過冬市苑公寓這種非凡的高度真是沒得挑剔。新的枝狀吊燈從天花板垂下，對我眨著眼，彷彿剛從沉睡中甦醒。雖然沒有微風，因為窗戶都關著，卻有一兩根稜柱和水晶鏈像鬼火一樣微微閃動，彷彿警告我別靠近。

「光線對我來說很重要，」麥德琳作夢似地說，「那是我對仲介強調的第一件事。光線和高度。我還小的時候，我母親一直關著窗簾，免得家具被陽光曬得褪色，把我弄得好煩躁。我朋友來玩的時候會說：『麥德琳，這裡為什麼這麼暗？為什麼永遠都這麼暗？』然後他們都不來了。我母親人滿好的，我應該說，只是她太在意別人的看法，從來沒機會發揮真正的潛力。」她停頓片刻，彷彿陷在不體面的回憶中。「是這樣的，我父親對她並不好。他父親對他母親也不好，上一輩也這樣，就這樣一路下去。就像世代傳承，妳不覺得嗎？」

「我不知道。」我說，我們幾分鐘前才剛認識，她就透露這麼多私事，讓我有點尷尬。

「很多人長大以後跟父母完全不同。」

「每個人都喜歡這麼想，」她語氣篤定地回答，搖著頭。「可是表面底下，我們都是遜一籌的模仿。」

我什麼都沒說。我想起自己的父母。我告訴自己，我跟他們一點都不像。我從未做過他們做的事。這女人，這個奇怪的女人根本在胡說八道。也許她瘋了，我暗想。

「妳住這裡很久了嗎？」麥德琳問。我點點頭。

「從一九六〇年開始。」我說。

她噗哧一笑，我盯著她看。

「噢，抱歉，」她趕緊說，用手捂嘴。「我以為妳在開玩笑。」

「把眼光放遠來看，也不算有**那麼**久。」我告訴她。

「妳必須原諒我，」她說，「我有個習慣就是在不恰當的時候笑出來。上星期有個朋友跟我說，她的狗被鉸鏈式卡車碾過，結果我放聲狂笑。」

我忖度是不是該叫醫生來，送她去精神病院。

「抱歉。」她又說一次，現在皺眉垂眼望著腳，彷彿意識到自己違反社交規範。「我不知道我為什麼——」

「我的先夫在我們婚後六年，買了我們那戶公寓，」我說下去，彷彿她剛剛那番不恰當的話根本沒說出口。「他過世……噢，距離現在將近十四年了。」

「妳從那以後就一直獨居嗎？」

「是，沒錯。」

「六十二年，」她說，食指輕敲下唇，「在同一個地方待這麼多年也太久了吧。」

「如果有個充分的理由待下來，就不算久。」我說。

「有嗎？」她問，「妳有充分的理由嗎？」

「有。」我回答，盯著她，內心挑戰她敢不敢問我是什麼。想當然，我永遠不會告訴她，可是我享受著這令人忐忑的一時半刻。我不喜歡她說「在同一個地方待這麼多年也太久了」，彷彿論斷我沒有抱負或缺乏好奇心。這樣想很不公平，因為我和艾德格在婚後常常出門旅行，走訪過所有的大陸，只除了非洲沒去，原本非洲也在我們的目標清單裡，可是他後來過世了。

「唔，很高興聽到是這樣，」她說，「我懷疑我會在這裡待那麼久。」

「可能不會，不過等我走了，我確定妳還會在這裡。」我說，輕聲笑了笑。她搖搖頭，往前探來，握住我的雙手，告訴我千萬別說這樣的話。

「不過我在這裡一直過得很快樂，」我告訴她，把手抽回來，「這棟樓房很不錯。住戶大多不常來往，但也會彼此關照。比方說，如果妳碰到任何困難，可以敲任何一戶的門。」

「安靜對我來說很重要。」她說，我注意到她這麼說的時候，緊張地嚥嚥口水，東張西望，彷彿預期會有很大的響聲攪擾她的安寧，「老實說，葛蕾朵，我寧可搬到鄉下，有大量開闊的空間，只有牛叫聲陪伴，可是艾力克斯堅持，是這樣的，他得在城裡上班。我目前沒在工作，以前當然有，可是已經停了。我還滿想再回去工作的，總有一天吧，也許。」

感覺她彷彿在為某個立場找台階下，而我並未要求她辯解。我自然立刻注意到那個名字。

「艾力克斯，」我說，「他是……？」

「我先生。」

所以，有丈夫，她不是自己一人。

10

我等到看見艾密爾從男士服飾店走出來，才下樓踏上街道。他看到我的時候，彆扭地鞠了個躬，原本從額頭梳開、靠髮油固定的濃密金髮，滾落眼裡。他用手指撥開，綻放笑容。

「你看起來好帥。」我說，他真的是，他稍微紅了臉，然後用我的話回敬我，然後又糾正自己。

「我是說，美，」他說，「妳看起來很美。」

透過窗戶，我意識到維尼耶先生滿懷敵意的目光，夾雜著令人不安的擔憂和輕蔑。我納悶，他難道這麼保護兒子，無法忍受兒子跟女生來往嗎？我們的視線交會，我以為他會別開目光，可是沒有，他牢牢盯著我不放，只有到了難以忍受的地步我才認輸轉開視線。在我住過的另一地方，根本沒人敢朝我的方向看，更不要說帶著這樣鄙視的態度。

一旦進了那家咖啡館，很容易就能明白艾密爾在那裡為什麼覺得那麼自在。戰爭結束以來，巴黎的茶館大多保留一種緊張肅殺的氣氛，這裡卻瀰漫著波希米亞感，彷彿刻意重回敵對開始以前的氛圍。至少半數的桌子都坐滿俊俏青年，或看書或抽菸，或是和漂亮女生調情。我們坐在角落窗邊的位置，點了咖啡和酥皮點心，我看出艾密爾的侷促不安，於是負責帶話題，問他喜不喜歡在父親店裡工作。

「這件事我沒多想，」他說，「不過這家店總有一天會是我的，所以我必須學習怎麼經營。要不然這家店會完蛋，我也是。」

「你不打算在那裡工作一輩子吧？」我問。

「預計會。」

我仔細考慮這一點。我餘生想在男士服飾店樓上過嗎？我並不想。

「可是你還年輕，做這種不可逆的計畫也太早了吧？」我告訴他，「你不想旅行嗎？不想去看看這個世界嗎？看看這些街道之外的生活，你知道的。」

「我絕對不能讓我父親失望。」他說。

「為什麼不行？父親總是讓我們失望。」

「其實，」他說下去，「這家店原本是路易要接手的，他比我大四歲，爸爸一直打算讓他繼承。」

「你有個哥哥？」

「本來有，可是再也沒有了。他死了，當然是戰爭的關係。」

我早該料到他會這麼回答。我望出窗外，啜飲咖啡，以恭敬的沉默來緬懷那個男孩。我將失去弟弟的痛楚按捺在心中。我閉上雙眼一晌，將那個感覺推到傷不到我的地方。

「他跟反抗軍一起作戰，」他說，現在打直身子坐好，彷彿要確定對這個神聖的團體不能表示不敬。「納粹坦克開進巴黎那天，是他第一次殺死德國人。之後，他幫忙在巴黎第四區這裡組織一個分部，被逮到兩次，遭到酷刑，後來逃走了。他一直忠心耿耿到最後，不管他們對他做什麼，他從沒透露成員姓名。」

「他們對他做了什麼？」我問，但他搖搖頭，說不出話來，他雙眼泛起淚光，用手帕抹去淚水。

「可怕的事情，」他終於說，話語如鯁在喉，「他們槍斃他之後，把屍體丟在街上讓野狗爭奪。士兵拿槍守著，阻止我們介入。過了一星期才准我們家收屍，好好安葬他。我真希望我當時年紀大點。這樣我就可以參戰。我會把他們每一個都殺了，不留活口。我會把刀刺進每個德軍的脖子，慢慢橫著劃過去。」

「我不確定任何主張值得用自己的生命來換。」我說，因為他話語的殘酷而不安。

「當然值得。」他堅持。

我們默默坐了幾分鐘。

最後，我伸手越過桌子，搭在他的手上方。

「很高興你還活著。」我說。

「有時候我不確定我還活著。」

「你活著，」我說，現在掐掐他的手指，「我感覺得到你。現在都過去了，我是說那場戰爭。你千萬不要一直想。」

「並沒有過去，」他回答，把手抽走，「還要好多年都不會結束。那些報章的內容令人震驚。妳讀過了嗎？他們說的那些事情？」

「我刻意避開，」我說，「我拒絕活在過去。」

「不可能是真的，我想不可能，」他繼續說，蹙起眉頭，神情絕望。「他們說的那些集中營的事，在那邊發生的事情。」他頓住，似乎無言以對。「不可能是真的，」他重複，「誰想像得出那樣的東西？誰能創造出那樣的地方？經營那些地方，在裡頭工作，殺掉那麼多人？怎麼可能集體這樣喪盡天良？」

我將椅子往後推，金屬刮磨瓷磚，我暫時告退往廁所走去，同時避開那些青年上下打量我的目光。安全進入廁所之後，我鎖上門，雙手搭在大理石洗手台上，盯著鏡中的映影。我發現自己呼吸困難，於是鬆開洋裝的腰帶和脖子周圍的衣領。

我細看自己的臉，看到了父親的影子，他那種不帶一絲同情的神情，決心貫徹自己整個成年時期的信念。一抹回憶隨之浮現。我站在他辦公室外頭，偷聽他跟弟弟的對話，弟弟想知道我們每天從窗戶看到的那些人是誰。就是圍籬另一邊的那些人。

「那些人？」父親說，語氣幾乎被這個問題逗樂，「唔，他們根本就不是人。」

弟弟不滿意這個答案，後來他跑來問我。我告訴他那是一座農場，我說那裡是養動物的地方。

我現在閉上眼睛，往臉上潑些水，用骯髒的毛巾擦乾。我原本想繼續施展魅功，可是對話出現一個我不喜歡的轉折。我頭一次徹底瞭解到，如果我要活下去，餘生的每個日子什麼都必須說謊。

我回到桌邊時，艾密爾決定換個比較愉快的話題，說起店裡性情比較古怪的常客。他逗得我笑了，於是我也編了些事情娛樂他，就是我在街上碰見的怪人、用後腳走路的小狗、替對方把句子講完的雙胞胎。我是從南特來的，是謊言。父親在我小時候就死了，是謊言。母親以前在城裡當裁縫師，是謊言。我們來巴黎，是因為她覺得要在出生的地方過完一生嫌太年輕，是謊言。我家鄉有三個好朋友，蘇珊、愛黛兒、艾蕾特，不過她們固定寫信過來，是謊言。我把我的貓露西兒交給艾蕾特照顧，從我離開以後，露西兒就為我憔悴。

現在換他伸手越過桌子，手指搭在我的每根手指上，他的碰觸令我興奮。

「上次妳親了我。」他開口，垂眼望著桌子，臉微微紅了。

「我太冒失了，我知道。」我說。

「可是我滿高興的。」

他四下張望想確定沒人在看，然後傾身往前，又吻了我一次。這次吻在唇上。我們各自退開的時候，他似乎若有所思。

「無恥。」他說，我以為他會笑出聲，可是他並沒有。他看著我，不帶一絲感情，幾乎像是辱罵了我。男生對自己吻過的女生，會有這種感覺嗎？我納悶。他們想要我們，這份慾望得到回應的時候卻瞧不起我們。

「妳沒有兄弟姊妹嗎？」艾密爾問，我們稍晚沿著伏爾泰堤道，視線越過幾座橋，投向另一端的花園。

「沒有。」我說。

「妳真幸運，」他說，「失去父母之一，唔，那是人生的必然，我們都經歷過而且活下來了。可是失去兄弟？那是我永遠走不出來的陰影。妳不用蒙受這樣的損失，真是好運。」

有個默劇藝人朝我們走來，似乎已經完成當天的工作，他穿著傳統的黑白條紋上衣，頭戴深色貝雷帽，穿著吊帶，臉整個塗白，正在抽菸，似乎對自己在世上的生存空間萎縮而忿忿不平。他路過我身邊的時候，彈開手裡的香菸，菸蒂落在我的腳前，朝我拋來徹底輕蔑的神色，彷彿他雖然對世界三緘其口，但清楚知道我那天說了多少謊言。

11

「妳有先生，」我說，主要為了聽這些字說出口，「真不錯。結婚很久了嗎？」

「十一年了。」她回答，不知怎地，說這句話的時候舌頭抵著臉頰，表情一變，彷彿連她自己都不敢相信有這麼久。「對，」片刻之後說下去，「到現在十一年了。」

「老天！可是妳還這麼年輕！」

「噢，不，我很老了，」她回答，「下個月就三十二了。當然了，我年紀輕輕就結婚了。」她承認。「艾力克斯那時候就準備定下來了——他比我大十歲——他說我只是運氣好，湊巧是他當時約會的對象。」她哈哈笑，彷彿這說法還滿幽默的。「妳不覺得好笑嗎？」她問。

「不特別好笑，」我說，「他是當笑話來說的嗎？」

「噢不，」她皺眉回答，「不，我先生從不開玩笑的。」

「妳介意我問他從事什麼工作嗎？」

「他是電影製作人。」她說。

「噢，真刺激！」

「大概吧，唔，反正一般人都這麼想。」

「他拍哪類的電影？」

「什麼類型都有。」

她列舉了六部，雖然這年頭我很少上戲院，倒是聽過其中幾部。是會吸引大明星接演並贏得獎項的那些。我在腦海裡搜尋他的名字。艾力克斯·達西－威特。我之前聽過嗎？我想沒有。可是話說回來，對大眾而言，大半導演都是無名氏，製作人更不可能有機會亮相。

「我真失禮，」我在片刻之後說，「問妳先生的職業，卻沒問問妳的生活。妳說妳以前有工作，做哪一行呢？」

「我是演員，」她回答，「所以才認識我先生。我在他的一部片裡演出。他早早就表示了興趣，我發現他令人難以抗拒。我當時非常天真，我應該補充一下。非常純真。我當時還是處女，妳相信嗎？唔，不真的是，但很接近了。」

我不確定該怎麼回應這樣親密的披露。

「不過，十一年呢。」我說，避開她的問題，我希望那只是無須回答的反問句。「就目前的標準來說是很長的時間，你們顯然注定要在一起。」

她眉頭一皺，然後彎下腦袋。

「我該走了。」我繼續說，雙手搭在膝上準備站起來，可是讓我詫異的是，她搖了搖頭。

「不，先別走，」她說，「如果妳走了，我就必須繼續開箱收拾東西，老實說，我沒那個精力了。」

「好吧。」我說。很高興能多待一下，我希望她可以提供茶水，可是她似乎沒有款待客人的打算。

「妳不是英國人吧？」她問。我感覺自己身體僵了一下。已經有幾十年沒人這樣問我。我住在倫敦久到想像自己跟這裡的人講話沒有兩樣。

「妳怎麼知道的？」我問。

「我從演戲的時代就知道怎麼分辨，」她回應，「我的意思是，我上戲劇學校的時候，我做了很多關於腔調的功課，老師說我有這方面的天分。我現在發現，我可以在別人聲音後頭分辨出什麼，會洩漏他們過去的什麼。妳講話帶點中歐的味道。如果我得猜的話，我會說是德國。」

我對她微笑。她真令人好奇。「妳說對了，」我說，「其實我在柏林出生。」

「我愛柏林，」她滿腔熱誠地說，「我在那裡扮演過莎莉．鮑爾斯[18]，在那個城市演出再適合也不過。」

「確實。」

「大家都說我演得很好。」她補充。頭一次，我忖度她是不是服了什麼藥物，感覺她好像跟著自己的思緒飄走，變得內省起來，忘記自己身邊還有伴。

「我和先夫以前很常去劇場，」我說，麥德琳在椅子裡驚了一下。「比上電影院頻繁得多。我更喜歡劇場，妳呢？」

「別對我先生說那種話，他會把妳拖出去槍斃。」

「上劇院的人比較守規矩，我發現。他們不會捧著吃的喝的過來，好像可能在落幕以前會餓死或脫水。」

「我原本還滿想留在劇院工作的，」她回答。「可是我先生堅持我專注在電影上，但長遠下來也沒什麼進展就是了。」

「這麼說來，妳不再演戲嘍？」我問。

「之類的。」她回答，這個答案根本不算答案。

「妳想回去演戲嗎？」

她朝我望來，彷彿看到我在場很意外。「不可能了，」她說，「太遲了，我太老了。」

我噗哧一笑。「妳才三十一歲，」我說，「根本是個孩子！這年頭大家要到快四十歲，才會在什麼事情上定下來。」

「不，」她說，「不，不可能的。他怎麼過世的？我是說妳先生。」

我盯著她。這種轉換話題的手法也太高超了，簡直可比海蒂・哈葛夫。

「他氣喘得很嚴重，」我告訴她，「住院過好幾次。然後，到了二〇〇八年花粉熱季節期間，我們到海德公園散步回來，坐下來要看書，可是一拿起書，他就開始打噴嚏，停也停不下來，我起初還開了玩笑，可是接著他明顯呼吸有困難。我去拿了他的氣喘噴霧劑過來，可是沒用。是這樣的，他的肺部灌滿了液體。我叫了救護車，他們幾分鐘就趕到，可是還是救不回來。他在客廳過世了。從我們散步回家到救護車把他的遺體載走，整整不超過二十分鐘。可是就在那段時間裡，我的人生改變了。」我頓住，垂眼看著地板。

18《酒店》（*Cabaret*），美國一九七二年一部音樂電影，改編自一九六六年的同名音樂劇，背景在一九三一年威瑪共和國統治下的柏林，描寫美國女子莎莉・鮑爾斯（Sally Bowles）在酒店表演時的遭遇，當時德國逐漸受到納粹控制。

「就這樣，」我說，「人生就是這樣，死亡就是這樣。」

「真遺憾。」她說，也說得真心。她直直盯著我，彷彿細究我的五官，看看有沒有一絲說謊的成分。我納悶這是不是她在戲劇學校學的東西。「妳愛他嗎？」

「我當然愛他，」我斥道，對這個問題的無禮感到震驚，我在她家也待夠久了，我想離開。「我當然愛他，」我重複，音量拔高，被我不愛他這個暗示激怒，「他是我丈夫。」

「抱歉，我那樣問沒特別的意思。」

我克制住脾氣。她一臉疲乏的樣子，可憐的東西。

「不，我才抱歉，」我說，「總之，妳一定想繼續忙了，不會想繼續聽我的故事。」

我站起來，決心這次要離開，即使她求我留下來也一樣，但她似乎很滿意我要走了。她送我到門口。

「妳先生，」我說，「傍晚就會回來嘍？」

「不，他在洛杉磯，」她說，「還要一個星期才回來。」

「那妳只能靠自己了，」我說，「唔，也是個慢慢安頓下來的機會，這樣可能也不錯。」

我等著，知道自己終將得到答案。其實，她搖頭的那刻我就知道了。

「我不會自己一人，」她說，「我兒子晚點會回來。」

「妳兒子。」我小聲重複。

「對，亨利，他今天開始上新的學校，」她瞥瞥手錶，「大概三點半會到家。」

我點點頭，是個男孩。「幾歲了？」我問，她撐開門，我跨步回到了大廳。

「九歲，」她回答，「很高興認識妳，葛蕾朵。」她說：「希望我們可以成為朋友。」

「我也這麼希望。」我說，她關上了門。可是接著我才意識到，不，我根本沒開口，我只是用想的。我沒能把話說出口。我納悶，這是不是艾德格人生最後幾刻的感覺，知道自己必須為了活下去而呼吸，卻發現沒辦法讓空氣進入自己的肺部。恐慌。驚懼。害怕即將到來的事情。

12

母親宣布，圖桑先生提議下午沿著塞納河撐篙，我很詫異自己也受到了邀請。

「妳確定他指的是我們兩個？」我問。

「很確定。」她告訴我，坐在鏡子前將蜜粉撲上臉，然後梳整頭髮。母親總是堅持，頭髮是女人最重要的特色，不只是配備，而是她女性特徵的頭一個指標。「他急著想見見妳，他說他聽我那麼常提起妳，彷彿都認識妳了。」

這番話自然令我訝異。所以圖桑先生並未透露我們幾個星期前在孚日廣場巧遇，已經先一步認識。不過話說回來，我自己也沒主動提起。

「天氣太冷不適合撐篙。」我說，現在起身拉開窗簾，因為我直覺不想參加這次出遊。我低頭望向街道和維尼耶的男士服飾店，驚訝地看到艾密爾正仰頭望著我，彷彿等著我現身。我揮揮手，但他轉開身子，回到了商店的陰影裡。他沒注意到我站在這邊嗎？我納悶。

「胡說，」母親說，「太陽都出來了。是有點寒意沒錯，可是我們穿暖和點就好了。來吧，葛蕾朵，泡個澡然後換上外出服，別讓雷米等。」

我洗浴的時候，納悶這次出遊的目的是什麼。圖桑先生想多認識我，是為了決定要不要向母親求婚嗎？說到底，把她帶進自己家是一回事，但歡迎一個還無法獨立的孩子，又是另一回事。

後來，在打扮的時候，我問母親她認為圖桑先生對她有什麼打算，她臉上亮起希望的光芒，一時喚回了過去那個女子：柏林時代的母親，我愛過的母親，曾經照顧我和弟弟，保證不會讓我們受到傷害的那個母親。

「我認為，」她開始說，然後合眼片刻，糾正自己，「我希望他打算娶我。」

「他提起過嗎？」

「沒有實際說出口，沒有。可是我相信我們之間有某種默契。我們有那麼多共同的興趣，而且……」她略有遲疑。「唔，妳現在年紀大到可以理解，我們成了情人，我覺得我們還滿合得來的。」

我稍微臉紅，轉過身去扣好鞋子，不想暴露自己的天真。母親察覺我的尷尬，站起來走到床邊，往我身旁一坐，彷彿我又變回孩子，需要安慰。

「妳一定要瞭解，葛蕾朵，」她小聲說，「我人生中除了妳父親之外，從來沒有別的男人。以前沒有，從那之後也沒有。直到現在。我不希望妳對我有負面的看法。我過去可能犯過錯，可是我的德行從來不容懷疑。」

我轉身看著母親，看出她臉上的謙卑，但我還是覺得不可思議，在我們經歷過這麼多風波之後，她竟然會認為自己有沒有情人這件事，會粉碎我對她的信心。

「我們在那邊的時候，」我說，「在另一地方。」

「是？」

「科特勒中尉呢？」

現在輪到母親臉紅了。她別開視線，無法正對我的目光。

「庫特只是個小伙子，」她說，「當然很英俊，可是只是個小伙子。」

「所以沒有打情罵俏嗎？」

我弟弟懷疑有，他曾經跟我悄悄說過。弟弟告訴我的時候，單單只是暗示，我都想傷害他了。我那時想要懲罰弟弟，**確實**也這樣做了。

「我說過，」她回答，「他只是個小伙子。」

我保持沉默，這不算是回答。

「我很愛妳父親，」她繼續說，「我不希望他接下那個職位，事實上，我也求他不要接。」

「不，妳當初明明很興奮，」我抗議，「我們還辦了那場派對。離開柏林以前，妳明明——」

「都是裝出來的，」她回答，「要記得當時有誰在場，那麼多重要人物，我不可能把自己的疑慮表現出來。那對我們一家來說都會是災難，對妳父親尤其是。」

「沒有差別。」我說，站起來走向鏡子，我仔細檢查自己，從頭看到腳。「妳同意了，妳把我們帶到那裡，我跟——」

「不要，」母親說，壓低嗓門，幾乎因悲慟而破了嗓。「不要，葛蕾朵，」她懇求，「不要說他的名字。」

我又在她身邊坐下。

「對不起。」我說，握住她的手。

「我不能聽到有人說出他的名字。」

「我知道。」

「是這樣的，我很擔心，」她說，現在轉向我，眼裡噙淚，「替自己擔心，替你擔心，替我們的未來擔心。是的，我們身邊有些錢，可是又能撐多久呢？頂多再一年？然後呢？我們會怎麼樣？」

「我們會去找工作。」我說，彷彿那是全世界最明顯的事。

「我不是被養成要工作的，」她說道，並搖搖頭。「我沒有技能，那是老實話。不，如果我要生存下去，就必須再婚。雷米有錢，他有不錯的社會地位，他會照顧我們。」

「我們可以自己照顧自己，」我提議，「我可以自學，找個職業，自己賺錢。」

「不，妳也必須要結婚，」她用堅決的語氣說，「當然時候還沒到，可是再過幾年，等妳十九或二十的時候，我們會替妳找個好對象。有圖桑先生的支持，青年會自動湧到妳面前來。」她牽起我的手，緊緊握住。「有朋友告訴我，她看到妳跟馬路對面那家店的男生走在路上，」她說，「我希望她弄錯了？」

「他不只是在那裡工作，」我抗議，「他是老闆的兒子，那家店總有一天會由他接手。」

「他不適合，」她回答，起身從邊桌拿起鑰匙，「他看起來賞心悅目，我承認，可是我對妳設想的未來，不是在店面工作。如果妳要，調調情就好——我知道這裡的日子可能很沉悶，無事可做，也沒朋友——可是點到為止就好。懂嗎？妳千萬不能讓自己的名譽受損，妳今天要盡可能留下好印象。」她繼續說，搭住我的雙肩，直直望進我的眼裡。「令人愉快，健談，可是不要霸占對話。聽他講笑話要笑，稱讚他撐篙的技巧。不要問私人問題，可是如果他問妳一些問題，妳要敞開心胸回答。」

「多敞開？」我問她，「他到底知道多少？」

「他知道的就是我告訴過他的。」

「說我們從南特過來。」

「沒錯。」

「你們要是結了婚，我們下半輩子還要繼續維持這個假象嗎？」

她別開臉。「這不再是假象，葛蕾朵。故事說得夠頻繁，就會變成真相。」

她說話的時候，微微洩漏口音，法文跑出德文腔，她自己也聽出來了，她用更堅定的語氣說下去。

「重點不只是錢，妳明白吧？」她問我。

「那還會是什麼呢？」我問，彷彿要不是錢，我還真不懂這一切是為了什麼？

「是活下去，」她告訴我，「只要一個失誤，只是一點小小的失誤，葛蕾朵，我們兩個就完蛋了。要記得，這些人很不寬容。」

「妳覺得驚訝嗎？」我問。

「什麼？」她回答，皺著眉。

我發出苦澀的笑聲。「我是說，妳真的認為我們任何一個值得寬恕？」

她瞪著我，我不清楚她心思的運作方式，納悶她的內疚感是否跟我相當。我知道她同感悲慟。她再次開口時，聲音低沉，語氣堅持。

「我值得獲得幸福，」她說，「我沒做錯什麼，妳也沒有。」

我們走下樓梯，我看到房東坐在扶手椅上，手裡捧著一份新報《世界報》。她翻著報紙，瞬間，我看到頭版印著大字。我聽過父親好幾次跟庫特用這個字，還記得他至少去過兩次。

索比堡[19]。

我們踏上街道，我告訴自己，所以，他們正在報導大大小小的滅絕營；像我這樣的家庭，我們到底創造了什麼樣的世界。

13

我在福南梅森超市正準備叫計程車，這時聽到有個聲音在呼喚我。我詫異地回頭一看，但皮卡迪利圓環車水馬龍，我看不到認識的人，最後注意到有個男人朝我快步趕來。我僵住身子，生怕自己會在天光白日下被打劫，或者更糟，我終於被認出來了。七十多年來，這種事情從未發生過，但這念頭總是揮之不去。想像在街上路過一個長者，驚恐瞪著我，舉起手指指著我並放聲譴責。

「芬斯比太太！」

男人靠近的時候放慢腳步，雙手搭在臀上微微往前傾身，等著自己換過氣來。我意識到其實我認識他。

「奧布朗。」我說，是海蒂的孫子，就是有莎劇名字的那位，「你嚇到我了！你從哪裡蹦出來的啊？」

「我正要去看外婆，」他解釋，「然後就看到妳從店裡出來。要我幫忙提袋子嗎？」

「我正要叫計程車，」我告訴他，「可是如果你願意幫忙，那麼我們可以用走的？」

「當然。」

我感激地將購物袋遞過去，我們繼續往前走。我們已經有幾個月沒碰見，可是看到他我總是很高興。他擁有我相信叫「電影明星的好面孔」以及同等的魅力。

「你都好嗎？」我問，我們漫步穿過小街。

「滿好的，」他說，「就是忙。外婆有沒有跟妳說我的消息？」

我回想那時跟海蒂之間的對話，我們當時猜想他可能要結婚了。從那以來，我一直忘了再問她，我們當時猜得對不對。

「什麼消息呢？」我問。

「我要搬去澳洲了。」他說。

我在說任何話之前，先深吸一口氣。我自己去過那片大陸，要不是在雪梨環形碼頭那裡踏進了某家酒吧，也許我會在那裡安度下半輩子。可是那趟停留最後有了糟糕的結局，事隔幾十年，只要在電視上看到那座城市，我就立刻轉開頻道。我不願想起那個地方，也不願想起他。到現在他可能已經死了，不過還是一樣。

「真的嗎？」我問，「起因是什麼？」

19 Sobibór，納粹秘密集中營，專為大規模屠殺猶太人而建，位於今日波蘭南部。

「老實說，我一直對那個地方很有興趣，」他解釋，「我上大學以前到那裡住過一年，後來回去兩三次。我喜歡那裡的人、氣候、海灘。有個工作機會，還滿不錯的工作，是他們最大百貨的副理。我申請之後到手了。」

「恭喜，」我說，「你一定很興奮吧。不過，你外婆會想念你的。她非常喜歡你。」

他沉默片刻，彷彿若有所思，換手提我的購物袋。

「妳覺得她最近狀況怎樣？」他問。

「還算清醒，」我說，「只是我的感覺，還是說目前狀況好的日子真的多過狀況差的日子？我在想她的病是不是……怎麼說……進入平原期？也許影響沒有我們擔心的那麼大。」

「不過，」他說，「她也不可能改善，是吧？要不是停在原狀，不然就是走下坡。」

「對，我想確實是這樣，」我說，他的悲觀令我失望。「你到時能常回來看她嗎？澳洲好遠喔。」

「唔，那就是我想跟妳談談的事情之一。」

我瞟他一眼，納悶我們是不是真的像我想的那樣巧遇，還是他原本就在埋伏以待。畢竟我的生活作息規律可循。

「重點是，」他說，「我滿想帶外婆一起去的。」

「去澳洲嗎？」

「對。」

我噗哧一笑。想到海蒂登上雪梨港橋，或是在邦迪海灘上漫步，便覺得荒謬。她畢竟都快七十了，搬到世界另一邊的陌生國度，連紙鈔都是陌生的，恐怕只會讓她神智更混亂。

「我是認真的。」奧布朗說，面帶笑容。

「可是那樣好嗎？」我問，「說到底，她認識的一切都在這裡，她從來不到遠處活動。」

「所以才更有理由讓她看看世界，妳不覺得嗎？」

「如果她年輕二十歲，也許。」我說，並不信服。

「重點是，」他繼續說，「我原本希望妳可以替我跟她講講看。」

「跟她講什麼？」

「是這樣的，我想做的是賣掉公寓——」

「誰的公寓？你的公寓嗎？」

「不，她的公寓。」

「原來。」

「還有在我離開的時候跟我一起走。我是說，跟我們一起走。我女朋友也要一起來。她也受夠這裡的生活了。先是脫歐，然後是疫情——」

「海蒂在三號公寓住了一輩子，你知道吧？她的養父母在她還是嬰兒的時候帶她回來這裡，她從沒住過其他地方。」

「當然，所以她現在一定住到很膩了，對吧？」他問，咧嘴笑著，可是我並未理會這個笑話。我可以看出這個對話的走向，我覺得煩躁。這些男人難道都在坐等父母和祖父母死掉，以便換錢變現的時刻？

「那些公寓很值錢，」他繼續說，「唔，妳當然曉得，卡登跟妳說過。」

「卡登——」我開口，但不確定這個思緒該如何收尾，卡登和奧布朗竟然背著我密談？彼此交換意見，看看我和海蒂這兩個障礙物移除以後，自己可以拿到多少好處？

「我考慮在摩士曼買房，那裡滿貴的，」他說，「在雪梨北岸，靠近——」

「我知道摩士曼在哪裡。」我說。

「是嗎？」

「我住過雪梨，」我告訴他，「很久以前的事了，不過那裡我算熟。」

「妳真是一匹黑馬，出人意料。」

「比你想的還黑。可是，欸，我就是無法想像海蒂住在那麼遠的房子。」

「噢不，妳誤會我了，」他說，「我不是要請她搬來跟我和麗茲一起住。不是的，我做了點研究，找到附近一家很棒的退休村。她會交到很多朋友，那裡有很多活動，而且當然了，天氣——」

「天氣、天氣、天氣，」我說，手在空中揮啊揮，表示不以為然。英國人老是把每場對話帶回這個最乏味的話題上，這份決心總是惹我心煩，「那不是生活中唯一重要的事，知道吧。」

「對，可是——」

「你外婆對這個大計畫有什麼想法？」

「興趣不大。」他承認。

「我想也是。」

「所以我才希望妳可以加進來。」

「為了什麼？」我問，「你希望我可以說服她？」

「妳一定看得出，這個計畫滿合理的吧？如果我要搬到一萬七千公里之外的地方——」

「我不用公里算，」我告訴他，「換算成英制是多少？」

他想了想。「也許一萬英里？」

「好，繼續。」

「如果以後會相隔一萬英里，她跟我一道走是很合理的事，我畢竟是她唯一的親人。」

「那也可以當成你留下來的理由啊。」

「我沒辦法，芬斯比太太，」他邊搖頭邊說，「那對我來說是個大好的機會，我需要新的歷險。我還太年輕，不適合在塞爾福里奇定下來，一天過一天、一星期接一星期，一年又一年，千篇一律直到退休。」

這樣說也不是沒道理，我點點頭，態度稍微緩和。我們現在已經快到冬市苑了，在通往前門的階梯上暫停腳步。

「我不是想騙她東西，如果那是妳在擔心的，」奧布朗說，「我不是說想賣掉公寓，拿錢中飽私囊。雖然我不會假裝說，現在先拿到一些遺產對我來說毫無用處，我是真的需要。我永遠不會拋棄外婆，可是也不希望因為她的關係，放棄這樣的機會。我會想個適合大家的方式。」

「你是什麼時候跟卡登談的？」我問。

「什麼？」

「你是什麼時候跟卡登談的？」我重複。他頭一次就聽明白了，他只是在拖時間。

圖桑先生開著風格搶眼的紅車來接我們，吸引了每個路人的興趣。我不知道他的財富從哪裡來的，可是推想是家族傳承下來的，在戰爭期間小心藏起，解放初始，又可以到外頭逍遙。儘管我對他抱持懷疑，爬進這樣的交通工具時，我不禁覺得很刺激。艾密爾從對街的服飾店走出來，羨慕地看著。

「妳該不會要離開了吧？」艾密爾問，傾身看著金屬車身，細看皮椅和光滑的內裝。母親看到我們交談感到心煩，上車的時候瞪了他一眼。

「就一天，」我告訴艾密爾，「據說要撐篙。」我翻翻白眼假裝沒興趣，雖然我現在滿期待這次出遊的。「不是我的點子。」

「要是你的髒手弄髒我的烤漆，艾密爾，你事後要負責清洗。」圖桑先生說，坐進駕駛座。艾密爾用手帕誇張做出擦車門的動作，客氣行個禮，然後晃回了店裡。我們開走的時候，我回頭望去，希望他會繼續看著我們消失在視線之外，但是沒有，令我失望的是他已經回到店裡。

圖桑先生降下車頂，往前行駛的時候，風拂在臉上的感覺真美妙。我已經好久不曾搭別人的車到哪裡去。想當然耳，我們住另一地方時，父親有輛車，庫特常常被指派為他的司機。說實話，我坐在那個年輕中尉後面時，經歷過一波波慾望的亢奮感，他濃密的金髮以及梳子在上頭留下的線條，宛如新耕的田地，在在讓我迷醉。現在依然歷歷在目，陽光中站在父親的車子旁邊，長褲搭白背心，吸引目光到他肌肉結實、曬成古銅的胳膊。我原本用我那幼稚的方式跟他調情，這時弟弟打斷了我們，堅持我既然只有十二歲，應該別再裝大人了。當時庫特從我身邊走開，我忖度讓庫特焦慮的是我的稚嫩，還是因為害怕父親的不悅。那時我好氣弟弟，那是我頭一次希望他受到傷害。

「我們到底要去哪裡？」我問，但圖桑先生和母親都沒回答。他們忙著談笑。我拉高嗓門，再試一次。「圖桑先生？」我呼喚，聲音勉強穿透風聲，「你要帶我們去哪裡？」

「一個叫聖旺的地方。」他說，沒轉過頭來，而是繼續盯著前方馬路。我注意到他的右手搭在母親的大腿上。「不遠，車程大約半小時。附近有個公園，我們可以在那裡吃午餐，之後我們就在河裡乘船。」

「安全嗎？」我問。

「噢，葛蕾朵，」母親說，笑聲非常虛假，「雷米不會帶我們到任何有危險的地方，對吧，親愛的？」

「我寧可犧牲一條手或腳。」他宣稱。我選擇不再聊下去，寧可跟自己的思緒獨處。風將我的頭髮往後吹，我解開洋裝頂端兩顆鈕釦，讓空氣拂過我的肌膚，然後閉上眼睛，往後昂起頭。我再次睜開眼睛的時候，看到圖桑先生從後視鏡觀察我，我們目光交會。我想轉開視線但遲遲無法。母親瞥了過來，看到我們怎麼盯著對方，手輕柔地搭上他的胳膊，他那時便轉向她，綻放笑容，雙手回到方向盤上。

圖桑先生帶了野餐籃來，我們坐在船塢大公園享用小長棍、醃肉、薩瓦鐸姆乳酪，還有我不曾嚐過的一種糕點，表面塞著風乾番茄和橄欖，全部配著一杯杯葡萄酒沖下肚。

人不多，但有幾對年輕男女在附近漫步，互換依戀的目光，還有家庭帶著小小孩以及更小的狗。我納悶一兩年前這裡是什麼光景。公園是不是擠滿士兵？還是大家過著跟入侵以前大同小異的日常生活？

「你打扮得非常優雅，圖桑先生。」我說。母親轉過頭來對我皺眉，這點有點令人費解，她事先交代我要對他客氣有禮，恭維不就是禮貌的極致嗎？

「謝謝妳，葛蕾朵，」他回答，「妳這樣說真好心。」

「我想你有私人的裁縫師？」

「確實有。」他承認。

「是維尼耶先生嗎？」

他頓住片刻。「可是維尼耶先生是誰？」他問。

「我們住處對街有家男士服飾店就是他的，我以為你可能在那裡買過東西。」

「沒有，」他回答，「我的裁縫住聖日爾曼法布街。」

「那你沒進過維尼耶先生的店面嘍？」

「恐怕沒有，」他搖著腦袋說，「妳推薦嗎？」

「葛蕾朵恐怕愛上了在那裡工作的男生，」母親說，酒精現在發揮作用，語氣惡劣起來，「他當然完全不適合。」

「哪裡不適合？」

「唔，他從商，只是個店家小伙子。」

「英俊嗎？」圖桑先生問。

「可是你一定認識他吧。」我問。

「不認識，」他說，一臉徹底無辜，「我說過，我沒進過那家店。」

我決定不再追究下去。我之前是不是聽錯了？可是，不，我可以清楚回想起他說的話。**要是你的髒手弄髒我的烤漆，艾密爾，你事後要負責清洗。**如果他不知道這家店或店家主人，又怎麼可能曉得艾密爾的名字？

「好了，我想我們已經吃夠喝夠了，」他說著便站起來，拍拍身子，「該要雇艘船過來了，妳們同意嗎？」

「噢好啊！」母親收拾野餐盤和餐具，放回籐籃，「來吧，葛蕾朵，幫我整理這些東西。」

我將鋪毯對折再對折，收攏喝空的酒瓶。

「妳愛看書嗎？葛蕾朵？」我們將籐籃放回車上時，圖桑先生問我，母親去找公廁，現在只剩我們兩人。

「愛，我愛書。」我承認。

「讀過《紅杏出牆》[20]了嗎？」

我搖搖頭。我當然聽過左拉，但還沒機會透過書本認識他。

「故事滿有趣的，」他告訴我，「小說三個核心角色有一天就是來這裡，來聖旺撐篙。泰瑞莎本人、她病懨懨的丈夫卡米爾，還有她的愛人羅蘭，羅蘭是卡米爾最好的朋友，

20 *Thérèse Raquin*，一八六八年出版，法國作家左拉（Émile Zola, 1840 – 1902）的小說。

那個體弱多病的年輕人不知道那對戀人計畫把他從船上推進河裡。他們希望聯手溺死他，然後就能跟對方結婚。」

「好殘忍，」我說，納悶他為什麼要跟我說這個，「他們最後成功了嗎？」

「成功了，」他回答，「可是他們並沒得到快樂的結局，卡米爾每天晚上都到他們的夢裡來騷擾他們。他知道他們邪惡殘忍的犯行，無法安息，決定要讓他們付出代價。」

「故事怎麼結束？」

「我不想提前說破，」他說，漾起笑容，讓我看到他一口銳利白牙，「不過這麼說好了，正義得到伸張。」

「被我們錯待的人，他們的靈魂盯著我們，等待報復的時機，」我問，「你相信有這種事嗎？」

「就像我相信世界是圓的，相信黑夜之後就是白天，」他說，「可是妳沒什麼好擔心的吧，葛蕾朵？妳這年紀的姑娘不可能錯待什麼人。妳的良心是清白的，對吧？」

「你們兩個在聊什麼小道消息呢？」母親問，現在又跟我們會合，疑神疑鬼輪流看著我們。

「謀殺，」圖桑先生說，持續直視我的眼睛。「欺瞞、報復。」

「對今天這樣的日子，這主題太哲學了吧，」她說，微微打了哆嗦。「來吧，雷米。」她補充，勾起他的手臂，「咱們去找艘船，太陽再不久就要躲進那些雲後頭了。」

他們朝著碼頭的方向往前走，可是我繼續待在車邊片刻。母親轉過身來，呼喚我的名字，我才跟了過去。

15

當然了，我遲早都會碰到亨利，只是時間早晚。

冬市苑後頭有個長形花園，占地面積五十乘三十英尺，樹木環繞四周，這片風光明媚的領地裡有一雙木頭板凳，各據東側與西側，彼此面對面，遠遠的角落裡有張野餐桌。我和艾德格在夏季月份裡常常坐在外頭，平心靜氣閱讀或只是享受陽光；卡登還小的時候，會跟朋友在裡頭瘋狂奔跑。不過，隨著年紀漸長，我比較少待在那裡。我們頭一次巧遇的那天，距離上次我踏進那裡，可能事隔四個月。

那天早晨相當暖和，我打開所有的窗戶讓公寓透透氣，但是心頭有點窒悶感，於是從抽屜拿出墨鏡，帶著瑪麗安東尼傳記，在其中一張板凳上坐定，身旁放著一瓶水。懸垂的枝椏正好提供遮陽的涼蔭，我從上次停下的地方開始，那個愛冒險的年輕女子嫁給路易－奧古斯特，成了法蘭西的皇太子妃，真是高招，而新郎倌甚至連出席典禮的禮儀都不顧。

我還沒讀二十分鐘，就開始感覺到有人盯著我。我抬起頭環顧四周，但是只有一片靜寂，於是我回頭看書。接著，連通樓房和花園的後門終於開啟，一顆小腦袋探了出來。我作好心理準備，明白這個時刻避無可避，準備和這男孩認識一下。

當初卡登出生時，我生怕他會讓我想起弟弟——那就是我希望能生個女兒的原因之一——真是萬幸，卡登一點都不像他，而是長得像他父親那邊的家族。但是關於亨利的一切將我帶回了八十年前，我不得不伸手抓緊木頭板凳的扶手，以便穩住自己。

就像我弟弟，這男孩就年紀來說身形偏小，頂著一頭濃密的深棕色亂髮，臉龐乾淨、毫無瑕疵。他穿著顏色鮮豔的短褲搭馬球衫，即使隔開一段距離，我也可以看出他眼眸多藍。我們彼此端詳，各自僵在原地不動。對我來說，彷彿鬼魂從灰燼裡重生，當面與我對質。最後，他以無比謹慎的態度，開始邁步走向我。

「哈囉。」他靠近的時候說。

「哈囉。」我回答。

他的左臂從手腕到肘部，以玻璃纖維套住，手臂靠在吊帶上。他抬頭望向樹木時，我納悶他是否喜歡爬樹，是否在前一個家因為冒險而意外受了傷。

「我叫亨利。」男孩說。

「我是葛蕾朵。」

他一臉驚訝，然後輕輕笑了。

「我不能那樣叫妳。」他說。

「為什麼不行？」

「因為我必須叫妳什麼什麼太太，那樣才有禮貌。」

「唔，既然這樣，你可以叫我芬斯比太太。」我告訴他，「可是如果你想叫我葛蕾朵，我不介意，其實我更喜歡別人直呼我名字，我沒那麼拘束。」

「就像韓塞爾和葛蕾朵那個故事[21]的名字嗎？」他問

「我想是吧，對，那個故事你熟嗎？」

他點點頭。「他們被一個可怕的老巫婆抓到，關在屋子裡。巫婆養胖他們，想把他們煮來吃。」

「沒錯，」我附和，「可是她沒成功。」

「妳有弟弟叫韓塞爾嗎？」

「沒有。」我說。

「妳沒有弟弟，還是沒有叫韓塞爾的弟弟？」

我沒回答，也許因為聊到故事，他瞥了瞥我懷裡的書，伸手指著。

「妳在讀什麼？」他問。

「瑪麗安東尼的傳記。」我告訴他，舉起來讓他看看封面。

「她是誰？」

「她不在了，」我糾正他，「是法蘭西王后，噢，距離現在一定超過兩百年了。」

「她怎麼了？」

「她的腦袋被砍掉了。」我說。

亨利瞪大雙眼，嘴型噘成O。我希望我沒嚇到他。

「為什麼？」他問，一時換不過氣。

「大家起義反抗，」我解釋，「我是說人民。他們覺得國王和王后對他們不是很好，所以他們發動了革命。」

21 格林童話《糖果屋》的主角兄妹，兩人被遺棄在森林裡，差點被邪惡的糖果屋女巫吃掉的故事。角色名字也有其他譯法，像是漢賽爾與葛麗特（或葛蕾特）。

他現在聽得很專注，我有種感覺，他在學校可能是個好學生；他對周遭的世界，對過去發生的事，以及即將到來的事情充滿興趣。

「他們怎麼砍掉她腦袋的？」他問。我綻放笑容，小男孩就是愛聽比較陰森的細節。

「有種機器叫做斷頭台，」我告訴他，「你聽說過嗎？」

他搖搖頭。

「那個東西很高，用木頭做的，有個斜放的刀刃懸在頂端。革命人士要他們的敵人躺在裡頭，刀刃從上面掉下來，劃過脖子，砍掉的腦袋就會掉進籃子裡。顯然，當時的婦女會坐在前排，一邊看一邊織毛線，我不知道這是真是假，還是好萊塢發明的東西。」

「好可怕。」他說，可是我聽得出他內心有一部分因為這其中的恐怖而興奮。

「是啊，」我附和，「不過他們說不會痛，應該算是滿人道的。」

他眉頭蹙起。「滿人道的，是什麼意思？」他問。

「表示對人不錯。」我說。

他想了想，然後轉過身，在草地裡拖著運動鞋，像公牛似地準備衝刺。出乎意料地，他拔腿衝向花園的一個角落——動作小心，免得弄到受傷的手臂——然後又跑回來，彷彿突然需要消耗一些精力。他又開始說話時，彷彿之前什麼都沒發生過。

「妳也住這裡嗎？」他問，我點點頭，往上指向二樓窗戶。

「我住在你的正上方，」我告訴他，「二號公寓。」

「我住一號公寓。」

「我知道，還喜歡這裡嗎？」

他聳聳肩膀，彷彿對他來說，一個地方跟另一個地方沒有兩樣。

「你的臥房好嗎？」我問。

「我的牆壁上有哈利波特的海報，」他告訴我，「那個系列的每本書我都有，還有十一個人物公仔。」

「都讀過了嗎？」

「讀了兩次，」他說，「可是現在我在讀這個。」

直到這時我才意識到，他也隨身帶了本書，夾在完好的手臂下，現在正朝我伸來。

「媽咪說我要先讀點別的，才能再讀《哈利波特》。」

彷彿有人賞我一掌似的。卡登還小時，我不准他從圖書館借亨利手上的這本書，雖然書名很吸引他。我當時告訴他，他可以從任何年齡群的書籍選一本書，可是就這本不行。

「怎麼了？」亨利問。

「沒什麼。」我說。

「妳的表情變得好奇怪。」

「因為我老了。」我解釋。

「妳幾歲？」他問。

「我一百二十六了。」我說，他似乎欣然接受，認為是很合理的回答。

「我才九歲。」他說。

花園另一頭的門開了。麥德琳走到外頭，滿臉憂心。她看到我們在聊天，或者看到亨利安然無恙，手搭在胸口上，彷彿他的缺席在她想像中所激發出來的種種恐怖，終於平息。

「原來你在這裡！」她呼喚，男孩猛地轉身。

「那就是我的媽咪。」他說。我點點頭。

「是，我知道，」我說，「我見過她。」

「亨利，別打攪芬斯比太太！」她喊道，「回屋裡來。」

他聽令行事，毫無怨言，我對他這麼聽話印象深刻。

「再見，葛蕾朵。」他說，走了開來。

「再見，亨利。」我回答，在他走出聽覺範圍以前，我對著他的背影呼喚。「噢，亨利！」我喊道。

他轉過身來望向我，一臉不解。門還開著，但麥德琳已經消失蹤影，可能已經回到自家公寓。

「你手臂怎麼了？」我問。

他盯著我，然後望向那條手臂。我看到他試圖想個回答，瞇起雙眼，彷彿不大記得自己該說什麼，然後一語不發，轉身跑回屋裡，隨手甩上了門。

就在那時，我才發覺他把自己那本《金銀島》留在了板凳上。

16

撐篙出遊之後幾天，我到維尼耶先生的店裡找艾密爾，可是只見到他父親。維尼耶先生向我打招呼，但並不是很有禮貌。這是我們頭一次對話，我從他的表情可以看出，他並不喜歡我出現在他兒子的生活中。

「他兩點就應該回到這裡，」他說，從背心口袋掏出懷錶，輕敲玻璃錶面，指甲以男人來說留得太長，我有點反感地盯著它們。「看，都已經整點過十分了，真是個靠不住的小伙子。」

「可是他工作得很賣力，」我回答，替他辯護，「他對工作和你忠心耿耿。」

維尼耶先生壓低嗓門，嘟囔說了點模糊不明的話，看來他的心情安定不下來。

「妳叫葛蕾朵，是吧？」他終於問，我點點頭。

「對，葛蕾朵．蓋馬爾。」我說。

「蓋馬爾。」他慢慢重複，直直盯著我。我別開臉，不希望臉上洩漏我冠那個姓氏的時間還不長。

「告訴我，妳對我兒子有什麼打算，蓋馬爾小姐？」他問。

「他的友誼，只是這樣。」我回答，因為這個問題而詫異。

「你們這個年紀的男生和女生不可能單純當朋友，總是會有感情的干擾。我想，妳對他有那個意思吧？」

我搖搖頭，心煩他竟然用那樣高高在上的態度對我說話，母親在我們住柏林或另一地方時，就是用那種口吻對我們家女傭瑪麗亞。我傲慢程度不減，相信別人應該用特別尊重的態度對待我，「我們只是互相認識一下，就這樣而已。」

「我不希望他從工作上分心。」維尼耶先生說。

「每個人偶爾都需要分心一下。」我說，勇氣現在逐漸增加。維尼耶先生張開嘴要爭辯，但，還來不及大放厥詞以前，門上的鈴鐺叮叮搖響，我們轉身便看到艾密爾走了進來。他撥開額上的散髮，在店頭中央暫停腳步，輪流望著我們。看到我們在聊天，他露出忐忑的神情。

「爸爸，」他說，朝父親點點頭。「葛蕾朵。」

「你慢了。」維尼耶先生回答，走到櫃台後面，從架上拿起外套。

「我被耽擱了，抱歉。」

他父親悶哼一聲，沒對我們兩個多說一個字，逕自離開店面去吃中飯。艾密爾面帶尷尬笑容，轉回來面對我。

「抱歉，」他說，「他肚子一餓，脾氣就暴躁。」

「不要緊，」我說，「不過我覺得他不大喜歡我。」

「很正常，他替我擔心。」

「他認為我把你帶壞了？」

「不，沒有那回事。」

我皺起眉頭，等著他解釋，但他朝我走來，我們彆扭地接吻。

「星期天，圖桑先生帶我和母親去聖旺以來，」我說，「你就沒再來找我。」

「抱歉，」他回答，「我這邊很忙。那天過得愉快嗎？」

「沒有特別愉快，他裝得好像是駕船的專家，可是不止一次，他害我們差點翻船。可能因為他事前喝太多酒。母親放聲尖叫，河上的每個人都轉過來瞪我們。我覺得好丟臉。」

艾密爾哈哈笑。「真希望可以親眼看到。」他說。

「我希望你也在。我認為……」我頓住，他朝我靠得更近。我垂眼看著地面，希望鼓勵他伸出手，用手指抵住我的下巴下方。他這麼做的時候，我抬起頭，直直望進他的眼睛。

「妳認為什麼？」

「圖桑先生可能愛上我了。」

我不可能忽略他一臉興味的表情，這點不只冒犯了我，也激怒了我。

「你認為我在開玩笑？」

「他都一把年紀了，」艾密爾抗議，「至少有三十五了，妳只是個小妞。」

「那樣年紀的男人喜歡我這年紀的姑娘，」我告訴他，「他們欣賞我們的天真。」

「我不確定我會用那個字眼來形容妳。」他說。

「為什麼不？」我問，他的語氣讓我驚訝，感覺帶有敵意，但他持續緘默。我盯著他，我之前是不是太過主動了？

「你很刻薄。」我告訴他。

「我只是開玩笑，」他說，溫柔地將手搭在我的前臂上，「沒必要這麼敏感。」

他走向櫃台邊的箱子，抬到工作台上，用銳利的刀刃劃過封口。打開來是色彩繽紛的各種襪款。我發現很難想像有男人會穿這麼浮誇的東西，我人還沒離開，艾密爾竟然自顧自回頭工作，這點惹惱了我。我想要占住他的注意力。全部。我認為那是我的權利。

「所以，」我終於說，「我們什麼時候能再見面？」

「我們現在就在見面。」他回答。

「你知道我的意思，」我說，「也許你可以再帶我去那家咖啡館，還是我們可以去散個步，也許某個晚上我們可以……」

我不再說話，他抬起頭，聽出我暗示的語氣。「可以怎樣？」他問。

「唔，你父親總不會白天晚上都一直在家吧？我們可以相處一段時間，在樓上。」我往店尾那扇門瞥了一眼，我想那扇門通往階梯，然後連向他們的住所和他的臥房。他追隨我的視線，轉回來面對我的時候，我可以看到他臉上的慾望。我意識到，要重新得到一個小伙子的注意力有多麼簡單。

「真的嗎？」他問，聲音微微粗啞。

「真的。」我說，淡淡一笑。我不在乎會不會因此在他眼中降低地位。重要的是，我能讓他保持興趣，而且反正我想跟他一起經歷這個成長儀式。我第一次見到他就想這樣了。

他現在走回我身邊，更熱情地吻我。他貼住我身子時，我可以感受到他的熱切，一手搭上他的胸膛。

「我不是指現在。」我說。

「那什麼時候？」

「改次，下星期吧。什麼時候最好？」

他想了想。「星期四，」他說，「我父親星期四晚上都會去找朋友，一次總是去幾個鐘頭。」

「哪種朋友？」

「一個女性朋友，」他回答，對這個念頭同時感到尷尬和反感，「他們有固定的安排。

他出門一身古龍水味，回來的時候渾身香水臭。」

「那他幾乎不能怪我們，是吧？」我問，「你有沒有過……？」我猶豫起來，我對自己的過往這麼保密，我不確定能窺探他的過去到什麼程度。「你跟女生在一起過嗎？」

他點點頭。「只有一次，」他說，「戰爭結束那晚。她年紀比我大，我不確定我是不是滿足了她。妳呢？跟男生？」

我搖搖頭。他似乎很詫異，一手貼上我的臉頰，拇指輕柔拂過。我得強忍衝動，才沒在那刻將他拖上樓，但我知道最好不要。我想跟他上床，是的，可是我想要的不只如此。我需要他愛上我，娶我為妻，將我從母親身邊帶開，幫助我建立新生活，讓我可以抹消自己的過去。我這麼快就將自己承諾給他，明明讓他等待更能達成目標，我納悶自己是不是做錯了？可是已經說好星期四，不能反悔。我是有不少缺點，但我並不愛戲弄人。

我們又多接吻了一下，我離開店面的時候，腦海浮現一個念頭。

「你想，圖桑先生的事情，我弄錯了嗎？」我問，「就是他愛上我的事。」

艾密爾聳聳肩。「他不管碰上哪個女生，都會愛上她們，」他說，「不管老的少的。大家說他對女人有貪得無厭的慾望。」

「你跟他很熟嘍？」

「我從小就認識他了。雖然他年紀比較大，不過是我哥哥的好朋友。路易很敬佩他，他在我哥的眼裡是英雄，我哥是因為雷米才加入反抗軍的。」

我走到街上時思索著這一點，冷風朝我臉上襲來，現在冷冽刺骨。所以圖桑先生確實認識艾密爾。我想不通圖桑先生為什麼要騙我？

17

海蒂．哈葛夫今天早上狀況不錯。

我們在她公寓裡坐著喝咖啡，技工忙著修理她的爐子。技工抵達的時候，她打電話給我，因為她不喜歡和陌生男人共處。大約十年前，有個男人聲稱自己是瓦斯局的人員，想辦法進了她的前廳，從她手上騙走了兩百英鎊。她後來一直沒恢復對陌生人的信任感。

「見過新鄰居了嗎？」她用神秘兮兮的語氣問。我點點頭。

「我見過那個太太了，」我告訴她，「還有那個小男生，倒是還沒見過先生，顯然是個電影製作人。」

「我昨天晚上見到了。」她說。我不知道達西－威特先生從洛杉磯回來了，在冬市苑沒看到也沒聽見任何跡象。「真的，」她堅持，注意到我的懷疑，「不是我編的。等妳見到他就知道。」

「為什麼？」我問。

她綻放笑容，一手搭上胸口，用少女懷春般的方式猛眨眼睫毛，我忍不住笑出來。

「妳知道李察吉爾嗎？」

「那個演員嗎？知道。」

「唔，他讓我想到李察吉爾，」她告訴我，「只是長得更好看。我下樓拿郵件，他正好走出來查自己的信箱。我們聊得很愉快。」

「聊什麼？」

「聊冬市苑啦電影啦。他聞起來好像沾過檀香似的。我不知道男人可以那麼好聞。還有他的牙齒！葛蕾朵，我不知道是真是假，可是白得跟雪一樣。」

「我想是牙齒貼片吧。」

「那種牙齒在一般英國男人身上不會看到，這點很肯定。一看就知道他在電影界工作。噢，要是我年輕二十歲就好了！」

「那個小男生呢？」我問，「妳跟他講過話了嗎？」

「沒有，可是我看過他在外頭玩，」她對著窗戶點點頭，就像我的窗戶，也能俯瞰花園，「小男生對我來說沒什麼用。」她不以為然地補充。

「夫人，」技工說，現在走進客廳，握著大螺絲起子的樣子挺嚇人的，「我需要更換的不只是爐台，還有插座和線路，您可以接受嗎？」

「可以，可以，」她說，在空中揮揮手，「只要我能煮蛋就好了，那是我唯一在乎的。」

他點點頭離開房間，我盯著他的背影。

「他哪裡人？」我問，壓低聲音免得他聽見。

「不知道，我沒問，歐洲某個地方吧，我想。為什麼問？」

「沒為什麼，」我說，「所以妳喜歡他嘍？看起來友善嗎？」

「誰？修理我爐子的男人嗎？」

「不是啦，我是說達西－威特先生，樓下的那個。」

「噢對，他叫艾力克斯。」

「有，她跟我說過。」

「我想全名是艾力山卓吧。」

「可能吧。」

「太太是什麼樣的人？」

我想了想。「很難說，」我告訴她，「就我看，似乎有點茫然，精神渙散，或者承受不住搬進新家的風波。」

「看來快樂嗎？」

「不，不特別快樂。她不工作了，暗示先生不希望她工作。她原本是演員，他們就是那樣認識的。」

「她滿漂亮的，」海蒂說，「這倒是真的。」

「我還以為妳沒見過她？」

「是沒碰過面，但我看過她。我聽到樓下門打開，總是習慣往窗外瞥一眼。我想留意一下來來往往的狀況。」

我皺起眉頭，納悶她是否在筆記本裡寫下了每個人的動向。也許她是被騙了以後才開始這麼做的。

「她這年紀成天坐著無所事事，未免太年輕了點，」我問，「像她那樣的年輕女人應該到世界上賺錢養活自己，而不是仰賴她先生。」

「她哪有坐著無所事事，」海蒂抗議，她比我更喜歡當家庭主婦，聽不進一絲這方面的批評。「首先，她有那個孩子要照顧。」

「他九歲了，」我說，「我想他大多時候都在上學。也許她是那種早上跑健身房，中午跟朋友碰面吃飯，到了茶點時間已經喝雞尾酒喝茫了的人。」我這樣說真刻薄，但我心情正好想使壞。

「我沒見過那個男孩。」她重複。

我啜飲咖啡，一語不發。我發現海蒂可以像那樣在對話裡進進出出，前一刻如此清明，下一刻微微偏移，真是奇怪。就像等拍攝對象動了毫秒之後才按下快門，照片並未完全失焦，但略顯模糊。

「好了，」我說，把話題拉回我真正想談的，「澳洲的事我聽說了，到底怎麼樣？」

「怎麼樣？」她蹙眉問，「澳洲怎麼樣？」

「唔，我碰到奧布朗，」我告訴她，「他跟我說他打算搬過去，要帶著妳一起。」

她盯著我看，彷彿我瘋了似的。

「他跟妳那樣說？」她問，在椅子上往前俯身。

「他就是那樣說的，」我聳肩回答，「不是真的嗎？」

「他跟我說了工作機會，沒錯，」她附和，「確實也提到了我跟他一起去的事，可是我告訴他，可以肯定的是，等人用棺材把我抬出去，我才會離開這裡。我！到澳洲！妳能想像嗎？」

「噢，那就好，」我回答，如釋重負。「我原本還擔心我們就要失去妳了。」

「葛蕾朵，我都快七十了，」她說，現在呵呵笑。「妳真的可以想像我在紐西蘭跟袋鼠、沙袋鼠之類的一起玩嗎？」

「是澳洲。」我澄清。

「那個想法很荒唐。」

我還來不及再說一個字，便聽見樓下有扇門開了的聲音，我們不約而同往窗外一瞥。亨利踏進了花園，正往板凳走去。他坐下來翻開書——我之前將《金銀島》留在一號公寓門邊，想說他會發現——然後讀了起來。也許亨利察覺自己被觀察，於是朝我們方向望來，我們都將視線別開，彷彿被逮到做了不該做的事。

「奧布朗似乎滿希望妳一起去的，」我現在說了下去，遣詞用字格外小心，我不想惹她不高興，更不想在祖孫之間挑起糾紛，可是我也不希望她被占便宜。「我想他覺得如果妳去了，在他的財務上會有幫助。」

「妳的意思是，他想要我的錢。」

「唔，也不算。他是個好孩子，我知道。他一向很熱心。我想他覺得有妳幫忙，他可以有稍微好一點的起步。」

「想都別想，」海蒂不以為然說，「我愛奧布朗，確實愛，如果他搬走我會很傷心，可是答案是不。如果我到澳洲去，不到一個月就會死。我不懂那裡的人、錢、語言——」

「那裡的人說英文，海蒂。」

「可是真的嗎？葛蕾朵？」她皺著眉問，「真的嗎？」

「唔，真的，他們說英文。」

「一樣。就等於搬去火星。不，我要待在現在這個地方。奧布朗總有一天會繼承這戶公寓，到時他就會好過一點，可是還要等個幾年時間，我希望。」

我的壞情緒立刻消散無蹤。沒有一絲困惑；她說得再清楚也不過。技工再次出現，通知工作已經完成，她的爐子又能運作了，要弄帶殼水煮蛋、煎蛋或水波蛋都不成問題，然後遞維修單給她簽名。海蒂謝謝技工，站起來送他到門口。她回來的時候，我也站起來，告訴她很快再見。我們並未吻別，我們不時興這樣，我們不是法國人。

我往外踏上我們兩戶公寓之間的走廊，技工還在那裡，倚著樓梯，細讀手機上的東西。他往上一瞥，點點頭，又將焦點放回螢幕上。

「介意我問你從哪裡來的嗎？」我說，站在門邊，鑰匙握在手裡。他的腔調我聽來熟悉，可是無法確定地點。

「霍爾本[22]。」他說。

「是，在那之前。」

他遲疑片刻。我納悶他是不是以為，我想針對移民酸言酸語一番。

「波蘭。」他告訴我。

18

那個星期四傍晚我泡了久久的澡，耗掉好多熱水，我們的女房東使勁敲門吼道，說如果再聽到一次轉動水龍頭的聲音，就要把我和母親趕到街頭。可是為了艾密爾，我想

22 Holborn，英國中倫敦的一個地區。

將自己打理乾淨，盡可能覺得純潔。

後來，坐在我們的梳妝桌前，我用了母親的油膏和香水，然後用梳子理順頭髮，盯著鏡中的映影。我知道我長得漂亮——在街上常常引來讚許的目光——可是我覺得所有的生命都從我的眼眸消散了。我小時候在柏林，祖母告訴我我的眼睛是我最好看的地方，男人會因為我的眼睛而墜入愛河，而我虛榮地渴望有一天能證明她的說法沒錯。但現在我的眼睛是帶刺鐵絲網、生鏽爐灶、煙霧和灰燼的色彩。

幾天以來，我擔憂我可能太快將自己獻給艾密爾。母親警告過我，男人並不想要「被糟蹋過的貨」，丈夫會希望妻子在新婚之夜是個處女，男性當然不受這樣的期待。當初我一看到艾密爾，就將他當成我計畫中的棋子，為了離開我剩下的唯一家人，自立門戶。可是如果我讓他對我上下其手，他事後會不會把我一把拋開，另覓他覺得更端莊的對象？

不過，要改變主意已經太晚。我不會是那種承諾要獻身給男生，然後讓對方落空的那種人。

我換上最細緻的洋裝，就是我們離開另一地方時我隨身帶走的好衣服，然後將手貼在肚子上，穩住緊張的情緒。我因為焦慮而反胃，但也體驗到某種興奮的酥麻感。我現在望著街道，等著維尼耶先生出門去付固定的約，然後悄悄走下樓，穿越街道，輕敲男士服飾店的門。

「妳真的來了。」艾密爾說，他在假人身邊徘徊，期待我的到來。他拉開門栓放我進去時，似乎微微顫抖。他在我背後試了好幾次才將門鎖好，鑰匙在手裡輕晃。

「我說我會來。」我回答，盡量裝出世故的語氣。

我可以看出他很高興，雖然他的表情讓我嚇得倒退一步。我分辨不出他想吻我還是殺了我。

「要上樓了嗎？」我問。他點點頭，帶路穿過店面，邊走邊關燈。他牽起我的手，我們登上階梯走向他跟父親同住的小公寓。我四下張望，有意思的是，父子倆把家裡打理得很好。秩序井然，跟樓下的店面一樣整齊，這我倒不意外，我原本就認為維尼耶先生是個一絲不苟的人，任何雜亂都會冒犯到他。

艾密爾父母的加框肖像就放在一張小桌上，我想那個女子是他母親，是婚禮那天拍的。他們看起來好悲慘。

「很可怕吧？」艾密爾說，看著我的時候笑了一下。「一副要去參加葬禮的樣子。」

「他們在一起不幸福嗎？」我問，轉回去面向他。

「才沒這回事，」他一臉提防說，「他們非常愛對方。」

「也許只是緊張吧。」我提議。

「也許他們對未來有點預感。我父親在第一次大戰的時候去服役，後來又有個兒子死在第二次大戰。」

「能不能給我幾分鐘，葛蕾朵？」他在一段不自在的沉默之後說，「我工作一整天，可能應該泡個澡。」

「當然。」我說，部分的我希望他就停留在原本的樣子，成天工作的氣味傾注在肌膚裡。他悄悄走進另一房間，我聽到浴室水嘩啦嘩啦作響，再來是衣服滾落浴室地面的聲音。想像那個男生裸著身子，為了準備跟我在一起而沖洗身體，令我興奮莫名。

有更多照片散落在房裡，我一張張細看。頭一張是艾密爾還小的時候，對著鏡頭微笑。然後是一個稍大的男孩，我想是他哥哥路易。他俊美非常，深色頭髮、眼神堅定，下巴往前推搡，彷彿想強調自己的男性氣概。他戴著扁帽，不是維尼耶先生的男士服飾店可以買到的那一類，而是工廠工人上班時可能會戴的那種。他已經幾天沒刮鬍子，但鬍渣只是平添他的魅力。這是個強韌的男人，是個願意以死捍衛自己國家的人。我把照片放回原位，想像他站在行刑隊前方，一手舉向空中，即使子彈紛紛射穿他年輕的身軀。

洗澡水清空的聲響從浴室傳來，我離開客廳，迅速沿著走道往前。那裡有兩間臥房，一間有雙人床，另一間有兩張單人床，我走進了有兩張床的房間。其中一張床整個清空，連床墊都不見了。只剩下金屬框和橫亙在撐欄上的彈簧。另一張床鋪得很細心。我納悶艾密爾每天都這麼用心鋪床，還是特別為我預備的。兩張床之間只容得下窄小的儲物櫃，頂端放了另一張照片，這張是兄弟倆站在一起的合照。他們用一條手臂環搭對方的肩，路易直對著鏡頭哈哈笑，艾密爾望向哥哥，臉上掛著近乎虔敬的表情。對哥哥有那麼深的崇敬，我納悶他失去哥哥，怎麼繼續活下去。我當然也愛我弟弟，但是在我們都還是孩子時失去他。要是他活下來，我敢說我們的關係會與日俱進，也會親近起來。可是那種狀況現在不會發生了。他走了。路易走了。幾百萬人都走了。

背後傳來聲音，嚇了我一跳，我轉身看到艾密爾站在門口，除了腰間裹住的毛巾之外赤條條的。看到他衣不蔽體的狀態，我很驚訝，臉脹紅起來。他的胸膛結實無毛，肌肉線條分明。我渴望知道他肌膚在我手指下的觸感。他察覺這點，漾起笑容朝我走來。我們接吻，我可以感覺他興奮起來。

「我們做這件事以前，」他說，拉開身子片刻。他肌膚的潮溼、肌膚的香氣，我吸進他的麝香味時合上了眼睛。我從來不曾在別人手中覺得這麼虛弱。那一刻，他要我做什麼我都會答應，叫我跳出窗外、往自己身上縱火，我都會言聽計從。「我們做這件事以前，」他重複，「我對妳有個要求。」

「是？」我說，抬頭看他。

「這個星期日，距離現在三天，妳那天晚上可以跟我碰面？」

「當然。」我說，作勢要再吻他，但他把我架開。

「我需要妳口頭保證，」他說，「星期天六點，不管現在到那時之間發生什麼事，妳都不會讓我失望？」

我皺起眉頭，不確定他為什麼當下此刻聚焦在那麼瑣碎的事情上。「我保證，」我說，「星期日六點，我會在店門外跟你會合。為什麼？你要帶我去哪裡？」

他綻放笑容，搖了搖頭。

「是個驚喜，」他說，「妳必須信任我。」

「我的確信任你，」我說，「我什麼都信任你。」

這個回應似乎讓他相當滿意，開始解開我洋裝頂端的鈕釦，我顫抖著手鬆開他毛巾的結。他赤著腳一踢，關上背後的門，然後以超乎我意料的自信，領著我到他的小床。

他趴在我上方，臉埋進我的頸邊。他的身體推進我的身體裡，我發現他的愛並無法給我我原本盼望的滿足感。我們身邊的空床感覺就像對我過去的批判。我可以聽到他哥哥的說話聲，或者該說他哥哥的鬼魂，慫恿艾密爾繼續，告訴他別饒過我，盡可能從我身上榨取滿足感，但別給我一分一毫。

告訴他儘管傷害我，如果能夠讓他開心。

19

我醒來的那一刻就知道有狀況。

跟我這年紀的許多人不同，我的睡眠模式很少無故亂掉。我一般都在十點新聞過後就寢，雖然鬧鐘設在七點，但我的大腦如此習慣在那時醒來，我會在鬧鐘響起前幾分鐘就睜開眼睛，伸手按下按鈕，阻止鬧鐘的嗶嗶聲開啟我的這一天。

不過，今天晚上我突然恢復意識時，房間依然幽暗。我撚開床頭燈，瞥了眼時鐘。才剛過半夜一點。我嘆口氣，感覺不到睡意但想到要繼續清醒幾個小時就害怕。我考慮泡個甘菊茶，希望有催眠效果，可是我還沒決定好，就聽到樓房竄過噪音，爬下床想一探究竟。在這種時間點，會有東西攪擾冬市苑的安寧，真是太不尋常了，可是聲音如此響亮，我想聽到的不止我一人。有人用如此大的蠻力甩上一扇門，肯定連鉸鏈都差點被扯掉吧。我披上睡袍，步入客廳，想找燈光開關，可是決定不要。我想，也許保持黑暗會更好。

我站定不動，等著聽接下來會有什麼動靜，然後聽到樓下傳來吼聲。是亨利，我確定。我在苦惱之下，走向面向街道的窗戶，往後稍微拉開窗簾。街燈亮著，街道沐浴於平和的黃色光暈中，但令我驚愕的是迎面而來的異常景象。

麥德琳・達西－威特坐在路緣石上，頭埋在雙膝中，長髮往下披落腿上。除了同套的胸罩和內褲，她身上一絲不掛。從她前後搖晃身體的方式看來，我猜她正在哭。我轉開身子，環顧自己的客廳，彷彿可以在那裡找到她行為的答案。

我不確定該怎麼反應，再次撥開窗簾往外窺探。她現在站起來，身子完全打直，手臂舉向空中，左腿抬離人行道，似乎在比劃某種瑜伽招式，雙手掌心在腦袋上方互碰。她維持這個姿勢幾分鐘，然後身體似乎癱軟下來，她踉蹌一下，險些摔倒。她喝醉了嗎？我納悶。

她東張西望——除了她之外，街頭空無一人——然後撿起放在其中一個花床的石頭，右手握著細看片刻，接著無預警突然拖過自己的額頭。她沒用力砸自己，雖然留下瘀青但並未破皮。我不禁叫了一聲，然後轉過身子，準備跑下樓到街上去，免得她進一步自殘。我還沒動作以前，聽到前門猛地打開，有個男人用單音節的罵話怒喊一聲，然後大步走向她。他走近麥德琳的時候，我從窗邊退開——我確定我不想被他看到——但依然能夠觀察他，他用一臂摟住她細瘦的腰，將她一把抱起。她放聲尖叫、咒罵哭號，雙腿在空中踢蹬，可是一回屋裡便安靜下來，我納悶他是不是用手捂住她的嘴。

一號公寓的門甩關起來，回音竄上樓梯井，然後一切陷入靜寂。

我留在原本的地方，為了目睹的事情內心騷亂，然後走到酒櫃那裡，倒了杯小威士忌，好平撫自己的神經。這個事件撼動了我。

二十分鐘之後，我才覺得可以回頭睡覺，可是就在我站起來的時候，樓下的門再次打開，我聽到男人吼叫。我現在怒火中燒，考慮下樓請他替冬市苑的其他住戶想想，可是我沒勇氣這麼做。我聽到更輕的腳步竄過樓房，朝著屋後而去。我回到臥房，站在那裡往外盯著花園。

幾年前這區發生幾次闖空門事件之後，外頭裝了動作感測器。幸運的是，感測器並不理會任何半夜來訪的動物，只在有人擾動時才會大放光明。此刻燈光大亮。我看到樹木間有個小小動靜。是亨利，他光著腳丫，穿著條紋睡衣，光線從白色投石器反射回來。他一臉驚恐，我替他一樣感到害怕。然後有個聲音呼喚：

「亨利！」

是個男人，就是把麥德琳拖回屋裡的那個男人，現在也到花園去了，穿著牛仔褲搭白襯衫，衣袖捲起，露出了壯碩的前臂。即使隔著這個距離，我也可以看出他渾身肌肉，可以讓任何人為之卻步，更何況是個孩子。

亨利退到枝葉之間，男人持續呼喚他的名字，聲音帶著不理性的火氣。我看著小小身體再次移動，尋找更安穩的藏身處。我貼在窗玻璃上，我的動靜肯定驚擾了他，他在那時抬起頭看到我。感測器的光線照到他的臉，我可以看到他眼神裡的恐懼和絕望。他用完好那隻手的食指抵住嘴唇，敦促我保持安靜，但這已經足以讓他父親注意到，因為男人現在正邁步走過去。雖然男孩往後退開，但男人將他一把撈起，彷彿他輕得跟一包麵粉似的。

達西－威特先生彆扭地抱起兒子，對兒子的傷臂壓得太緊，亨利痛得叫出聲，這時他父親將他放回地上。他在男孩上方徘徊，一時半刻我確定他準備要舉腳踹他，但沒有，父子兩人處於這個嚇人的對峙畫面幾秒鐘。最後艾力克斯再次提起他，用較為謹慎的方式抱住，跟臉上那種兇神惡煞的神情並不搭調。

我想別開視線，但遲遲無法。這整個場面令人難受，我覺得只有藉由完全不動，才能夠維持匿名狀態。可是也許有什麼讓達西－威特先生知道有人從旁觀察，因為他踏進樓房時停頓腳步，動也不動，然後直直仰頭望向我，我們目光交會。他臉上的神情我見過，我小時候住在另一地方時。那些士兵臉上就是這種表情，幾乎每個人都是；傷害別人的慾望，意識到沒人阻擋得了他們。簡直有催眠作用，我無法別開目光，看來他也無法。我們扣住對方視線少說有二十秒鐘，然後我往後踉蹌，動作彆扭，蹣蹣跚跚上了床。樓下傳來門關起，從內側鎖上的聲音，接著腳步聲走向樓下的公寓。看來孩子被帶回母親身邊。我聽到有個聲音說：「讓他待在這裡。」

一切悄無聲息，令我驚恐的是，腳步聲開始順著樓梯傳上來。我盡可能別發出聲音，穿越客廳走向前門，確定門已經鎖上並拴牢。隨著腳步聲越靠越近，我可以感覺心臟在胸口重重跳動，我將眼睛貼在小小的窺視孔上，可以看到外頭走廊扭曲的景象。

艾力克斯・達西－威特站在那裡，直直望著我。我動也不敢動。我納悶他能否看到我的腳在門下的影子。他往前跨一步，然後舉起右手，用拇指久久按住窺視孔，徹底阻擋我的視線。我往後退進客廳，不確定該怎麼做。我應該報警嗎？還是打給卡登？可是他住得那麼遠，我手機裡有奧布朗的電話，他住得近些，可是我沒辦法清楚思考。我並不真正覺得害怕，雖說那種感受很快就會浮現。

最後，靜定不動不到十分鐘，我慢慢折返門口，害怕自己可能會看到的東西，再次透過窺視孔觀看。走廊現在空無一人，只有熟悉的景象，就是海蒂在走廊對面的門。

幸好，餘下的夜晚鴉雀無聲。我之所以知道，因為我徹夜無眠。

20

和艾密爾上過床之後，我是否感覺不同？我並不後悔，至少我知道這點，但不能說我享受那份體驗。在上床期間，他殘暴兇猛，對明顯弄痛我這件事毫不關心。有兩次我請他動作放輕點，他稍微退讓，但不久又回到了更無情的節奏。我知道流點血是自然的，可是他做愛接近暴力（如果這樣可以叫做愛的話），最後在床單上留下看來並不正常的大片血漬，而且讓我疼痛非常。我本來以為他是個敏感體貼的人，但令我沮喪的是，他完事之後態度淡漠。我收攏衣服要離開，他對星期天晚上的計畫再次積極起來。回到家，獨自在我跟母親共用的床上，我哭了，情緒低落到如同我初抵巴黎的時候。

不過，躲他躲了三天之後，我說服自己他不是故意表現得那麼無情。說到底，他幾乎也是個新手，也許男孩得花時間才能明白自己需要學會溫柔。我考慮請教母親意見，但不確定她對這個消息會有什麼反應。她忙著準備自己的晚上，沒辦法分神聽我的顧慮，圖桑先生要帶她出門吃晚飯。

「他說今天晚上會讓我下半輩子永誌難忘，」她告訴我，興奮地眉開眼笑。「我想他就要開口求婚了，葛蕾朵。其實我很確定，這樣我們兩人就不用再愁了。」

我質問自己對這件事真正有什麼感受。能夠離開這個小房間，搬進一個我可以擁有個人空間的地方，當然很棒，但我並不想要有個繼父，尤其是這個繼父。

「妳會答應嘍？」我問，語氣洩漏焦慮。

「當然，」她回答，「然後我就再也不用假裝是守寡的蓋馬爾女士，而是結了婚的圖桑女士，社會地位再次受人敬重。」

「以前的地位又給我們帶來什麼好處了？」我問。

「讓我們活下來啊，不是嗎？」

「我們當中的一些，沒錯。」

她看著我的神情，彷彿全身每條纖維都要使勁，才能忍住不賞我耳光。

「妳是怎麼了？」她斥道，「妳不想住大房子，有漂亮衣服，然後有比對街店家小子更優秀的人追求嗎？」

我掙扎著尋找答案。是的，部分的我想要那所有的東西——我無法否認我曾經享受身為我父親女兒的身分——可是我也感到害怕，我知道這種東西多麼稍縱即逝。

「我們總是可以離開。」我說。

「離開？」母親皺眉問，「離開哪裡？離開巴黎嗎？」

「對。」

她瞪著我，彷彿我失心瘋似的。「我們來這裡的目標就快實現了，在這節骨眼離開巴黎？別胡說八道了，葛蕾朵！我們能去哪呢？」

「哪裡都好，我們可以重新開始，用我們的本名。」

「妳想進監牢嗎？」她吼道，現在怒氣沖沖。「因為就會發生那種事。妳希望我們兩個都被拖去紐倫堡為妳父親的罪行負責嗎？讓全世界的目光都放在我們身上，譴責我們，用不堪入耳的話咒罵我們？」

「我父親的……？」我開口，很詫異她竟然這麼輕易就撇清自己在過去事件裡的角色，還有我的。

「對，妳父親的罪行！」她吼道，「他的，都是他的，不是我的，不是妳的。」

「可是我們……」我搖著頭說，喪氣地頹坐在床上。

「我們什麼？」

「也有罪。」我告訴她。這一次她毫不遲疑。我甚至沒看到她將手往後伸，然後打了我。幾秒之後那種刺感才變成痛，但我沒去碰。我要她看到自己留下的印痕。

「我們沒犯任何罪。」她說，激動地吐出那些字。

「可是明明有，」我回答，淚水開始滾落臉頰，雖然我努力要抹掉，「妳一定都知道。」

「我什麼都不知道，」她堅持，「妳也一樣。」

「我在那裡，」我說，「我進去裡頭了，記得嗎？跟父親和庫特。」

「閉上嘴，妳這蠢姑娘，」她用氣音說，東張西望彷彿害怕隔牆有耳，把這場對話的每個字都聽進去了。「我是對丈夫聽令行事的妻子，就像我們結婚那天我作過的承諾，妳則是個孩子。至於那些猶太人……那些骯髒的猶太人——」

「別這樣，拜託。」我求她。

「他們在戰前就已經惹出一堆麻煩，現在戰爭結束了，他們又引發了這些痛苦。我對政治沒什麼興趣，妳明明知道，可是我的老天，妳瞧瞧現在發生什麼事了，看看他們施行的報復手段，妳不覺得元首說得有理嗎？這些人啊！妳父親說得沒錯。他們根本就不是人。」

我難以置信看著她，她雙眼含怒，臉頰因氣憤而脹紅。我發出一聲嘆息，不由自主吐了句話，我並沒有打算這麼說，直到現在都不曾這麼想過，但這句話出自肺腑。

「真希望當初死的是我。」我說。

她悶不吭聲。我倆之間的沉默延續如此之久，我納悶我們是不是不會再交談。最後她揚起笑容，轉過身去，往鏡子瞧最後一眼，彷彿整場對話不曾發生過。

「如果妳想要，妳今晚可以熬夜等我回來，」她終於說，語氣現在恢復平穩，「我希望能捎好消息回來，然後，我親愛的女兒，我們可以重起爐灶。過去不復存在，我們即將猶如重生。」

將近一個小時之後，我才輕敲維尼耶先生的店門，艾密爾出現的時候，我踮起腳尖要吻他，但他閃避了我的嘴唇。他似乎心不在焉，甚至緊張，我問他是否有什麼出了差錯。

「沒事。」他說，帶路穿過街道，領我朝陌生的方向走。

「可是你好安靜。」

「有心事罷了。」

「是什麼事？你可以告訴我。」

他搖搖頭，帶我穿過卡梅斯街，路過萬神殿，走進一個繁忙錯綜的小街區，是我落腳這城市以來還沒機會探索的。雖然我覺得焦慮，但他一副熟門熟路的樣子。我必須快步走才跟得上他。

「你要帶我去哪裡？」我問。

「特別的地方，」他回答，「相信我，今天晚上會讓妳下半輩子永誌難忘。」

我蹙起眉，圖桑先生就是這樣對母親形容兩人即將共度的夜晚。有可能是巧合，還是不只如此？我揪住他的胳膊，他頓時停下腳步。

「怎麼？」他問我，一臉氣餒，撥開眼前的髮絲。

「我必須問你一件事。」我說。

「問啊。」

「圖桑先生開車來載我跟母親去聖旺那天，叫了你的名字。他說他不認識你，可是你告訴我，你認識他很多年了。他為什麼要說謊？」

他綻放笑容，不過是我解讀不了的笑容，裡面含有苦澀的什麼，以及殘忍的什麼。

「我可以解釋，」他說，指向我們左邊那道門，「不過反正都到了，不妨等一下吧？我們進裡頭去，一切都會明瞭起來，到時妳就懂了。」

「不，現在告訴我，」我堅持，「既然你們當中有一個擺明了對我不誠實。」

他猶豫一下，然後在街道上左顧右盼，彷彿要決定自己該透露多少。然後他走到門前，相當不起眼的灰色金屬入口，通往看來像是某種倉庫的地方。我跟著他不放，想索討答案。他聳聳肩，直視我的眼睛。

「妳認為我說謊？」他問，語氣現在平靜無波。

「唔，你說了謊嗎？」

「告訴我，葛蕾朵，」他說，身子前傾，抓住我的手臂，手指扣得緊到讓我痛喊出聲。「我為什麼要跟妳這樣的賤貨說實話？」

我僵住不動，不確定自己聽對了。他真的用這種方式對我說話嗎？不過，我還來不及抗議，他就拉開門，將我甩了進去，然後隨手牢牢關上，狠狠將我推進建築物裡。我踉踉蹌蹌，搞不清楚狀況，然後急忙轉身決心離開，但他對我的抗議充耳不聞，逕自拉上門栓，阻止任何人進來。我們走進去的時候，我聽到人聲，但現在安靜下來。艾密爾轉身拖著我向前走，離開暗影。他放手的時候，我站定不動，眼前的景象讓我滿頭霧水。

那裡聚集的人少說有四十個。男男女女，有老有少。從他們的衣著看來，來自各個不同階層，有富有貧，有工匠有仕紳。他們轉過頭來看著我，臉上淨是嫌惡。室內中央擺了兩張並排的椅子。

一張空著，另一張母親坐著。

我不解地轉向艾密爾，他無情地拖著我往前。我試圖抽開身子，但另一男人抓住我的手臂，我看出是維尼耶先生，艾密爾的父親。環顧四周，另外還有些人我認識；街角肉店賣肉給我們的屠夫；母親愛去酒館的年輕女酒保；角落裡甚至是我們的女房東，她曾經向我們保證，只要房客準時付房租，她不在乎房客的來歷。我輪流看著他們每個人，覺得自己被拉進一場超現實的恐怖夢魘，只有在母親緩緩抬頭看著我的時候，我才敢開口。

「怎麼回事？」我喊道，「這裡是怎麼回事？」

母親望著我，眼裡是絕望的驚恐，我看出她被人動手打過，力道大過她稍早給我的那一記。乾涸的血黏在右嘴角，細細一道血痕往下巴延伸，臉頰開始浮現多彩的瘀青，眼睛也腫脹起來。

「葛蕾朵，」她說，搖著頭，聲音越來越小，變成低沉的呻吟，「不、不、不，不要這樣對我女兒，求求你們，她跟這件事一點關係都沒有。」

有個我不認識的男人粗暴地揪住我的脖子，將我用力丟進母親旁邊的椅子裡。他用條繩子纏住我的腰，讓我不得動彈，我這才注意到母親也同樣被縛住了。我試圖站起來，另一個男人用靴子將我踢回椅子裡，害我一時換不過氣。我這輩子不曾被這樣攻擊過。

接著，雷米．圖桑從陰影裡走出來。

他先看看母親，再看看我，然後從我再望向母親，臉上表情之輕蔑，說我們是惡魔也不為過。接著他轉向群眾，他們立刻安靜下來。

「我叫雷米．圖桑，」他以清晰的聲音宣告，語氣充滿權威。「我哥哥叫維克多．圖桑，他在布魯塞爾郊區對德軍開火之後，被吊死在一棵樹上。絞繩套上他脖子時，納粹用刺刀刺他，就像羅馬人對十字架上的耶穌那樣。」

我轉向艾密爾，懇求他解釋當前的狀況，可是我一對上他的目光，他便往前跨步，開口說話。

「我叫艾密爾．維尼耶，」他說，「我哥哥是被謀殺的路易．維尼耶，他被納粹逮捕、遭到刑求，遺體被丟到街上餵野狗。」

「我叫馬歇爾．維尼耶，」他父親宣布，因為情緒滿載而破了嗓，「路易是我兒子。」

一個接一個，在場的人報上自己的姓名，並告訴大家他們去世的親人。有些是陣亡的士兵，有些是被逮並遭受酷刑而死的反抗軍成員。有些當然死於集中營區。

「我們跟這些事情毫無關係，」母親叫苦，「你們找錯人了。」

「妳是——」圖桑先生說，語帶控訴指著她，用了她的本名，「妳丈夫就是——的惡魔。」他在這裡講出了我們離開柏林之後所住的另一地方。「妳是葛蕾朵，」他繼續說，「惡魔的女兒。」

「不，這不是真的！」母親喊道。

「是真的！」有個女人放聲尖叫，她之前說起兩個死去的兒子，逮捕他們的人強迫他們玩俄羅斯輪盤。她衝向我們，用指甲撕扯母親的臉，不得不被拉開。

「不，」圖桑先生說，將悲痛欲絕的女人摟進懷裡，溫柔撫慰她。「我們不做這種事，瑪格麗特。我們有個辦法可以應付這些怪物，妳知道的。她們會為自己的罪行付出代價。」

我盯著他，那一刻相信今晚就是我的死期。母親正抗議著她的無辜，但我感覺到一股奇特的平靜感，滿足於接受任何懲罰，只要速戰速決就好。我合上眼睛，祈禱他們的辦法是顆子彈。我想像子彈不會痛：前一刻我還在，下一刻就走了。

可是不。

等我再次睜開眼睛，兩個高頭大馬的男人朝我們走來，扯開我們的洋裝，撕破布料，最後我和母親只穿著內衣褲坐在椅子裡。單是那種羞辱就已經超過我所能承受。

「妳們以為我們不知道？」雷米問，他的平靜幾乎就跟我們承受的攻擊一樣駭人。「妳們以為，我們不會時時刻刻留意說法前後不一致，可能跟那些惡魔有關聯的陌生人？妳們以為我們不會有一個諜報網，專門挖掘可疑對象的真實身分？妳，」他說，轉向母親，「那些廉價洋裝、遮掩口音的可悲嘗試。妳演技真的很差，這點我跟妳保證。妳也很蠢，蠢極了。妳知道妳有多少次把南特和尼斯搞混嗎？」

母親並未回答，她心知肚明，我也一樣，不管他們打算做什麼，都沒有延緩的可能。

「還有妳，」圖桑先生轉向我，說下去，「我們在孚日廣場碰上的時候，還想跟我調情。傻孩子，惹人厭的臭小鬼。或許妳也這樣對妳父親？睫毛眨啊眨，假裝了不起？妳想加入他，是吧？永遠在地獄之火裡打滾？」

我點點頭。「是，」我說，語氣盡可能平靜，「是，我是。」

他眉頭一皺，沒料到我會這麼回答，可是他的表情裡不帶一絲同情。室內陷入沉默，我抬起頭看到兩個老婦走近圖桑先生和艾密爾，各拿了把直式剃刀。她們將剃刀甩開，尖銳的銀刃出現了。我聽到母親長長倒抽一口氣，然後縱聲大哭。

「不，我們不殺女人，」艾密爾說，察覺我們的想法，我轉頭去看他，他現在對我就像個陌生人，「我們這樣做。」

他緩緩走過去，從其中一位婦女手中接過剃刀，然後大步走向我。我恐慌起來，等著它扯破我的肌膚。我失控了，感覺膀胱裡的液體從腿間噴濺出來，蓄積在我的腳邊，艾密爾嫌惡地倒退一步。幾個晚上以前這個男孩曾經進入我的體內。

刀刃並未劃過我的喉頭，艾密爾拿刀刃抵住我的額頭，從我的髮際線開始，無情地拖拉過去，切斷髮絲的同時割進皮膚。我驚聲尖叫，我沒想過自己會發出那麼大的聲音，我聽到母親也這麼叫著，圖桑先生在她頭上做了同樣的事。我的理髮師手一揮，將頭幾綹髮絲撒到地上，落入尿裡，黃色中的黑色細絲，然後再次開始劃出另一道，刀刃毫不寬容地割破我的頭皮。我可以感覺鮮血滴進眼裡，他剃掉我頭髮時，確保能傷我夠深，讓我感覺到一切。我朝大腿嘔吐，看到在我隔壁的母親已經暈厥過去。有個女人走上前來，猛力甩她耳光讓她醒來，等到她甦醒的時候，雷米才重新開始剃髮。我們會清醒著熬過這場折磨，我盯著她，美貌摧毀，頂著一顆陰森的半禿腦袋，一簇簇殘髮還豎立著，鮮血滲下她的臉龐。艾密爾再次攻擊我，這次從後方，母親深吸一口氣，然後放聲嘶喊，叫聲既不像人也不像動物，雖然我知道抵抗只是徒勞，他們決心完成這項工作，我們的叫喊對他們手頭的任務來說只是不和諧的伴奏。

最後他們完成了。我們頭上並未全禿，剩下太多醜惡的髮簇和髮綹，他們想盡可能讓我們不堪入目。我的頭顱感覺像著了火似的，鮮血深深流進我的眼裡，我只能透過黏稠的紅幕看出我的陪審團。我們身上的繩索已經解開，我從椅子上跌落，沿著地面爬行，不確定自己要往哪裡去。我哀求憐憫。我忖度，我在另一地方安安穩穩在屋子裡玩娃娃，跟科特勒中尉調情，指使柏威爾替我弄午餐時，其他人是不是也這樣？其他人是不是也像我這樣苦苦哀求？儘管無辜，他們的懇求卻無人回應，那麼我的懇求為何就應該被聽見？

「救救我。」我輕聲說，沿著石地板將自己往前拖，腿和膝蓋刮著粗糙的表面，現在疼痛對我來說毫無意義。「救救我，拜託，誰來救救我。」

就在那時，一個熟悉的臉龐從黑暗中浮現。

他在這裡。

他終於來了。

我弟弟。永遠困在九歲，穿著他最愛的短褲、白襯衫和藍色針織套衫。他似乎全程站在人群中央看著我，現在朝我走來，臉上不帶表情，左手拿著他最愛的那本《金銀島》。

我拖著身體朝他而去，頻頻呼喚他的名字，納悶我現在是否也死了，而他要來帶我去冥界。我將手用力伸向他，希望他握住，帶我到他當初被帶去的地方，到他現在要返回的地方，不管是哪裡都好。可是我的手沾滿鮮血，他只是瞪著它，搖搖頭，彷彿很失望我竟然在全世界面前、在他面前、在上帝面前，讓自己蒙羞到這個地步。

Interlude

圍籬

The Fence

倫敦 1970

雖然指派給我的醫生與我年齡相仿，但她在戰爭期間沒吃多少苦頭，因為她在一九四〇年初期便撤離到威爾斯一座農場上，在那裡過了一段恬靜時光，如果她告訴我的故事可信。她父親上了戰場但存活下來，哥哥失去一隻手，但其餘安好無恙。

「妳呢，葛蕾朵，」她在我住院的頭幾個月反覆詢問，「妳經歷過什麼事？我們都以某種方式留下傷疤，妳不覺得嗎？」

我沒跟她說什麼，不過話說回來我原本就話不多。我覺得有必要說些什麼時，就忠於母親將近四分之一世紀以前虛構的事情，重述我在南特的青春時期，在那裡我理應不會目睹戰鬥，過著單調乏味的生活。我沒透露的是，我們母女之間的關係變得有多困難，巴黎的事件讓我頭一次想到自己有罪，然後開始接受它，對母親則產生了相反效果，有人批評納粹時，她的敵意越來越強烈。事實上，她大半時候對政治毫無興趣，即使在戰時也一樣，但是我們在自封陪審團的人們手中遭受的屈辱和傷害，似乎大大強化了她的立場，反而讓她對那個倒台政權更加忠貞不二，使得我倆的關係分裂得越來越嚴重。久而久之，她開始說希特勒是烈士，為了一個被不公擊潰的主張而死，我學會不要反駁她，因為我們的爭辯往往如此激烈，我怕她會動手攻擊我。

「我想妳對我並不坦誠，」艾倫比醫師回答，一臉失望。「我對腔調滿拿手的，我從妳講話聽不出多少法文口音。」

「早就沒了，」我告訴她，「我來英國定居以前，一九五〇年代早期在澳洲住過一段時間。我來這裡都十七年了，說話方式會改變也是自然的。」

在這樣的時刻，她只是面帶微笑，在拍紙簿上寫筆記，我講的話她顯然一個字也不信，但選擇不予爭辯。也許她覺得假以時日我會學著信任她，將我的秘密傾倒而出，但這只是證明了她對我的認識有多粗淺。

「我有個理論，」她有次告訴我，「在一九四〇年代度過童年的人，一輩子都在處理那麼多血腥帶來的創傷。我們都失去了某個人，不是嗎？我們年紀小小就面對傷痛，還有罪惡感。」

「我們為什麼會有罪惡感？」我問她，對這番話感到意外，我知道自己為何該有罪惡感，但不明白她為什麼會。

「唔，年紀不夠大，無法上戰場吧，我想，」她說，「可以說是倖存者的罪惡感。」

就是這種談話讓我覺得，我根本不該來精神科病房。如果艾倫比醫師認為她對罪惡感有任何概念，那麼她是在自欺欺人。

罪惡感讓你夜半睡不著覺，或者說，等你好不容易睡著了，也會毒害你的夢境。罪惡感會入侵每個歡樂的時刻，在你耳畔竊竊私語，說你無權享樂。罪惡感會尾隨你穿過街頭，打斷最乏味的時刻，讓你憶起當初可以做點什麼避免悲劇發生，卻選擇無所作為的那些日子與時刻。當你選擇玩娃娃，或往地圖上刺圖釘，追隨軍隊的進展，或是向俊俏的年輕中尉眉來眼去。

那才叫罪惡感。

至於悲慟。唔，也許那是共同的情緒，我們沒人可以獨占。

我住院了將近一年時間，但對最初幾個月記憶模糊。後來我才得知，起初我拒絕說話，幾乎不吃不喝，不看書，也不跟其他病患打交道。要不是躺著怔怔盯著天花板，不然就是坐在花園的浴椅上觀察小鳥。我確實記得當時湧現某種滿足感，覺得終於成功逃離世界，可以與自己的思緒獨處，直到慢慢老去凋萎。雖然我還不到四十歲，但這個念頭令人愉快。將近三十年來，我想我一直在尋找那樣的平靜，篤信自己如果不得不苟活下去，應該遠離文明社會才對。

回顧過去，很難相信醞釀了幾十年，事隔這麼久才終於精神崩潰。不過，當我終於發作，直接關聯的不是過去，而是現在。觸媒不是我弟弟，而是我兒子。

從得知懷孕那一刻起，我就知道我會是個糟糕的母親。有足足四個月，我選擇不去諮詢醫生或告訴艾德格，希望只是誤會一場。我考慮墮胎，但想到後街骯髒的密醫診所就害怕，而我太過懦弱，不敢以時下流行手法中止不想要的妊娠。

我祈禱自己會流產，可是沒有，我的身體似乎決心貫徹到底。最後，我別無選擇只好告訴艾德格他要當父親了，想當然，他興奮極了。到了現在，我已經對無可避免的事情釋懷了，但希望這孩子會是個女孩。分娩那天，我不像其他婦女那樣呼天喊地，直到院方告訴我我生了個兒子。

我的恐懼是，隨著成長，他會越來越像我弟弟，言行舉止或部分個性會像他。我花了這麼多年時間努力遺忘過去，我不想用任何方式再想起他。

艾德格的母親珍妮佛幫了大忙。她不大喜歡我，但深愛兒子和孫子，一領悟到我完全不適合育嬰，便果斷俐落接手處理，同時又客氣得不直接點明。我拒絕親餵母乳，避免用推車帶寶寶出門散步，竭盡所能少跟兒子打交道，把一切留給我丈夫和婆婆打理。

最初幾年，相似度極低——事實上他長得像芬斯比那邊的家族。不過他快要七歲的時候，我開始看到我弟弟的徵兆，以比較非物理的方式顯露出來。首先，他熱愛書本，對探險家充滿興趣。他決心踏出公寓，跑進冬市苑後方的林地，當時那裡開發程度不如今日，看看可以在那裡發現什麼。

卡登快九歲時，我們後面的土地已經面臨開發的成熟期，建商進駐並開始施工。他們將前排的濃密樹木留下來，給我們一種置身於鄉間的幻覺，但在過去一點的地方搭起一座圍籬，卡登固定會跑到那裡，視線越過圍籬，對於另一邊的現況非常著迷。那些拆除與建造機具、戴黃帽穿反光安全背心的工人，都令他神往不已。

雖然工地做好了安全措施，我還是不喜歡他往那跑。那個地方嘈雜骯髒。只要他不聽我的話，逕自往圍籬那邊跑，回來的時候總是渾身塵土和殘礫。我會把他丟進浴缸刷洗乾淨。不管我對他發多大脾氣，他似乎毫不在意，我再怎麼威脅都無法讓他遠離那個地方。

然後有一天他失蹤了。

他寫完功課以後跑了出去，我到臥房找不到他，就知道他上哪去了，於是氣呼呼走到花園去找他，很氣他再次不聽我的話。不過，當我到了圍籬那裡卻不見他的身影。我來回踱步呼喚他的名字，可是遲遲沒有回音，另一側的男人正穿著工作服四處遊走，開始往我這邊看，彷彿我精神錯亂。我正準備轉身回冬市苑打電話報警時，注意到圍籬底部有個小洞，大到他這年紀的孩子可以鑽過去。那裡的圍籬隔板從地面往上掀起，我立刻明白他進了工地。

一時半刻天旋地轉，我以為我就要暈倒了。我想像多年前母親和父親當時的感受，他們站在自己的圍籬那裡，發現弟弟棄置在地的那堆衣服。我試圖放聲尖叫，想像自己失去了卡登，跟當初我和父母失去弟弟一樣，可是嘴巴根本發不出聲音。我雙手扯著圍籬，然後爬了過去，割傷了臉和手臂。我出現在圍籬另一側時，往四面八方到處奔走，喊著兒子的名字，那些男人一臉霧水看著我。

才一分鐘就找到他了。他跟其中一個工頭站在一起，工頭似乎很享受細數這片工地施工完畢後的願景，卡登頭戴保護帽，不知怎地也穿上了安全背心。我喊他的名字一面奔向他，他轉過身來，被我的激動情緒嚇壞了。我承認當時對兒子動了手，雖然是唯一一次，我對他甩了個巴掌，用力到他摔倒在地上。

之後發生什麼事，對我來說大多是一團謎，不過不久就有人聯絡艾德格，然後醫生，我便被帶去醫院了。從那裡，再到更專門的病房，在那裡注射鎮定劑前後幾個星期，有自己專屬的病房。我因為高燒和夢魘而日漸削瘦，搞不清楚自己是在一九七〇年代的倫敦，還是一九四〇年代的波蘭。這兩者混淆不分。在我腦海裡，卡登和我弟弟是同一人，父親和艾德格也是。過去和現在交融在一起。

最後，院方判定有三個月時間，我都不應該跟家人碰面，由艾倫比醫師專責問診，帶領我走出困頓。我禁閉的那一年，艾德格每週來探訪兩次，他母親接管我在家裡的職務，讓我安靜養病。有很多事情需要梳理消解。柏林、另一地方、巴黎、雪梨、倫敦。人生道路上曾經跟我交錯過的那些人。我人生的神秘殘酷。等我終於出院時，我跟入院的那個女人已經截然不同。

但，跟那麼多人不一樣的是，至少我還有機會回家。

Part Two

美麗的傷疤

Beautiful Scars

倫敦 2022——雪梨 1952

1

只要從冬市苑步行十分鐘，就有家叫做「快活徽章」的酒吧，後頭連著一個令人心曠神怡的庭院。偶爾，天氣溫煦的午後，我喜歡到那裡去，坐在陽傘底下讀本書，享受一兩杯粉紅葡萄酒。可以離開公寓透透氣還滿不錯的，而且這些年頭我更偏好在住家附近活動。

擾人清夢的一號公寓深夜事件過後幾天，我到這裡來。我戴著有度數的墨鏡，繼續讀著瑪麗安東尼，她現在正因為鑽石項鍊事件惹得法蘭西上下群情激憤。庭院大約坐了三分之一滿，我湊巧抬起頭，注意到對面坐著一個以舞台表演闖出名號的女演員，更仔細一瞧，我確定她身邊的男人就是艾力克斯．達西－威特。他們正專心談話，她聽了他說的話哈哈笑著。也許她早已習慣別人的目光，甚至覺得是應得的，並未朝我轉頭，倒是他察覺了什麼，朝我方向一瞥，我趕緊回頭看書。不過，他在場讓我焦慮，我發現自己反覆看著同一段，幾乎讀不進去。服務生過來問我要不要再來一杯，我直覺想說不要，然後以最快速度返家，但我並不想走過那對男女面前，於是改變主意，加點了一杯。服務生端酒過來的時候，我注意到女演員從他背後起身，吻了達西－威特先生的雙頰，離開時以刻意的方式揮揮手，就是我曾經模仿瑪琳黛德麗對艾密爾那樣。不過他並未隨她離開，幾分鐘之後他就來到我桌邊。

「打攪一下，」他說，我抬起頭，假裝一直沒注意到他的存在。「抱歉打攪，可是我想我們是鄰居。」

「是嗎？」我問，「你確定？」

「我住冬市苑一號公寓，我想妳住我樓上？妳見過我老婆跟兒子。」

「噢，是的，當然。」我說，使出我所有的演技，佯裝並不認得他。

「妳介意我跟妳一起坐嗎？人生中有兩件事我很討厭：留下半杯啤酒沒喝，還有獨自喝酒。」

他哈哈笑，彷彿這是個大笑話，而我想不出拒絕的理由，指了指對面的座位。他去拿自己的杯子過來，事實上大約三分之二滿，然後坐下來。

「天氣也太棒了，不是嗎？」他問，環顧四周，笑容燦爛。

「非常舒適。」我附和。

「我想我們應該自我介紹一下。」

他盯著我，我意識到他希望由我先來。

「葛蕾朵·芬斯比。」我邊說邊伸出手。

「艾力山卓·達西－威特，」他回答，跟我握了握手，力道大得稍微多餘。「艾力克斯。」近看沒那麼像李察吉爾。

「聽說你是電影製作人。」我說。

「自討苦吃，是的，」他邊說邊點頭。「妳剛剛可能看到我跟——聊天，」他說了剛剛離開的女演員姓名，「我一直想勸她來我要開拍的一部電影裡飾演祖母，結果比我預期的還難說服。那個角色很不錯，她可以跟厲害的卡司共事，可是她擔心一旦扮老演出，就會被定型，無法回頭。」

「這我不清楚，」我告訴他，「不過我看過她演舞台劇幾次，她棒極了，如果你能找她來演戲，就太好運了。」

「沒錯，就是，」他說，啜飲啤酒，「所以，跟我說點妳自己的事吧，芬斯比太太。是太太吧，我想？」

「對，沒錯，」我說，「雖然我丈夫艾德格幾年前過世了。」

只要有人用夫家姓氏稱呼我，我的頭一個直覺向來都是邀請對方直呼我葛蕾朵，但這次我選擇不要，寧可保持我們之間的距離。

「你想知道什麼？」我問，「如果你想延攬我演出曾祖母的角色，恐怕得讓你失望了，我沒有那方面的技藝。」

他的表情彷彿默默評斷著我。

「妳住冬市苑很久了嗎？」他問。

「我成人時期的大半。」我告訴他，雖然我懷疑他早就知道了。我猜麥德琳會把我給她的資訊全都傳達給他。

「孀居在那裡不寂寞嗎？」

「有時候，」我承認，「不過那也不是那棟樓房的錯，是吧？不管我住哪都一樣。」

「不過，」他回答，別開視線，「那些回憶，我想有時候應該滿辛苦的。妳跟芬斯比先生是靈魂之交嗎？」

這個問題過於親密，讓我吃了一驚。我拒絕回答，拿回來反問他。

「欸，你會這樣形容你跟太太的關係嗎？達西－威特先生？靈魂之交？」

「請叫我艾力克斯就好，」他說，「我希望我們是。能娶到她算我運氣好。唔，妳見過她了，所以妳能理解。我真心覺得她是我這輩子見過最美麗的女人。」

我皺起眉頭，心煩於這竟是他對她提出的最高讚美，她的美貌。但不知怎地，我並不覺得意外。

「亨利很討人喜歡，」我說，「你們搬進來以前，我原本有點擔心樓房裡有小孩要住進來——當然了，他們有時會很吵鬧——可是我從來沒聽到他弄出噪音，他非常守規矩。」

艾力克斯哈哈笑，搖了搖頭。「妳不瞭解他，」他說，「他要是鬧起來，絕對是惡夢。」

我對那個男孩確實沒什麼認識，但我懷疑這個說法。我覺得亨利明顯就是內向的人；害羞、愛看書、安靜。

「其實我還滿高興湊巧碰見妳的，」艾力克斯終於說，在不自在的停頓之後，「我想我們前幾個晚上可能嚇到妳了。」

「我不知道你在說什麼。」我說。我真心不想討論自己目睹的事件。

「我想妳知道。」

我舉起我那杯粉紅葡萄酒，暢飲一大口，急著要酒精提供我所需要的勇氣。我望向他的後方。啤酒庭院不知不覺幾乎整個清空了，現在只剩另外四個人；跟我們隔開一些距離坐著。我緊張起來。

「麥德琳偶爾會鬧小脾氣，」他繼續說，「妳千萬不要對她有不好的看法，可是到現在她已經有好幾年都這樣了。為了這個，她當然要固定服藥，可是我不在的時候，她常會忘記，或者她藉口說忘記。很難知道是故意的或不。我在家的時候，早上頭一件事就是給她藥片，事後我會把她嘴巴撐開，確定是不是吞下去了。」

我持續保持沉默。承認這種事情也太不尋常。我被帶回醫院的時候，他們告訴我，早上、下午和晚上的固定儀式對我有好處，但事實上只讓我覺得比以前更跟世界脫節。

「總之，我想她可能好幾天都忘了服藥，」他說下去，「事實上，我從洛杉磯回來的時候，她整個人亂成一團。」

「原來如此。」

「她現在比較好了。」

「很高興聽到。」

「我最不需要的就是上次事件再來一次。」

我盡量不要流露好奇。我拒絕探問，等他按照自己的步調解釋。

「亨利的手臂，」他終於說，「一定是兩個月前的事了。我去參加電影節，她自動停藥。我回來的時候，唔，就發生不幸的事情了。我想她對他有點粗暴，當然不是故意的，她守規矩的時候，是個很棒的媽媽，也是很棒的太太，」他在頃刻之後補充，「在她守規矩的時候。」

我不知道要先查證這段話的哪個部分。「她弄斷他的手臂？」我問，同時覺得詫異又無法置信。

「不是蓄意的，」他說，往前一倚，撥掉桌上的幾片落葉，「我說過，亨利有時很難搞，我不在家的時候，他更加調皮搗蛋。我在家的時候，他就知道最好不要亂來。我想一件事連著一件事……然後啪嚓。」他撿起了一根落在桌上的細枝，用雙手折斷，「孩子的骨頭有時候滿容易斷的，葛蕾朵，我們會忘記他們有多脆弱。」

「是嗎？」我問，注意到儘管我沒邀請他這麼做，他還是逕自直呼我的名字了。

「總之，」他說，一口氣喝完剩下的啤酒，「我只是想解釋一下，讓妳放心以後不會再有那類的事件。」

「我說過，達西－威特先生，」我告訴他，「我不知道你指的是什麼。打從你們住進來，我就沒被打攪過。」

他再次微笑，直直望進我的眼睛。「對於自認沒有演技的人來說，妳，我親愛的，卻擁有每個女演員最不可或缺的能力。」

我盯著他，別無選擇只好發問。

「是什麼？」我問。

「說謊的能力。」

2

一九五二年早春，我二十一歲，從法國搭船歷經漫長旅程來到了澳洲。母親三個星期前過世，肝受到酒精侵蝕，承受多重悲慟而腦袋昏亂。我葬下她那天就買了船票。我想盡可能遠離歐洲，說到底，沒有比南半球更遙遠的地方了。

經過巴黎的創傷事件之後，我們被無情地趕到街頭，前任的反抗軍成員告訴我們，他們連一顆子彈都不想浪費在我們身上，我們幾天之內逃離巴黎，前往盧昂，用頭巾掩住被削過髮的頭皮。我向從諾福克郡[23]嫁過來的女人學英文，她自結婚以來就住這裡，心知如果想在選定的目的地存活下去，我必須能夠說這個語言。

我身邊值錢的物品少之又少，但從裁縫工作攢了點錢，足以支付船費。我把這趟旅程當成美妙的探險，雖然船上幾乎毫無隱私可言。統艙裡的女性跟她們的孩子睡在船一端的大型寢室，男人的吊床則在船的另一端。當時正逢移民潮，有不少乘客都是英國人——船從南安普頓[24]啟航——有些人身著黑衣，悼念近期過世的國王。他們厭倦了淒冷的家鄉，發現刻苦樽節難以取代戰前的昇平時代。就像我，他們渴望世界另一邊的陽光和嶄新的機會。

頭一兩天，船上瀰漫著興奮和樂觀的氣氛。乘客彼此交談，建立快速暫時的友誼，雖然疲憊不久便襲了上來，長達六星期的旅程令人心煩氣躁。好幾個人——男女都有——最後進了警官在甲板下方設置的臨時牢房。至少有半打的人撐不過去，遺體裹著屍布被拋進海裡。

風流韻事也少不了，深夜在船上的隱密角落裡偷偷交合，但我遠遠避開這種苟合。我將自己的純真獻給艾密爾以來，轉眼過了六年，從那之後我對偶遇的每個男孩只有恐懼和懷疑。有些男人對我發動追求攻勢，我曾受到當中幾位吸引，但我不願放下自己的防備。在船上，我的拒絕讓我在男人之間也變得同樣不受歡迎，他們認為我傲慢冷感，女人則相信，我認為船上的男孩高攀不上我。我渴望擁有自己的艙房，可以躲避她們的視線和流言蜚語，可是浪費錢在艙房上會是愚蠢的奢侈行為。新生活在新南威爾斯等著我，如果我要讓這件事情成功，就必須擁有經濟能力。

不過，時間一久，我跟一個叫凱特・索弗立的愛爾蘭女人友好起來，我們會結伴在甲板上遊蕩作為運動，一起用餐。她只比我大一歲，發現自己未婚懷孕之後，離開愛爾蘭想尋找更好的生活。她父親得知這個醜聞之後，狠狠踢了她的肚子，殺了腹中的孩兒。

我喜歡海洋。我成長期間附近並沒有水域，我覺得水能夠撫慰人心。船員說我們的航程還算順利，無論是氣候和海相都比平常更有利於我們，但我和凱特腸胃強健，並未像大多乘客早早受到暈船之苦，碰上風雨交加的夜裡，有時還是感覺我們可能會被拖進海浪底下，這艘船在岸上看來如此雄偉，在一望無際的海景裡才顯現出無足輕重的真貌。鹹水往往也讓我痛苦。雖然我頭髮長回來很久了，但頭皮上依然有傷疤，潑到水的時候依然刺痛。不過，至少長回來了，不像母親的頭髮，她日日夜夜都得包頭巾直到離世。對女性美的這個層面，她重視程度勝過其他，也成了日日令人不快的提醒、譴責和控訴。

「我們到時一起找個地方好嗎？」凱特有個晚上問，我們正坐在欄杆旁邊，望著夕陽落入海平面，「我是說作伴，這樣就有另一個女生可以倚靠。」

我考慮一下。我原本計畫自己住，不跟任何人推心置腹，不過在陌生土地上有個朋友，現在看來也不壞。

23 Norfolk，英格蘭東部沿海的一個郡。

24 Southampton，英格蘭南部的港城。

「也會比較省錢，」她補充，「我們只需要一間臥房，晚上可以坐著聊天的地方，還有一個小廚房。」

「好啊，」我同意，「妳想過自己要做什麼嗎？」我問，「我是說賺錢。」

「我還沒什麼想法，」她說，對著微風輕笑，「妳有什麼技能嗎？我歌喉還不錯，可以倒飲料。我想我喜歡去酒館工作，喜歡那種交際生活。我爸爸就是經營酒館的，那個惡劣的老混帳，我小時候一能握拖把，他就要我過去打掃了。」

「我會縫紉，」我告訴她，「就這樣而已。」

「當然了，大家總是需要裁縫師，」她說，點著頭。「有些工作永遠不退流行，不管世界怎麼天翻地覆，那就是其中一個。殯葬人員，那又是另一個。」

我綻放笑容，她從洋裝口袋抽出一根菸斗，點了起來。頭一次看到她這樣做的時候，我很震驚，但現在我覺得別有興味，我喜歡那個氣味，混雜了玫瑰、丁香和肉桂，令人迷醉。

「要來一口嗎？」她問，吸了幾口之後，拿著斗桿朝我方向指來。

「不了，謝謝。」

「會讓妳精神大振喔。」

兩個年輕男人漫步路過，其中一人朝我們方向吹口哨，凱特把他們狠狠罵走了。我態度就沒那麼篤定了。她常常跟船上的男人閒聊，他們對她總是百般討好，我雖然長得漂亮，但凱特才是真正的美人胚子。她身高將近六呎，擁有一副海報女郎的身材。不同於刻板印象的是，她那頭濃密頭髮不是紅的而是黑的，雖然我們洗浴的機會寶貴稀少，她的頭髮似乎每天都光澤不減。

「妳想妳會在那裡找丈夫嗎？」她另一個晚上問，我搖搖頭。

「不會，」我說，然後盡量模仿葛麗泰．嘉寶[25]的腔調說，「我想**獨處**。」

「男人是惡魔，」她說，對著菸斗吞雲吐霧，「我根本不需要他們。」

「那麼，那個傢伙又怎麼……」

我朝她空空的肚子瞥了一眼。

「他是個孬種，」她說，「廢物一個，當初我怎麼會讓他接近，連我自己也想不通。不，就我來說，男人可以儘管閃得遠遠的。咱們可以一起當老姑婆，是吧？」

雖然我揚起笑容，但我並不喜歡這個想法。事實上，儘管我不信任男人，我總是懷抱墜入愛河和結婚的慾望。我幾乎不願向自己承認這點，更不要說凱特了，可是我夜裡入睡時，夢見了某個澳洲男人會將我摟進懷裡，告訴我他會永遠照顧我，只要我也照顧他，而他不在乎我是誰、我做了什麼，因為過去無關緊要，只要一起放眼未來。

「所以，妳要告訴我嗎？」凱特在最後一夜問，這晚是船員最後一回和乘客同樂，剩下的幾箱酒都打開了。

「告訴妳什麼？」我問。

「妳藏起來的秘密，我知道妳有，我從一開始就知道了。妳可以信任我。我不會評斷別人，我自己也有骷髏[26]，妳在墓園可以找到的骷髏還沒我多。」

25 Greta Garbo（1905－1990），瑞典裔美國明星，美國電影學會評為百年來最偉大的女演員之一。

26 意指不可告人的秘密。

「我不懂妳的意思。」我說，納悶另一地方的奇恥大辱，是否從我身上這麼顯而易見。

「我知道的，所以別騙我了。不過沒關係，不想說就不要說。可是總有一天妳會告訴我，也許等我們哪天都喝醉的時候。到時我也會跟妳說我的。」

「妳有秘密？」

「當然有。」

「那就說嘛。」

「想都別想，小姐。總有一天吧，如果妳運氣好。」

那天早晨我們站在一起，手牽手，我們的船繞過沃森海灣，路過崎嶇多岩的半島，有一任新南威爾斯總督的妻子曾經坐在那裡，看著罪犯被送來這裡服刑。我們不是囚犯，當然不像他們。我們是自由人。可是想到船上有上千個人，很難不納悶我們犯過多少罪孽，所以才選擇這塊遙遠的土地，想要滌淨自己的罪過。

船終於拋下錨，乘客和船員放聲歡呼，我問自己是否真的能夠期待在這塊青春洋溢的大陸上找到寬恕。我內心深處知道，要得到赦免，需要跨越不止一萬英里的距離。

3

「那裡叫秋季谷，」卡登說，將退休村的介紹小冊遞給我，我迅速翻閱，頁面滿是迷人無比的長者照片，他們看起來幾乎歡喜得歇斯底里，彷彿這一生只是為了前往這塊烏托邦的序幕。「他們有讀書會、縫紉社。電影之夜和——」

「冬市苑更適合，你不覺得嗎？」我問，抬頭看他。「以比喻來說，這裡的居民都已經漸漸走到了年份的末尾，而不是才剛注意到夜晚正逐漸逼近。」

「我想這樣一說可能還更淒涼，」他回答，「看起來很不錯，妳不覺得嗎？」

「你考慮搬過去嗎？」我問，「你才六十一，進去裡頭算很年輕的，可是如果你覺得有那個必要，那你當然就必須這麼做。縫紉是你有興趣開始接觸的嗜好嗎？」

他漾起笑容。「哈哈，」他說，「妳說過妳會考慮看看的，媽。」

我將介紹小冊遞還給他，替自己和他各倒一杯茶。「我確實考慮過，」我告訴他，「但判定並不適合我。」

「艾蓮諾的舅舅退休後到秋季谷住了，」他說下去，「他說這是他作過最好的決定。」

「我很意外你沒把他帶來當說客。」

「沒辦法，他死了。」

「唔，看吧，」我說，往後坐進椅子裡，現在得意洋洋，「我們遲早都會死，可是在那樣的地方，大家就會停止運轉。不，抱歉，卡登，我作了決定，我不希望反覆談這件事。我不會離開冬市苑，這件事到此為止。對了，我並不喜歡你私底下去找奧布朗·哈葛夫談這件事，我寧可保有隱私。」

他盡可能裝出無辜的樣子。「我不知道妳——」

「是，你做了這件事，不要裝無辜。記得，我認識你一輩子了，你什麼都瞞不過我。你和他沆瀣一氣，想要強行將兩個老太太趕出她們的家。我不會容忍這種事。如果不知怎地，我完全失能或開始堅持柴契爾夫人還是現任首相，那你大可以叫白袍男人把我架走。可是在那之前，我要待在這裡，不必多說了。」

他很清楚我一旦下定決心，就不可能改變，而他不得不接受。

「好了，至於你的生意問題，」我說下去，「我也思考過那件事，也決定我願意做點投資。」

「噢？」他問，現在臉龐一亮，「多少？」

「我就是欣賞你這點，卡登，」我說，「不拐彎抹角，總是開門見山。」

「抱歉，我只是——」

「沒關係，我只是在逗你，」其實我不完全是，他真的很厚臉皮。「以一到十來說，你的困境到底有多嚴重？老實說，不要貪心。」

他想了很久才回答，「我會說六，」他說，「如果我不快點作些重大的調整，可能很快就會跳到八了。」

我點點頭，然後走到寫字桌那裡，從上層抽屜拿出我的支票本。我透過窗戶望向街道，看到海蒂正忙著跟麥德琳．達西－威特談話，渴望知道她們在聊些什麼。我仔細看著她們，希望她們不會察覺有人在觀察，最後麥德琳仰頭大笑，這點我倒覺得奇怪，因為海蒂並非以機智見長。我在桌邊坐下，但動筆以前，回頭看著兒子，他正以毫無歉意的熱切望著我。

「我考慮給個十萬鎊，」我告訴他，拔開鋼筆蓋子。「這樣夠你撐過去吧？」

他露出奇特的表情，混雜了如釋重負和失望，也許他以為我會給更少，也許更多。但這可是一筆大錢，如果不把公寓的價值算在內，可是占我資產淨值的整整百分之十。

「妳真慷慨，」他說，「會有很大幫助，我當然會還妳，等到——」

「沒有必要，」我告訴他，將數字填進去並簽上名字，「反正到最後都會到你手上，所以我們就把這筆當成預付款好了，可以嗎？可是我目前只能給你這些，卡登，懂嗎？我是有一筆備用的生活費，沒錯，可是就那麼多，而這筆錢占了不少，所以好好運用。」

我將支票遞過去的時候，他還懂得要露出難為情的表情——說句公道話，男人到了這把年紀還要跟母親討錢，肯定很沒面子——我回到了我的扶手椅。

「所以，」我終於說，他將那筆不義之財折成兩半，塞進了皮夾。「我想婚禮還是會如期舉行？」

「噢是，」他回答，「可是我們決定維持小規模，不要大費周章，就家人跟幾個親近的朋友。」

「很明智。」我讚許地告訴他。卡登的婚禮過去向來有點奢華，彷彿需要向他人證明自己有多成功。但如果現況真有他說的那樣緊張，那麼他幾乎沒有鋪張的本錢。

「從現在算起大概一個半月，」他補充，「公證辦公室，我再跟妳說。妳這次會來吧，我想？」

「別這樣，」我說，「我只錯過一次。」

他點點頭，跟我對上視線時，我們兩人都忍不住笑了起來。我們整整笑了一分鐘，最後我不得不從口袋拿出手帕，將眼上的淚水抹掉。我可以調侃他，而他似乎也很享受，在這樣的時刻裡我們就會有某種程度的親近。

「妳年紀很大了。」他說，搖著頭，我同意我是。他環顧室內，深深嘆口氣，我納悶他是否在計算，既然財務方面的事情已經告一段落，自己還需要停留多久。「噢，我一直想問妳，」他說，「新鄰居狀況如何？」

「他們一家滿奇怪的，」我說，「她大多時候好像脫離現實，而他似乎是個惡霸。搞不好是他工作環境的關係，確實聽說過一些電影製作人的嚇人作風，是吧？恐嚇工作人員、騷擾脆弱的年輕女演員。也許他們對家人也同樣不尊重。」

「孩子呢？」

「滿靜的，我喜歡他。」

「那就好，我知道妳拿小男孩不大有辦法。」

我望著他，但從表情看來他並沒有要刺傷我的意思。不過，我明白他為什麼會這麼說。說到底，我們都無法假裝我是個完美的母親，而且我知道，當初他朋友發現他母親躲在所謂的瘋人院裡，霸凌起他來毫不手軟。

後來，他離開的時候，吻了我臉頰，再次因為我出手幫忙而道謝。

「不客氣，」我說，「可是要是我聽說你和奧布朗又聊起這件事，即使只是通個電話，我立刻取消那張支票，先警告你一聲。」

「噢，媽，」他說，對我眨眨眼，哈哈笑，「反正到時也已經太遲了，我一個鐘頭內就會把它存進我帳戶。」他以這種大腰圍的男人所能表現的優雅，蹦蹦跳跳走下階梯，我面帶笑容回到室內。事實是，要不是他提起我拿小男孩不大有辦法，這是我們多年來最友好的會面之一。

4

之前都在歐洲生活，我對雪梨的天氣能帶來多大壓迫感，毫無心理準備。我的肌膚天生白淨，很容易曬傷，我帶有傷疤的頭皮則會燙傷；有好幾個星期，我下午過半就疲軟無力，不管在哪裡都會睡著，然後夜裡輾轉難眠。

我和凱特在肯特街找了住處，那裡靠近港口，那棟昆士蘭風格的房子以原木搭建，樓上環繞著露台。樓房下半部住了三位中年光棍兄弟，他們每天清晨穿著技工制服出門，深夜醉醺醺回家。起初，我擔心他們可能會打擾我或凱特，可是其實除了表明了蔑視女性，尤其是膽敢在沒有父親或丈夫保護下獨力生活的女性，他們幾乎對我們視而不見。

工作機會相當多。我在喬治街北端的女性服飾店找到工作，由年長二十歲、名叫布里恩特小姐[27]的女士監督，我認為這個姓氏相當好。布里恩特小姐——我只知其姓不知其名，從母親手上繼承了這家店，她跟我說這件事的時候，我想起了艾密爾跟他的傳承，然後趕緊將他從我腦海驅離。所以到頭來我還是在商店工作，得到這份工作時，我這麼告訴自己。母親一向覺得這類工作配不上我。

我覺得，布里恩特小姐並不適合面對民眾。她瞧不起普通的職業婦女，而我們的客戶大半由她們組成，大多人一年頂多只能負擔得起一兩件新裙子或新襯衫；店裡進得到

27 Brilliant，有出色、優秀等意思。

貨時，也許偶爾買一雙尼龍襪。她心懷我只能稱之為遠大抱負的想法——常以雪梨氣派店家的故事來娛樂我和其他雇員，也就是貴婦購物的地方——說她多麼希望她們能上門光顧。

原住民婦女不常冒險踏進我們店門，但偶爾還是會有。黑人女性也是，有時會有來自薩摩亞島或巴布亞紐幾內亞的移民。布里恩特小姐稱她們為「外國佬」，只要她們進門來就會發出吼聲，質問她們想要什麼，告訴她們店裡有人盯著，要是手腳不乾淨，絕對送她們去吃牢飯。她當然不反對收她們的錢，可是收款時總是先戴上絲質手套。客人離開的時候，她不把現金放進收銀機，而是將紙鈔或銅板交給我，然後要我到馬路過去的那家銀行，直接將錢存入她的帳戶。

我咬牙忍受在布里恩特小姐手下的生活，凱特則找了份她熱愛的工作，在一家叫「戰爭運勢」的酒吧，酒吧位於海港邊緣，可以清楚看見便利朗角。在我離開澳洲久年之後，劇院最終會建在那裡。那家酒吧有開放式的正面，吧台沿著中央延伸，兩側放著高椅凳。男人下班後會聚集在那裡，享受從海面吹進來的涼爽微風，一杯接一杯灌著凍涼的大份啤酒。後側有個較小的房間，裡頭放了半打桌子，年輕人會帶自己追求的女人過去。儘管工時很長，但凱特在那裡如魚得水，不久便成了常客的最愛，不是因為她秀色可餐，而是因為她心直口快，有能力讓每個人都覺得受到歡迎。我們工作時間錯開，對我們兩人都有好處，她工作到深夜，讓我在晚上可以自由使用公寓，而我早早開工，讓她在早上有些隱私。這個安排盡善盡美。

偶爾，需要熱鬧的時候，我下班後會到那裡去，坐在吧台喝一兩杯，有時甚至跟幾個客人閒話家常。有個叫逵斯比的老男人宣稱他參與了港灣大橋的建造，對我有了好感，常常坐在我旁邊的椅凳上，叫我「親愛的」或「甜心」，試圖把手搭在我腿上，可是我擺明了對他的追求沒有興趣。有一次我從女廁出來，他正在外頭等我，想把我推回門裡，堅持他有重要的事情要跟我說，但我拒絕了，將他往牆上推去，他的腦袋撞到了一幅畫的邊角。之後他就不再煩我，整整一個月對我不理不睬，後來又友善起來，表現得彷彿自己不曾有過逾矩行為。

這個晚上，在當地住了幾個月後，我坐在吧台的老位子，凱特將信封遞給我，裡頭是她那份的月租，我打算在回家的路上拿去給房東。吧台對面有個男人，戴著棕褐色的寬簷工作帽，旁邊坐著年約七歲的小男孩。我想是他兒子，我之前看過他們。凱特告訴我，那個男人下班過後常帶著小男孩過來。男孩會喝一杯柳橙汁，顯然很愛跟成人一起坐在吧台。當時我正在數錢，把自己那份房租放進信封時，聽到吧台對面傳了另一男人的聲音，那一側通往酒吧後進的雅室。

「麻煩再來一杯傑伯格啤酒，小姐。」他說。

「馬上來。」凱特回答，從我這裡轉開身子，走到龍頭那裡盛啤酒，莫名地我渾身每個感官突然進入高度警戒狀態。

「今天滿溫暖的，是吧？」男人以友善的語氣繼續說，凱特盛滿杯子以後，爽朗地轉回去面對他。

「大家說到了週末會更熱，到時這裡會像蒸籠，還要別的嗎？親愛的？」

「不了，謝謝。」他回答。

「啤酒是什麼味道？」男孩問，男人回答以前猶豫了一下。

「我可以讓你嚐嚐，」他說，「可是你爸爸可能會反對。」

「我不在乎，」男孩的父親說，「如果到時他想吐，隨便他。」

「好吧，小不點，」頭一個男人回答，「一小口就好。」

就是「小不點」這個詞，讓我覺得胃部緊縮，必須攀著檯面穩住自己。我想轉身但不敢，只是直直盯著自己的鞋子。那個男人竭盡所能遮掩自己的口音，但我可以聽出底下的條頓特徵。凱特收完酒錢回來的時候，我的表情似乎讓她大吃一驚。

「葛蕾朵，」她說，因掛心而拔高音量。「怎麼啦？一副撞了鬼似的。」

只有在那時我才抬起頭，壯膽往吧台對面一瞥。男人現在已經離開，回到後方的小室，我從所在位置看不到他。不過，我盯著隔開我們的木牆，彷彿這麼做我可以在木料上燒出一個洞，認出另一邊的那張面孔。

「葛蕾朵，」她又問一次，「怎麼啦，親愛的？妳想喝點水嗎？等等，我去倒些給妳。」

一會兒，她端著盛滿冰水的玻璃杯回來，我一飲而盡。

「我沒事，」我說，話如鯁在喉，「我突然……一陣不舒服，只是這樣。」

「跟月事有關嗎？」她問，稍微壓低聲音。

「對，之類的。」

「唔，天氣熱成這樣更是幫倒忙。」她說，看著我，掛著真心擔憂的表情。她伸出一手抵在我的額頭上，想檢查我的體溫，但我抽開身子。我不喜歡別人碰我。

「妳不會要生病了吧，我希望？」她問，「也許妳應該回家躺躺。」

我點點頭，不安地站起身。「好，我就這麼做，」我說，「別擔心，我不會有事的。」

又有人召喚凱特，她多盯了我一晌才離開去服務客人。我收攏東西，轉往街道的方向。不過在沒確認以前，我知道我不可能離開。這不可能，我對自己這麼堅持。我們畢竟遠離歐洲、遠離波蘭幾千英里，不可能是他。可是那個嗓音，我這麼熟悉。我緩緩走向後室，站在門口的陰影裡，靜悄悄地，希望不會被觀察到。我四下張望，直到視線落在獨坐一桌的那個男人身上，他背對著我，濃密的金髮梳得整整齊齊，西裝完好如新。

不過，片刻之後，他抬起頭，稍微轉向，並未望向背後，但稍微可以看出輪廓。如果他知道有人在看，也不打算對旁觀者露臉。不過，他動也不動坐著，我發現自己幾乎無法呼吸。儘管四周人聲鼎沸，一時半晌，感覺現場只有我們兩人。他持續保持那個姿勢，現在我知道他可以察覺我的目光，但他依然並未轉身。最後，我再也無法忍受，轉身回到了街上。

我當然無法絕對確定。我只聽到了說話聲，看到了部分的輪廓，但我內心深處知道，是他沒錯。

5

敲門的急迫感讓我吃了一驚，我頓時在椅子裡坐直身子。我在電視上看一齣老電影，可是內容相當沉悶，我開始瞌睡連連。但是重重的敲門聲將我喚醒，我走向門口，預料是滿腦霧水的海蒂需要找人幫忙另一件家務事。令我詫異的是，不是來自走廊對面，而是來自樓下的鄰居。

「麥德琳，」我說，上下打量她，外表看來從睡夢中被吵醒的是她而不是我。她滿頭亂髮，雙眼掙扎著要聚焦，睫毛膏從眼周流下，衣衫不整。「都還好嗎？」

「我忘了他，」她回答，話說得口齒不清，「我忘了亨利。」

她顯然一直在喝酒，我瞥瞥手錶。再十分三點，我納悶她幾點開始喝的。

「我親愛的，」我說，往後站開，「想進來嗎？也許我可以替妳泡杯咖啡？」

「我忘了亨利，」她重複，「完全忘了他的事。」她聳聳肩，然後輕笑一下，用一手捂住嘴巴。「妳一定覺得我是全世界最糟糕的媽媽。」

「我沒有那樣的想法，」我說，不完全確定她在說什麼。「妳忘了他？妳說忘了他是什麼意思？」

「學校，」她說，抬頭望向通往冬市苑頂層的樓梯，那裡有個得獎小說家和一位著名文藝評論家隔著走廊比鄰而居，為了惹對方不開心而寫作。「他三點放學，我來不及，我不舒服，葛蕾朵，我必須回床上去。」

「噢天啊！」我回答，不確定她為什麼要把我捲進這件事，但默默同意睡覺對她來說可能最好。「他有鑰匙嗎？妳擔心他進不來嗎？我可以幫忙留意——」

「我需要妳幫忙去接他，」她說，「我們不准他自己走路回家，他年紀太小，可能會被拐走。」

我盯著她。這也太奇怪了，她竟然要託我帶孩子回家，我畢竟不是他祖母。碰到緊急事件時，她難道沒有親友可以聯絡嗎？

「妳先生，」我說，「達西－威特先生，他在哪裡？」

她翻翻白眼。「天曉得，我想，在某個地方的旅館套房，甄選女演員吧。」她說出「甄選」時，用手指在空中比出引號，我皺起眉頭，我還以為這種做法幾年前就已經喊停了。

「妳不能聯絡他嗎？」我問，「他沒手機嗎？」

「不，」她說，現在愈來愈焦慮，「我是說，是，他有手機，當然了，可是不行，我不能叫他處理。他討厭我在白天打攪他。總之，如果他知道我忘了他，肯定殺了我。」她搖搖頭，一臉被自己惹惱的樣子。「我是說，忘了亨利，不是艾力克斯。抱歉，我覺得我說得顛三倒四。」

「親愛的，我都九十多歲了，」我說，為了逃避什麼而拿年齡當託辭，這點連我自己都覺得訝異。「妳總不能期待我為了找個小男孩，拖著腳步在倫敦市區到處走吧，一定有什麼人妳可以找。」

「沒人了，」她說，透過鼻孔重重換氣，彷彿努力要控制自己的理智。「是這樣的，他不准我有自己的朋友，」她補充，然後又笑了起來，「以前當然有，我以前朋友可多了，男男女女都有，可是他說他們會影響到我們，說他們嫉妒我，會在我背後嚼舌根。他說他們滿懷惡意。有人嫉妒過妳嗎？葛蕾朵？」

「就我記得的，並沒有，」我說，「我不是那種別人會羨慕的女性。」

「我打賭妳年輕的時候一定是個美人。」她說，上下打量我。她現在綻放笑容，我一時以為她要倒下來了。「我從妳的臉看得出來。以年紀這麼大的人來說，妳的膚質未免也太好了。」她蹙起眉頭，手指抵著嘴唇，困惑地皺起臉來。「我上來這裡幹嘛？」她問我，「我完全忘了。」

「亨利，」我提醒她，「他需要有人接他放學。」

「幹，對喔。」她說。聽到那個字，我微微皺了皺臉。她拔高音量，大聲吼出來。走廊對面的門打開了，海蒂探出腦袋。

「怎麼回事？」海蒂問。不知怎地，她戴著紅色紙帽，就像會在聖誕拉炮裡面找到的那種，雖然聖誕節幾個月前已經來了又走。

「沒事，海蒂，」我說，揮揮手要她別管。「回去屋裡，只是小題大作。」

「那誰啊？」海蒂問。麥德琳暴躁地轉過身去。

「妳沒聽到葛蕾朵說的嗎？」麥德琳喝斥，「她說進屋裡去，少管閒事。」

我閉上眼睛一下，當然我並沒說後面那句，但從海蒂臉上的表情看來，顯然相信我說過，她一臉受傷回到公寓裡。我決定晚點去探望她一下，希望到時她已經忘了這件事。她生那個病的好處是，她不會追究別人偶爾的怠慢。

「真受不了愛管閒事的人，」麥德琳說，現在轉回來面向我，「所以，葛蕾朵，妳可以替我去接他嗎？」她問，「我想我沒辦法。我狀況不佳。如果妳不去，他自己一個人會很害怕。」

我嘆口氣。說真的，這也太過分了，我想，可是這件事我別無選擇。總不能丟著可憐的小男孩，讓他獨坐一整個下午等待他母親吧。如果相信報章上讀到的東西，外頭有各種勢力等著抓走那樣的孩子，強行將他帶走，遂行惡毒的目的。

「好吧，」我說，深深嘆口氣，「他上哪所學校？」

她跟我說了校名，我連同地址一起匆匆抄進記事本。那裡並不遠，但我不打算用走的，尤其壁爐架上的可攜式時鐘剛剛敲響了整點，所以學校應該已經放那些孩子出來了。

「妳人真好。」麥德琳說，轉過身走下樓梯。她小心抓著扶手，我看著她，希望她不會摔跤。

「也許我順便給他晚餐，」我提議，對著她背影呼喚，「妳可能不希望他看到妳這個狀態。這樣好嗎？」

「好，好，」她說，並未回頭，「妳人真好，我想我會小睡一下，今天真是折騰！」

我回到公寓換好鞋子，穿外套拿提袋，快快照個鏡子檢查自己的臉。我不知道那個不幸的可憐男孩看到來接他的人是我，會作何感想。我知道我必須想個可信的理由，解釋自己為何出現。

我踏出冬市苑，準備攔住頭一輛出現的計程車，麥德琳的門又開了，她飛奔出來，急得差點一頭撞倒我。她又替自己倒了杯酒，險些就要潑出來。

「別告訴他，」她低聲說，緊抓我的手臂，臉上的神情令人膽寒。我想不起上一次看過誰這麼害怕。「答應我絕不告訴他。」

「我不會的，」我心煩地說，將她的手指扒開，「我會說妳有個約，一時走不開。我確定他會相信我的。那個年紀的小孩很少會質疑別人告訴他們的事。」

「我不是說亨利，」她用氣音說，翻翻白眼，彷彿我是全世界最蠢的女人。「我是指艾力克斯，別告訴艾力克斯，他會殺了我，我是說真的。他真的會要我的命。」

6

「妳狀況不大好，」我們離開市區，朝北岬的方向久久散了個步。當日天氣涼爽，不過我還是戴了帽子，因為我怕陽光會對我隱藏的傷疤造成損害。「妳是怎麼回事？」

「沒事。」我說，可是從我的語氣一定可以明顯聽出我在說謊。

「才怪，」她告訴我，「是男生的事情嗎？是不是看中什麼人了？是這樣嗎？」

我搖搖頭。我確實在想一個男的，但不是她指的那種狀況。

「妳確定？因為通常跟男人脫不了關係。」她說下去，大步往前邁，她有雙長腿，通常是我們兩人當中為這種出遊設定步調的人。我得卯盡全力才趕得上她。「妳工作的那家店也沒什麼選擇，裡頭全是女的，不是嗎？」

「對。」我說。

「妳真幸運，」她回答，我眉頭一皺，不確定她這樣說是什麼意思，「酒吧那些傢伙丟臉死了，」她解釋，「沒人撐得住，才四、五杯啤酒就醉了，跟我說起他們家老爹第一次大戰在加里波利[28]做了什麼，第二次大戰又做什麼，相信我，妳不會想看他們在那種狀態下，把廁所弄成什麼鬼樣子。明明只需要瞄準然後一射，真想不通為什麼沒人對得準目標。搞不懂他們這樣怎麼有辦法拿槍？事後誰要用抹布收拾殘局？就是等著傻瓜來收拾。」

我哈哈笑。凱特喜歡損她的客人，但我沒聽過她抱怨必須上班。

「其實，我想跟妳談談某個人。」我們沿著崎嶇的岬角走著，我試探地說。

「噢，是嗎？」

「我上星期去跟妳拿房租的時候，注意到裡頭有個男的。」

「妳這下流的傢伙，」她說，「還說跟男人無關，結果妳不就在問我——」

「不，不是那樣的，」我說，打斷了她，「我對他沒有任何……浪漫的遐想。」

沒有嗎？我不完全確定。

「來酒吧的人，妳大多都認識吧？」

「唔，常客是，」她承認，「這樣比較親切。」

「我看到的男人——」

「在吧台嗎？」

「不，在後室。」

「啊，那是完全不同類型的人。勞工都坐吧台，因為這樣方便跟我、另外幾個女生打情罵俏，在我們倒酒的時候。老闆啦有錢人啦，戴領帶的那些，全都坐在後頭，因為他們看報紙不想被打攪。我端酒過去給他們，他們話都不多。妳說的這個傢伙，長什麼樣子？」

「他快三十歲了，也許，」我說，「高䠷、修長，一頭濃密金髮，很英俊，」我想了想，忖度自己是否可以添加其他形容，可是我只能強調我剛說過的，「很英俊。」我重複。

28 Gallipoli，位於土耳其西北邊，現稱格里波魯（Gelibolu）。

「澳洲人嗎？」

「不是，雖然他努力要裝，我想是中歐，德國。」

她點點頭。「我知道妳指的是誰，」她說，「說是常客也算不上，我跟他聊不大起來。他不是德國人。有一次在換酒桶的時候，他正在等他的酒，他問我哪裡來的，我說科克[29]，我反問他同樣的問題。」

「他怎麼回答？」

「他說布拉格。」

我挑起一眉。要說是捷克人，他跟我一樣都差得遠。

「他一個星期來兩次，星期三和星期五，跟發條一樣規律，」凱特繼續說，「總是在同一時間，六點十五分左右，所以我想他是下班直接過來的。有人跟我說他是銀行家，看起來也有那個架式。」

我點點頭，感覺就像他會進去的行業，結合了他在乎的一切：權力、影響、金錢。「妳知道他叫什麼名字嗎？」

「科佐，」她回答，「反正是他的姓氏，我不知道他的名字。妳對他有興趣，是嗎？沒機會嘍，他有妻子了，有一次過來酒吧這裡，打扮得超級講究，看起來就像電影明星。」

「是澳洲人嗎？」我問，企圖不理我對這女人的存在感到嫉妒，隨之而生的羞恥感。

「對，我想是，」她不再往前走，現在轉身面向我，雙手搭在臀上，「這是怎麼回事，葛蕾朵？」她問，「妳跟他之間有什麼是我不知道的嗎？如果有，妳還藏得真好。」

我猶豫不決。我喜歡凱特，我們成了密友，可是我知道最好不要告訴任何人我過去的秘密。我們很少談到那場戰爭，我察覺我們都不想討論各自如何熬過那段可怕的歲月。即使有血緣關係，我也不會對她或任何人，透露關於我童年的真相。

「不，完全不是那麼回事，」我說，「我只是……」我搖搖頭。「我真傻，我知道。可是他讓我想起某個人，只是這樣。」

「妳喜歡過的人嗎？」

「對，」我承認，「我以前非常喜歡的人。」

「唔，如果妳想聽我的意見，」她說，從景色轉開身子，帶我回頭踏上來時路。「我一般都會避開他，他彬彬有禮，這點我承認，沒給我惹過麻煩，不像有些男人。沒錯，他長得很養眼，如果妳喜歡看長相的話。我自己是不吃那一套。不過他的表相底下有點什麼讓我覺得害怕。妳到現在如果對我有任何認識，葛蕾朵，妳會知道我這個人一向不容易覺得害怕。可是那個傢伙？他絕對不是什麼好東西。」

7

也許我不應該訝異，這年頭，人不可能直接跑到學校，隨機挑個男孩，然後把他帶回家。老師會想確定，你跟這孩子之間真的有什麼關聯。

三點二十分，我的計程車停靠在亨利的學校外頭，但外頭不見他的人影。我付了車

29 Cork，愛爾蘭的大城。

費，東張西望，納悶他是不是在街上來回走著尋找母親，但路上空無一人。於是我走向接待櫃台，有個年輕女子坐在玻璃隔板後方，我走近的時候她抬起頭來。

「有什麼要幫忙的嗎？」她問。我左顧右盼，希望不用講太多細節。

「我叫葛蕾朵・芬斯比，」我告訴她，「要找亨利・達西－威特，我來接他回家。」

她用手指拉下眼前的一捆文件，然後拿起電話，撥了三個數字的分機號碼，喃喃說了幾個字，透過玻璃隔板我聽不見。有四張彩色扶手椅妝點著接待區，她放回話筒時，用動作表示我應該找一張坐下。

不過，我選擇不坐下，而是端詳掛在牆壁上的班級照片。上頭展示了一些老舊的照片，我盯著那些幽魂般的臉龐，那些男孩在一九三〇年早期年紀大約九或十歲，他們全都坐著靜定不動，背脊打直，雙手搭在腿上，表情嚴峻。每張肖像邊緣都有個不同的校長，披斗篷、戴帽子、唇上留著薄髭鬚。看著他們，很難不想到他們成長的那個世界。元首派坦克進入波蘭的時候，這些男孩應該已經成年。他們肯定正在追求初戀、思考未來的職業：當時張伯倫先生[30]回到倫敦，承諾為我們這個時代帶來和平。我往上伸出一手，用食指碰著那些逝去男孩的臉頰。學校的安靜嗡嗡聲被深夜抵達的火車聲所取代。男孩和女孩強行跟父母分離時的呼喊。接著是另一個男孩，那個我只見過一次的男孩，他偷一套衣服的時候被我撞見，他哀求我不要舉發他。**他會殺了我**，他當時說。而我瞪著他，問他指的是誰。他的視線越過小屋望向車子，庫特就坐在那裡等待父親。我從未見過男孩眼中的那種恐懼。他叫什麼名字？他當時告訴我，我記住了，之後花了幾十年試圖遺忘。

有個人聲從我背後傳來，我從白日夢中突然醒來，轉過身去。

「芬恩……太太，是嗎？」穿著綠色套頭毛衣的年輕黑人男子問道，朝氣滿滿，臉頰平滑，很難分辨他是學生還是老師。

「芬斯比，」我糾正他，「我來這裡是要——」

「妳還好嗎？」他問。我皺起眉頭。

「是，我想是，」我說，「你為什麼問？」

「如果妳想要，我可以拿條手帕給妳。」他說。

「我為什麼需要手帕？」

這個問題看來幾乎讓他覺得尷尬。

「因為妳在哭。」她說。

我往上伸出一手到臉頰，確實淚溼了。我在細看那些照片時哭了起來嗎？一定是吧，我想，雖然我很詫異自己竟沒注意到。我覺得震驚，甚至有些害怕，伸手進提袋裡，拿了張面紙抹乾臉頰，選擇不去回答。

「我來這裡接亨利・達西－威特。」我平靜下來以後告訴他。

「是，我是亨利的老師，」他回答，終於釐清了他的職位。「我叫傑克・潘斯頓。」

30 Chamberlain（1869－1940），一九三七年至一九四〇年曾任英國首相，一九三八年英法德義四國領袖張伯倫、達拉第、希特勒、墨索里尼共同簽署「慕尼黑協定」，將蘇台德轉讓給德國，張伯倫的綏靖政策，被認為是第二次世界大戰的導火線。

「很高興認識你，潘斯頓先生，」我說，「抱歉我遲到了，只是我得先叫計程車，然後——」

「問題是，通常來接他的是他媽媽。」他說。

「是的，我知道，可是她今天恐怕身體不舒服，」我說，往他背後瞥去，希望能看到那孩子從陰影裡走出來。我不喜歡學校，非必要的話不想多停留。有股熟悉的氣味，粉筆、橡皮擦、消毒水和小男生混雜在一起，加在一起的氣味，我並不覺得特別吸引人。

「她沒事吧，我希望？」他問。我搖搖頭。

「不，不，」我回答，「她病了，只是這樣，婦女的毛病。」我通常發現這句話就足以讓男人閉上嘴巴，可是潘斯頓先生似乎不為所動，於是我不得不說下去，「我勸她小睡一下，我跟達西－威特家住同一棟樓，住他們家樓上的公寓。我想她現在應該在睡了。」我補充，確定絕非如此。我懷疑麥德琳在沙發上攤開身子，繼續喝酒。「她要我來接他。」

「嗯，」潘斯頓先生說，微微皺眉，輕搓某天可能會長出鬍子的地方。「只是，妳不在清單上，芬斯比太太。」

「什麼清單？」我問。

「清單上列了經過核准的人，父母會列出他們允許來學校接孩子走的成人，大多包括一個或兩個祖父母，有時是叔舅或姑姨。某個他們信得過的人。」

「噢，」我說，點著頭，「不，我不會在那份清單上。」

「是的。」他附和。

「可是她確實要我過來，」我要他放心，「這點我保證。」

「我完全不懷疑妳，」他說，伸出手彷彿要碰碰我的手臂，然後想想還是作罷，將手收回身側。他一臉緊張，我想他並不習慣拒絕年長女性的要求。「可是妳一定要明白，沒有家長的批准，我沒辦法讓亨利跟妳走。」

我點點頭。這不算不合理，但肯定會是個問題。此時，走廊盡頭終於冒出一顆小腦袋，我看到他的時候漾起笑容，他至少還活著，這點令我如釋重負。

「哈囉，亨利。」我說，微微揮個手。他綻放笑靨，揮手回應。

「哈囉，芬斯比太太。」他回答，在那裡見到我顯然不覺得意外。

「唔，至少你知道我的自我介紹是真的，」我說著便轉回去面對潘斯頓先生，「不過我身上也帶了公車優惠證，如果有幫助的話。」

「你認識芬斯比太太？」老師說，不理會我的發言，回頭面向男孩。

「她的臥室在我的臥室上方，」他說，「她晚上關燈睡覺的時候，我都聽得到，我們是朋友。」

我盯著他，微微驚訝他會這樣形容我。至於地理位置，他也說對了。既然公寓的配置一模一樣，我臥房會在他臥房上方也說得通；艾德格死後，我搬進了更小的房間。

「我會打電話給達西－威特太太，如果妳不介意的話，」潘斯頓先生說，我點點頭，雖然我擔心她能否進行條理分明的對話。他到玻璃隔板後方，在鍵盤上敲了敲，應該是在找號碼，然後拿起電話撥號。亨利走過來，仰頭望著我。

「媽咪呢？」他問。

「她在家，」我回答，「我需要伸展一下腿，因為我一百二十六歲了，要是整天坐著，會得關節炎的。我問她能不能讓我來接你，陪你走回家，只是為了運動一下。她很好心地說可以。你不介意吧？」

他瞇起眼睛，看來並不完全信服。

「妳不是真的有一百二十六歲吧？」他問。

「下次生日就一百二十七嘍，」我說，「你看不出來嗎？我還是小女孩的時候，世界上還沒有小男生呢。小男生一直要到一九六〇年代才發明出來。」

他咯咯笑，似乎左右為難，不知該不該相信我。他慢吞吞朝我的手伸出一手，然後就像他老師那樣，想想還是作罷。這是怎麼回事？我納悶。

「那我去拿外套跟書包嘍？」他問，我點點頭。

「請，」我說，「等潘斯頓先生講完電話，我確定他會答應讓我們離開。」

快如閃光，他回頭蹦蹦跳跳穿越走廊，我湧現奇怪的衝動，想跟過去看看這年頭教室的樣貌。我想跟我在柏林受教育的時候相當不同，以前是樸實的木桌、座位排序井然。我們住另一地方時，每天過來教我和弟弟的老師是李斯特先生，傑克．潘斯頓似乎比李斯特先生活潑許多。

辦公室的門打開，潘斯頓先生從玻璃隔板後方再次現身。

「沒問題了。」他面帶笑容說。

「噢，那就好，」我說，鬆了口氣，「她沒在睡嘍？」

157 ——— 156

「其實，我聯絡不到達西－威特太太，」他說，「她一直沒來接聽，我只好打給亨利的父親。」

我盡量不讓臉上流露焦慮，雖然我依然記得麥德琳的表情，跟她一臉害怕說**別告訴艾力克斯，他會殺了我，我是說真的。他真的會要我的命**。

「原來，」我說，「他願意讓我接他兒子回家？」

「他似乎滿驚訝的，可是他說沒關係。我下次見到達西－威特太太的時候，會問她以後是不是要把妳列進核准名單。」

「噢，不用這麼麻煩，」我說，亨利回來了，但現在穿上了外套，扛著肯定跟他體重一樣重的背包。「這不會是常態，只是臨時的緊急狀況。」

亨利向老師揮手道別，我們朝門口走去，逝去男孩的目光尾隨我跨出的每個步伐。

「好了，我們必須找到計程車。」我說，我們走到了校外。

「我還以為妳想散步呢，」亨利回答，「因為妳的關節炎。」

我俯看著他。我不得不承認，這小男孩真是鬼靈精。

是**舒穆爾**，我暗想，那男孩就叫這個名字，在另一地方，哀求我不要因為他偷衣服，向庫特告發的那個男孩。

他會殺了我，他當時說。

對，沒錯。

就是舒穆爾。

這名字聽起來就像風咻咻吹。

8

凱特說，那個叫科佐的男人每星期到戰爭運勢酒吧兩次，所以隔週星期三我裝病，問能不能提早收班回家。布里恩特小姐不信任提出這樣要求的女員工，相信對方只是想回家換衣服，好跟年輕男子約會。所以為了增加說服力，我早上來來回回跑了好幾趟廁所，好讓布里恩特小姐相信我身體確實出了狀況。不過，到了近晚，當我問能不能離開時，她將我帶進辦公室，目光犀利上下打量我，特別注意我的肚子。

「妳有事情要跟我說嗎？」她問，一臉嚴厲，語氣滿是懷疑。

「我早餐一定吃到什麼不對的東西，」我說，「我想明天早上就沒事了，我只是需要睡個覺恢復一下，只是這樣。」

「我想把醜話說在前頭，葛蕾朵，」她說，雙手在身前交握，手指互搭，彷彿在祈禱。「我對我雇用的姑娘沒多少要求，只有誠實、準時、衛生習慣好、對客人有禮貌。但這裡是個體面的機構，沒婚戒就走家庭路線的女孩，我不會准她在我店裡工作。」

我怔怔望著她，因為這番聲明而困惑不解。我從未聽過這種說法，完全聽不懂。

「請再說一遍？」我說。

「妳在等聖誕驚喜嗎？」她問，我納悶她是不是瘋了，「因為如果是，現在提早告訴我，我會很感激，這樣我就可以開始面試接替妳的人選。」

「抱歉，布里恩特小姐，」我說，臉上的表情應該寫明了，我根本不懂她在說什麼。

「我不懂——」

「妳要生寶寶了嗎？」她怒斥，這個想法讓我滿臉燙紅。

「沒有！」我喊道，「當然沒有，妳完全誤會了！」

「可是妳整個早上都不舒服，而且——」

「布里恩特小姐，我向妳保證我沒懷孕。至少就我對生理學的基本瞭解，根本不可能有這種事。我一向潔身自好。我只是腸胃不舒服，沒有別的。」

現在她一臉如釋重負，看來終於相信我了，讓我提早收班的同時還知道要難為情。我收攏提袋和外套，穿過喬治街時，為了這場誤會忍俊不住。我這輩子只有過一個情人——艾密爾，而我們的激情之夜發生在六年前。從那之後，確實有其他男人向我求歡，但我不曾屈服於他們的攻勢，即使在我也感到慾望湧動的時候。這並非出於我個人的道德感，純粹是因為我不信任也無法信任男人。不過，那不表示我沒有渴望，在雪梨這裡，男生粗獷俊美、曬出一身古銅。我的目光常在他們的胴體上遊走，渴望跟他們有親密關係，但我自我克制，確定這種加諸於自身的節制，必須永遠持續下去。

將近六點時，我走向戰爭運勢，但並未立刻走進去。而是越過馬路，站在通往第一艦隊公園的階梯旁邊，隔開距離觀察酒吧入口。在一天的這個時段，街道熱鬧滾滾，人來人往；男人紛紛湧進岩石區，想在下班後呼朋引伴一兩個鐘頭，在沒有工頭緊盯的狀況下，喝喝啤酒、聊是非。我擔心人這麼多，我會錯過科佐，但其實他們多數是勞工，一身短褲搭汗衫，表示在他們當中，他可能會相當突出。

確實如此。我等不到十五分鐘，就看到他漸漸走近。他提著公事包，戴頂帽子，在這種天氣是多此一舉。他形單影隻，在攤子停留片刻買了報紙，遞過一些零錢，站在街上片刻掃視頭條新聞，然後折好報紙塞進腋下，走進酒吧，我看著他往後頭走去，只是為了點酒在吧台稍作停留，繼而消失在後室。

如果我之前是裝病，現在是真正覺得不舒服，我在思考自己的選項時，腸胃一陣翻攪。我可以走開，永遠不接近凱特工作的地方，再也不要跟他相遇。或者我可以走進去跟他聊聊。可是都過了這麼些年，而我們都不以真面目示人，我又能說些什麼？

最後，我深吸一口氣，越過馬路，我的腿擺動起來感覺很沒把握，險些闖入車流。我連舉手表示道歉都沒有，趕在改變主意以前直直走進酒吧。放眼不見凱特，但她同事班恩正在吧台後方，喚我名字打了聲招呼，問我想不想來個啤酒。我點點頭，在他倒啤酒的時候，攀住木頭台子，望著冰涼的金色液體注入玻璃杯時冒著泡、嘶嘶響，然後放了幾枚銅板在吧台上，端著啤酒到後室去。

除了他之外，那裡空無一人。如同之前，他靜靜端坐，讀著報紙。我移到另一角落坐下，盯著桌面，然後抬起視線，朝他的方向望去。我現在非常確定，是他沒錯。添了將近十歲，但絕不會弄錯。

他察覺我的興趣，一時抬起頭，朝我方向轉來。我等著看他的表情會不會改變，並沒有，看來他沒認出我來。事實上他浮現淡淡笑容，彷彿很習慣年輕女子的欣賞目光，然後點點頭打個招呼，我覺得自己紅了臉。他回頭閱讀，臉上依然掛著自滿的笑容。不過，頃刻之後起了變化。他再次瞥我一眼，但只有那麼一瞬，然後別開視線，笑容緩緩退去，下巴緊繃起來，彷彿咬緊了牙關。他桌上有支廉價的筆，歷經彷彿無止無盡的沉默之後，他拿起筆並摘掉筆蓋，在報紙上寫了點字。

我現在焦慮不已，伸手去拿啤酒，但我的手抖得厲害，玻璃杯一時沒拿穩，往下一掉。啤酒灑過桌面，杯子砸破了。班恩立刻帶著擦桌子的抹布過來，親切地跟我聊些瑣事，雖然我無法專心聽他說的任何事情。我盯著地面，等到他把玻璃碎片清走之後，我才敢再抬起頭來，望向另一張桌子。

可是那張桌子現在空了，只有我一人在後室。那男人的帽子和提包都不見了，只剩那份報紙和那支筆，是他存在過的痕跡。

我站起來越過室內，從桌上拿起那份報紙。他什麼字都沒寫，而是畫了某樣東西。起初我看不懂。看來只是一系列彼此交錯的垂直和水平線條。可是接著我注意到底部畫了看來是草葉的東西，我知道這是他蓄意留給我的訊息，或者說是警告。

庫特・科特勒。**另一地方**的前任突擊隊中隊長[31]，我父親的個人助理，我頭一個愛上的男孩。他畫了一道圍籬。

9

要給九歲男孩吃什麼呢？

距離上次在公寓裡招待小孩，已經事隔幾十年，我不知道亨利這樣的孩子會想吃哪

31 Untersturmführer，納粹德國準軍事組織親衛隊的一個階級。

種類型的食物，於是我水煮了兩顆蛋，擱在兩片吐司上，旁邊放了點茄汁豆；對這樣單調的餐點，他似乎相當滿意。我偏好低脂牛奶，但他嚐了一口就做了個鬼臉，於是我換成一罐橘子汽水，是我平日放在冰箱，感覺血糖有點低的時候可以派上用場，這個讓他開心得多。

我坐在他旁邊，慢慢啜飲一杯茶，一面看著他吃。回到冬市苑的時候，我朝他自己公寓的窗戶望去，希望麥德琳不會在等我們，堅持在醉醺醺的狀態帶他回家，可是一切悄無聲息，於是我帶他上樓，寫了張紙條說明他的去向，並塞進達西－威特家的前門底下。我擔心她一醒來可能會有的狀況。她說得很清楚，絕不能讓男孩的父親知道是我去接他放學的，既然事態的演變超乎我的控制，他現在已經完全知道了，硬是自責也說不過去。

「喜歡嗎？」我問，亨利抬起頭，掛著滿足的笑容。我注意到他小心移動右手臂，我忖度護套雖然已經拆除，手臂是不是還很敏感。

「妳的廚藝非常好，芬斯比太太。」他回答，語氣如此成熟，我忍不住笑出來。

「這不算廚藝，」我告訴他，「任何人都能把這些東西放成一盤。學校沒餵你東西吃嗎？」

「是有食堂，」他說，做了鬼臉。「可是那裡的東西我沒辦法吃，味道都很噁心。」

「噢天啊，他們都供應什麼？」

「雞塊，」他回答，「麵條、披薩，也有大大的蔬菜盤，可是都乾乾皺皺的。」

「在我那個時代，我們必須自己帶吃的去學校，」我告訴他，「每天早上我離開家裡以前，瑪麗亞都會做兩個哈夫漢[32]，跟一顆蘋果一起放在牛皮紙袋裡。」

「誰是瑪麗亞？」他問。

「我還小的時候，替我們家工作的年輕女人，」我終於說，「女傭，我想可以這樣稱呼。現在大家已經沒有女傭了，可是在當時，家裡有錢的人至少會有一個女傭，有時候更多個。」

他思考這點的時候，放慢吃速。

「有很多人替我爸爸工作。」他告訴我。

「那些人可能是助理，」我說，「也許是秘書。不過，女傭是在家裡工作的。她們負責鋪床跟打掃，還有，在我們家，要替我跟弟弟準備午餐。」

這個解釋他似乎還算滿意，但他還沒問完。

「什麼是哈呼……哈呼……」

「哈夫漢……」我說，重複那個詞，「瑪麗亞是從科隆來的，這種東西在那裡很受歡迎。其實還滿簡單的，就是圓麵包夾起司、醃瓜和洋蔥，可是滿好吃的。」

「我不喜歡起司，不喜歡醃瓜，也不喜歡洋蔥。」他態度堅決說。

「那你可能不會喜歡哈夫漢。」我說，他露出微笑，回頭吃他的茄汁豆。

「妳在這裡沒有女傭嗎？」他過了幾分鐘問，我搖搖頭。

「噢，沒有，我不需要。說到底，這裡只有我，我長大以後就沒有女傭了。」

「瑪麗亞現在在哪裡？」

32 halve hahn，字面意思是半隻雞，但其實是一種由黑麥捲塗上奶油再加上厚片起司、醃黃瓜和生洋蔥的三明治。

我盯著他，不知道該怎麼回答，老實說我很多年沒想到她了。我和母親離開另一地方後，瑪麗亞只跟我們到柏林，然後就各奔東西了。母親希望她留在我們身邊，但她擺明了連考慮都不考慮。她說了點刻薄的話，我很震驚她原來這麼瞧不起我父母。要不是因為不想招來注意，母親當時肯定會動手打她。不過，儘管如此，我起初還滿想念她的；不過一旦到了巴黎，根本無暇去想那樣的奢華。

「幾十年前恐怕就跟她斷了聯繫，」我告訴亨利，「當然，她可能已經死了，如果還活著，都快一百歲了。」

「女王[33]也快一百歲了。」亨利說。

「對，可是女王有人伺候得無微不至，這樣生活起來確實輕鬆一些，而且我懷疑女王永生不朽。」

「什麼是永生不朽？」

「意思就是永遠不會死。」

他挑起一眉。「每個人都會死。」他說。

「是的，確實。」

他吃完了以後，面帶笑容將盤子推開。

「好享受喔。」他說，說起話來像是在小小孩身體裡的成年男人——他甚至往後一靠，用手在肚皮上劃圓圈——現在輪到我哈哈笑了。

「我很高興，」我說著便站起來，將他的盤子收到水槽。「我想你現在想來點甜的？」

「是的，麻煩妳。」他說，一臉燦笑。

我在另一個櫥櫃翻翻找找，決心要找出合適的東西。我打開一包巧克力餅乾，遞一塊給他，接著改變主意，又多給他一塊。

「謝謝妳。」他說，先小口啃著周圍，像老鼠一樣，再把巧克力的表面吃掉。我再次坐下，繼續觀察他。他感覺如此自給自足，如此與世隔絕。

「搬到這裡你開心嗎？」我終於問他，「我是說，搬到冬市苑？」

他聳聳肩。「我們常常搬家，」他說，「我都數不清住過幾個房子了，真是累死人了。」

我漾起笑容。他喜歡學大人說話，顯然是從大人那裡聽來的，讓我想起我弟弟，我弟弟有個壞名聲，就是愛在鑰匙孔或在關起的門後面偷聽。他說我「無可救藥」，我記得。他一定聽到父親或母親這樣形容我，就拿來當成自己的話說。當然了，李察森先生過世，他的公寓上市販售時，我擔心的正是這種事。就是那些令人不自在的回憶會浮現出來。

「你媽咪和爹地，」我問，「他們喜歡這種游牧民族般的生活風格嗎？」

他的額頭皺出紋路。

「意思是，他們喜歡搬來搬去，」我澄清，「不喜歡待在同一個地方太久？」

「我想是吧，」他說，「我們在美國住了一年，然後又回來這裡。可是我們以前也住過這裡。然後我想我們在我很小的時候，住過歐洲，不過其實我不記得了。」

「歐洲哪裡？」我問。

「法國。」

33 英國女王伊莉莎白二世（Elizabeth II, 1926 – 2022），已於二〇二二年九月八日辭世。

「我住過巴黎一段時間。」我說。

「妳不是英國人吧？」他問，「我從妳的聲音聽得出來。」

「你很敏銳喔，」我說，「已經很少人會注意到我的口音了。不，我是德國人，雖然我十二歲以後就不住那裡了。」

「妳那邊沒有家人嗎？」他問，「妳想去探望的人？」

我搖搖頭。「沒有，」我告訴他，「我唯一的家人在這裡，我兒子，不過現在他也老了，都六十幾歲嘍。」

「妳的照片好少喔。」他說，東張西望。

「我不喜歡照片。」我告訴他。

「為什麼不喜歡？」

「我不想活在過去。」

他皺著眉思考這一點。當然了，我沒告訴他我收在衣櫥蘇諾珠寶盒裡的那張照片。他肯定會堅持要看，我自己幾十年來都沒勇氣看了，現在也不打算拿出來。

「妳沒有孫子嗎？」

我還來不及回答，門鈴就響了。我對男孩微笑。

「一定是你媽媽。」我說，有點失望我們沒辦法再聊久一點。他立刻不自在起來，彷彿寧可待在這裡，多跟我閒聊一下。我走向前門，沒先檢查窺視孔就一股腦打開，以為會看到麥德琳站在那裡，如果運氣好，她會清醒到一個合理的程度。

可是不是麥德琳，是艾力克斯。我打開門的時候，他正在手機上打字，抬頭看我的時候，沒有一絲笑容，也沒有一聲問候。

「我相信妳綁架了我兒子。」他說。

10

隔天早上走進廚房吃早餐，我詫異地發現有個陌生女坐在桌邊抽菸喝咖啡。她向我道早安，彷彿有權置身於此。我跟凱特擔心陌生男人會在半夜離開附近的酒吧時，闖進我們的公寓，總是確定在就寢前鎖好前門。

「妳一定是葛蕾朵。」女人用濃重的澳洲腔說。

「是。」我回答。

「我是蜜雪兒，」她說，「可是叫我雪莉就好，大家都這樣叫。」

我一時不知道該說什麼，但是幸好凱特及時出現在門口，一頭亂髮，看來有點慌亂。

「葛蕾朵，」她說，臉頰浮現微紅，「我以為這時間妳已經上班去了。」

「我有點遲到了。」我說，拿水壺裝好水，放上爐子燒。我起床以後吃得不多，但如果要正常運轉，得先喝茶才行。「布里恩特小姐會殺了我。」

「這位是雪莉。」她說，對著客人點點頭。

「有，她說了。」

「雪莉是我朋友。」

我點點頭。我知道凱特因為在戰爭運勢的工作，結交了一些朋友，只是我還不認識，而且我從來沒聽過她提起叫這個名字的人。

「坐吧，親愛的。」雪莉說，從嘴裡抽走香菸，將菸灰輕輕敲在報紙上，彷彿這裡是她家而不是我家。「妳忙得團團轉，弄得我都緊張起來了。」

我聽話照做，端著自己的茶，輪流看著她倆，希望得到某類的解釋，但她們似乎不準備這麼做。沉默變得令人難以忍受，凱特終於開口。

「聽說妳昨天傍晚去了酒吧。」她說。

「只去一下下。」我告訴她。

「班恩說妳趕著離開，看起來好像為了什麼有點難過。」

「沒事，」我說，「我現在好了。」我考慮要跟凱特說我跟庫特碰上兩次，可是我肯定不會當著陌生人的面討論他的事。

「妳跳舞嗎？」雪莉問，我轉身面對她，因為這問題而詫異，我注意到她右臂前段有個刺青，是貝蒂．葛萊寶[34]的背影，只穿著馬甲和高跟鞋，頭髮梳成了蜂窩狀，眨著眼回眸一望。

「我跳舞嗎？」我重複這個問題，「我是說，我跳過。來到雪梨以後……就沒有了，沒有。為什麼問？」

「只是閒聊，親愛的。」她回答，又點了根菸，朝我呼出煙來，然後用左手將煙霧揮開，但只是讓狀況更糟。「我和蒂蒂昨天晚上去跳舞了，是吧，親愛的？玩得很愉快。」

「妳們在哪裡跳？」我問，不特別有興趣，但願意表現得合群點。

「瑪寶小姐舞室，」雪莉說，「去過嗎？」

「不能說有。」

「那裡也不大適合妳，葛蕾朵，」凱特說，神情有點尷尬，可是我也注意到雪莉暱稱她「蒂蒂」的時候，她揚起笑容。

「為什麼不？」我問。

「就是不適合，這麼說好了，那裡不是專為妳這樣的女孩設計的。」

我皺起眉頭，不確定她這樣是不是看輕我。想到她認為瑪寶小姐舞室，不管那是什麼或在哪裡，太過世故而不適合我，令我覺得受傷。

「為什麼不？」我問。

「妳不是蒂蒂這樣的愛爾蘭姑娘，」雪莉說，「妳哪裡來的？」

「歐洲大陸。」我回答，不願意縮小範圍，講出更精確的位置。

「那塊土地也太大了，」她回答，「我連新南威爾斯都沒離開過。不，這樣說不對，我還小的時候，我爸帶我和我弟去過墨爾本過週末，可是我不大記得了，也沒打算再去。」

「懂了。」我說，什麼都不懂。

「我得走了，親愛的。」雪莉說，現在捻熄香菸，可是把菸頭掐緊，彷彿只抽了一半，然後將剩下的菸夾在耳後，我覺得非常粗魯。「不過昨天晚上也太棒了。我真的得走了。」

她站起來繞過桌子，然後令我驚愕的是，她用左手捧住凱特的後腦勺，吻上凱特的嘴唇。不是朋友間的輕吻，而是纏綿的親吻，我別開視線，不知道要看哪裡。

34 Betty Grable（1916-1973），美國女演員，是二戰期間美國大兵的夢中情人之一，海報大受歡迎。

「很高興認識妳，葛蕾朵。」雪莉說，離開時眨了個眼。

她離開之後沉默籠罩著廚房，我坐在那裡，小口啜著茶，希望地板能把我整個人吞進去。最後我才壯起膽子望向凱特，她也同樣一臉忐忑。

「剛剛很抱歉，」她說，垂眼望著桌面，「我原本不打算用這種方式介紹妳們認識的。」

「不要緊。」我說。

「我想妳已經知道我的秘密了。」她補充，淺淺一笑。

「我想是。」我回答。

「妳很震驚嗎？」

我想了想。我覺得我應該要。我不曾認識過這類的女人或男人——他們有興趣跟同性對象交往，可是我發現自己不怎麼在意。比起我們過去十三年所經歷過的創傷，感覺只是芝麻蒜皮的小事。

「妳可以早點跟我說。」我說。

「妳不介意嘍？」

「一點都不。」我說。

「妳真好。」她回答，面帶笑容，伸過來握住我的手。她碰到我的時候，我竟然微微焦慮，納悶她會不會以為我可能有類似傾向。我真討厭自己有這種反應。她很快就放開，也許察覺我的不自在，然後站起身去清洗早餐碗盤。

「總之，」凱特在水槽那裡說，「妳昨天晚上怎麼了，為什麼難過？妳為什麼像那樣跑開？」

「我進去見那個男的。」我說，在椅子上轉身面對她，她正在沖洗杯子。

「什麼男的？」

「我跟妳提過的那個，就是叫科佐先生的那位。」

「妳還追著他跑？都跟妳說過他結婚了。」

「我不是追著他跑，」我堅持，煩躁地拔高音量，「我跟妳說過，我想我認得他，只是這樣。我在年紀小一點的時候認識他的。」

「不，」她說，搖著頭。「妳當初是說，他讓妳想起某個人。」她在我身旁坐下，「葛蕾朵，怎麼回事？他是誰？」

「我沒辦法告訴妳，」我說，「我想說，但我不能。」

我搖搖頭。

「我不是跟妳說了我的私事嗎？」她問，「妳今天發現關於我的事，有的女人還因為這樣被丟進牢裡。不管妳藏了什麼秘密，都不可能比我的更令人震撼，是吧？」

我一語不發。我說不出口。

「他沒用什麼方式傷害妳吧？」她問，「他沒……妳知道的……做出妳沒主動要求，也不想要的事情？」

我搖搖頭。

「不，不是那樣的，」我說，「狀況更複雜。」我不由自主笑了出來。「我人生中有一段時間深信自己愛上了他，如果妳相信的話。」

「可是他沒占妳便宜吧，妳保證？因為如果他——」

「他沒有，我發誓，」我要她放心，現在握住她的手，然後為了證明我的友誼，表示我們兩人的關係沒有任何改變，我探出身子，吻了她的左頰，然後右頰。「妳是個好朋友，凱特，」我說著便站起身，「人生遇見妳真是幸運。」我遲疑一下，然後轉過身去，臉上掛著調皮的笑容，模仿最重的澳洲口音說：「還是應該叫蒂蒂啊，親愛的？」我問。凱特伸出舌頭，朝我丟來擦碗巾。

11

艾蓮諾四十五歲左右，相當漂亮，但妝化得有點過濃。我在她和卡登交往的那十個月間一直避免認識她，想說她不會撐很久，既然婚禮日期已經底定，看來我別無選擇只能跟她認識一下。

我兒子的第一任妻子阿曼達一直是我最喜歡的兒媳。我以為我們永遠會參與彼此的人生，於是當初花了不少力氣耕耘友誼，對方也有同樣的回應。他們兩人仳離時，我深深感到悲傷。第二任太太碧翠絲相當無禮，對我不大有興趣，時時懇求卡登賣掉營建事業，從事別種行業，以便匹配她奢想擁有的顯赫地位。我只見過他的第三任夏洛特寥寥幾次，我想她一直無法原諒我沒參加他們婚禮。我從一開始就能看出他倆的關係注定失敗。現在來了艾蓮諾。

聚會日期好不容易敲定，我發現自己在某個星期天的陰霾午後，被拖進切爾西一間高朋滿座的美食酒吧。令我驚訝的是，這環境我還滿喜歡的，舒適友善，天花板高挑，餐桌間距寬闊——我想是疫情遺留下來的習慣——音樂的音量恰到好處，不會干擾談話。就我所知，艾蓮諾就住附近，卡登安排計程車接送我來回冬市苑，強調說他到時會喝酒——他的說法是我「到時一定用得上」——所以會面後沒辦法開車載我回家。

我將外套寄放在進門處，瞥見這對開心的男女就坐在角落雅座裡，艾蓮諾正在看手機，卡登則讀著菜單，態度認真到可比外交官審視一項國際貿易協定。服務生引導我到那張桌子，他們看到我的時候一同起立。卡登吻了我臉頰，艾蓮諾伸出一手要跟我握握。

「很高興終於見面了，芬斯比太太。」她說，行了半個屈膝禮，彷彿我是個上了年紀的皇室成員。我正準備請她直呼我名字，但一時決定作罷。維持行禮如儀再久一點時間，我想，到時再看看我希望跟她熟到什麼程度。

「路上還順利吧？」卡登問，「司機沒給妳找麻煩吧？」

「完全沒有，」我說。朝著服務生點點頭，他走過來的時候我正在細看酒單。「雖然他問我認不認得他，說他七年前參加過電視歌唱比賽。我其實不認得，也老實跟他說了，他似乎很不高興。」

我點了杯粉紅酒，艾蓮諾決定跟我點同樣的，於是我們改點一整瓶。

「當然，要是在以前，這個距離我想都不會多想，就直接用走的過來，」我說下去，「不過，現在我擔心沿途會需要解手。」

卡登皺著眉說：「我想妳的意思不是『解手』吧。」

「不是嗎？」

「『解手』的意思是，妳知道的，需要上廁所。」

「噢，」我說，都過了這麼多年，我偶爾還是會稍稍講錯，不小心暴露出英文其實不是我的母語。「我是想說，我可能會太累，需要歇腿。」

「走路很重要，」艾蓮諾說，「我每天都盡量走兩萬步。」

她的手臂越過桌面伸來，讓我看看手腕上一只外表像手錶的亮粉紅配件。她輕拍螢幕，兩隻腳的影像浮現，上頭有個小小數字。

「今天已經一萬一千四百步了，而且才兩點半。其實，那低於我的平均值，我晚點得再多走一些。」

「艾蓮諾很會照顧自己，」卡登得意地說，幾乎以她的所有人自居。「看到了吧。」

「看到了。」我承認，這女人身材確實健美，雖然胸口那邊的份量多了點。我納悶那是不是吸引我兒子的地方。我一直覺得，男人在這方面有時還滿膚淺的，過往幾位兒媳胸脯那帶都同樣受到上天的恩賜，我確定並非巧合。

「妳喜歡走路嗎，比太太？」她問，我對她微笑，這種稱呼的親暱感令我意外，但莫名地我並不覺得受到冒犯。她的語氣裡有種天真，一種真心的好奇，是我喜歡的。

「我確定卡登已經跟妳說過，我就住海德公園對面，」我回答，「都住幾十年了。我幾乎天天都到裡頭散步。當然，更年輕的時候，我有時候一口氣可以走兩個鐘頭，完全不覺得有什麼。」

「那就解釋我放學回家後，為什麼她永遠都不在。」卡登說。我轉頭去看他，分析他的語氣，但他似乎沒有任何惡意。或許他只是拿來說笑。

「妳應該弄一個來。」艾蓮諾說，再次展示她的手腕。

「這是什麼？」我問。

「它叫 Fitbit[35]。」

「噢有，我聽說過。」

「妳先告訴它，妳每天希望走幾步，它會記錄下來。每次只要達到目標，妳就會得到一點點紅利。」

我漾起笑容。我想這種玩具倒是無害，我一向喜歡秩序，還滿喜歡這種構想的。我納悶自己要怎麼弄一個來，這樣我會更勤於運動，也會活久一點，雖然這麼一來，卡登繼承的時間可能又要往後推遲幾年。

服務生又過來了，我們點了餐。牛排、薯條和蛋給卡登，羽衣甘藍和甜菜根沙拉給艾蓮諾，我則點了雞肉派。粉紅酒幾乎喝了半瓶，我有種感覺，我和艾蓮諾可以至少再共飲一瓶。

「所以，就我瞭解的，你們訂好日期了。」我終於說，對著艾蓮諾微笑，她一臉真心覺得開懷。

「對，」她說，「五月十六。」

「真好，妳家人一定很興奮吧。」

「是啊，沒錯，他們很喜歡卡登。」

我感到某種氣惱，他有機會認識她家人，她卻是頭一回跟我碰面，但我放手不去追

35 智能健身手環的品牌。

究。說到底，這幾乎可說是我個人的選擇。

「這是妳頭一次結婚嗎？」我問。

「第二次，」她說，「我第一任先生五年前過世了。」

「噢，聽到這樣真遺憾，可以請問發生什麼事了嗎？」

「癌症。」

「啊，可是你們沒有孩子嗎？」

她搖搖頭，表情有點悲傷。我忖度這是選擇或是命運，但這個問題似乎太私密。

「唔，妳淘到金嘍。」我補充，越過桌面，拍拍卡登的手，我不想顯得不支持，雖然老實說我想不通他為何這麼不嫌麻煩。不到三年他又會另覓新歡，更不要說五或十年。確定會發生的事情是，艾蓮諾會拿走他一大部分的存款，多一個每月等著領贍養費的人，讓他再次心煩意亂。上一次他深陷憂鬱。等艾蓮諾另外覓得更好的對象，我可能已經不在人世，沒辦法幫卡登重振旗鼓了。

「是啊。」艾蓮諾說，湊過去吻卡登臉頰。卡登一臉燦笑，我不得不承認，他們兩個看起來都很快樂。也許至少艾蓮諾喜歡他。這總是個開始。

12

要查出庫特在聯邦銀行工作並非難事——我只消早上到渡輪那裡等他抵達，然後跟蹤他到上班的地方。在我休假的日子，我會在銀行對街等到六點過後他出現。他現身的時候，一身訂製西服非常俊美，他登上往曼利區方向的渡輪，我在保持距離的狀況下，也上了同一艘渡輪。我還不知道我到底想拿他怎麼辦，或者要是有機會獨處，我敢不敢跟他說話，可是為了更瞭解他的生活，我覺得我需要看緊他。彷彿我相信藉由追蹤他，可以阻止他造成更多傷害。

我忖度他都怎麼跟工作對象說自己過去的生活。我想像他跟同事一起吃午餐，笑聽他們的故事，然後回到家裡妻子身邊，過著完全正常的生活，完全不去想自己是誰或做過什麼。他夜裡睡得安穩嗎？還是跟我一樣惡夢連連？我確定他說服自己是無辜的，方式就跟我嘗試對自己做的差不多，可是他成功到什麼程度？

那天傍晚陽光和暖，他坐在渡輪甲板上成排的板凳讀報，我留在船艙裡，盡量不要一直盯著他看。渡輪上熙來攘往，但這個航班只停靠一站，所以我知道不可能追丟他。有個年輕男人坐我旁邊，向我討火要點菸，我告訴他我不抽菸。於是他從口袋掏出火柴，往鞋底一劃，我只在電影看過這樣的動作。

「如果你有火柴，」我問他，因為他的舉止而困惑，「為什麼要跟我討呢？」

「因為我想跟妳說說話啊。」他說，然後將手搭在我的膝頭上。我甩開他，霍然站起身來，氣惱他為什麼覺得可以隨便對我動手動腳，但他只是聳聳肩，哈哈笑了。附近的男人也一臉傻笑，在我換座位的時候對我吹口哨。我往船尾走去，將注意力放在波濤上。

搭渡輪已經成了我住雪梨最愛的一個面向。在我不用上班的日子裡，有時我會隨意搭上一艘，走訪帕拉瑪塔、派蒙區或沃森海灣，坐在戶外看書，讓風吹吹我的頭髮，輕盈的水沫在浪濤頂端上舞動。想探個險的時候，在回到城市以前，我會到某家安靜的咖啡館消磨午後時光。在這樣的時刻裡，柏林、巴黎和另一地方感覺就像屬於完全不同的宇宙，是一場我已經擺脫的夢魘。

渡輪駛進曼利碼頭時，我跟人潮一起等著下船，同時牢牢盯著我的獵物。他比大多人都還高䠷，很容易追蹤，我們踏上了乾燥的陸地時，他往右轉，沿著海濱步道繼續走，然後轉上小灣大道，朝著艾迪遜路走去。最後他停在面海的一棟賞心悅目的木造房子，拉開尖樁籬笆上的栓鎖，走了進去。我一直保持距離，希望他沒注意到我，我看著前門打開，有個約莫五歲的小男孩衝到屋外，奔向他的懷抱。片刻之後，一個年輕女子出現了，跟庫特一樣是金髮，穿著短褲搭比基尼上身。他綻放笑容，俯身吻了她。可恥的是，我目睹這樣深情的表達時，竟然感到一絲嫉妒，很高興那個小男孩把他拉往院子側面，樹木遮擋了我的部分視線。

我從駐足的地方再也看不到他，也不敢靠得更近，但我還沒準備要離開，於是緩緩沿著馬路對面往前走，盡可能裝成自己是當地人。庫特的太太目光越過馬路，我倆視線交會時，我露出笑容，她也微微點了頭，然後消失在屋裡，前門開著沒關。我走到馬路盡頭，就在史麥利角，然後掉頭往回走，假裝是鄰人傍晚出來散散步，我放慢腳步，好把花園裡的活動看得更清楚。

草地中央有張野餐桌，庫特脫掉了西裝外套和領帶，丟在那張桌上。他站在兒子背後，襯衫袖子捲起，頸子那裡的鈕釦解開。男孩坐在鞦韆上，庫特正推著他，男孩笑容滿面、抓著鐵鍊，每次椅面往上升，就發出興奮吶喊。

「更高，爹地，更高！」男孩喊道。庫特配合男孩的要求，使勁推著，連我都擔心孩子會摔下來。我在一棵樹木旁邊暫停腳步，回憶騷動，轉眼我就回到了另一地方，想起那座原始多了的鞦韆，是弟弟多年前架在我們家院子裡的。我記得他當時去找庫特討輪胎，庫特不改作風地貶損他。

我現在謹慎地靠近那棟房子，看著那對父子，想像如果我放聲尖叫，會發生什麼事？小男孩會驚訝地從椅子上彈起來，飛越空中並摔在地上嗎？也許他甚至會被尖頭的柵欄刺穿。我伸手去摸。是木頭做的，不是鐵絲，而且附近也沒人站在瞭望塔裡準備射殺任何企圖越過柵欄的人。所以為什麼它讓我這麼害怕？我知道這樣的柵欄在世界各地都有。我納悶，庫特會呆立在原地多久，然後才拔腿衝到跌落的兒子身邊？

庫特現在讓鞦韆減慢速度，鞦韆漸漸慢下來直到停止。他妻子從屋裡呼喚說晚餐已經備好。那孩子依然活力充沛，衝在前頭，庫特踢掉鞋子，影子在陽光充沛的入口那裡一片幽暗。一晌之後，他隨手關上了門，科特勒一家——或者說科佐一家——無人打擾。

就在這時，我意識到自己緊抓著柵欄的左手因為流血而潮溼。只不過，扎人的是木頭裂叉，而不是帶刺鐵絲。

13

食物送上來了，相當可口。我喜歡我的雞肉派，卡登轉眼就吃完他的牛排，不過艾蓮諾似乎更有興趣拆解自己的沙拉，在盤子上挪來挪去，而不是嚥進肚子裡。

「妳是護士，是吧？」對話變得有點枯燥時，我問她。她搖搖頭。

「是醫生。」她告訴我。這肯定是我這方不公平的偏見，但我想沒人會直覺把她當成醫生。老實說，她的外表有點像是大型展場的宣傳女郎。

「哪種醫生？」我問。

「心臟外科醫師。」她回答，我詫異地盯著她，然後轉向卡登，他正忙著用薯條撈起盤子上剩下的番茄醬，我真不敢相信他沒先跟我提過。

「真了不起。」我說，往前傾身，現在起了興趣。這份資訊讓我用全然不同的眼光看她，我這人真是心胸狹小得可怕。「這份工作一定很花腦力吧，卡登，你為什麼都沒跟我說？」

「我說過。」他說。

「沒有，你沒有，你說她是護士。」

「才沒有，」卡登回答，「妳當時還開了個玩笑，說她抓住了我的心，妳不記得了嗎？」

我皺起眉頭，我根本不記得了。也許跟海蒂一樣，我腦筋也越來越糊塗了。

「唔，我真心佩服，」我說，再次往後坐，用全新的角度看著艾蓮諾。「在我那個年代，當然不可能有這種事。」

「妳以前對醫學有興趣嘍，比太太？」她問，我搖搖頭。

「噢，不，」我說，「不，我永遠不可能做那種事。」

「我跌倒的時候，她都幾乎沒辦法在我膝蓋上貼絆創膠布了。」卡登喃喃，伸手要拿啤酒。

「才不是真的。」我說，被這番話刺傷，雖然他所言不假。

「我的傷口都是爸爸處理的，」他說下去，直直看著我，「妳知道都是他弄的。」

我轉回去面對艾蓮諾，含糊地嘗試一笑置之。「真相是，我看到鮮血就腿軟，親愛的，」我告訴她，「我不知道妳是怎麼辦到的。」

「噢，會習慣的，」她說，「最讓我困擾的是死亡。」

我一語不發。我以為人總會變得免疫無感。

「病人進去開心臟以前，通常會跟開刀團隊建立一段長長的關係，」她解釋，「當然，這年頭，我們應該只把他們當成『客戶』，應該把所有的多愁善感和情緒拿掉，可是我就是辦不到。平心而論，我們沒人做得到。大多人在開刀過後都還好——迷宮手術、主動脈瘤修復、冠狀動脈繞道手術——不管是哪種。可是，當然，偶爾我們會失去某個人，是的，我會受到衝擊。年長一點的醫生比較會應付這種事——對他們來說只是上班的另一天——可是對我來說……唔，覺得自己該要負責的感覺很糟，可是老實說，我希望我永遠不會習以為常到失去那種罪惡感。」

我盯著她，覺得口乾舌燥，但我發現我無法伸手去拿杯子。「妳會有那種感覺？」我問她，「罪惡感？」

「當然了。」

「可是為什麼？妳只是做了自己被要求的事。」

「我想我會覺得沒盡全力拯救他們，」她說，「這些病人來找我治病，或者說來找我們治病，信任我們。而我們讓他們失望了。多年以來，我參與過幾百場手術，前後失去十五位病人。我記不得活下來的病患叫什麼，可是過世的，我都記得清清楚楚。」

我繼續保持靜默，思索這件事。我已經可以看出這種深深的道德感定義了她這個人——身為女人以及身為醫生。她會牢記那十五個人，以及之後不幸添進那份清單的不管是誰，直到她臨終之日。我並沒有同樣的感受，這是不是表示我的心理構成有什麼缺陷？我納悶。我看著我的過去時，發現有大部分都建立在逃避和欺瞞，以自保為優先的衝動上。

「可是妳一定不要覺得那是妳的錯。」我終於說，語氣近乎懇求。

「可是我一定要的，」她輕聲回答，態度甚至和善。「如果我要把人生過好。」

「如果我要接受手術，」卡登說，聲音闖進這場對話，壓過了我們兩人，有如男人的習慣。「我寧可找女醫師，也不要找男醫師。女醫師比較會關懷人。」

「繼續吃那些牛排，你可能會如願以償。」艾蓮諾說，對他微笑。他回以笑容，一點都不覺得受辱，反而伸手越過桌面，握住她的手，輕輕掐了掐。我看著這個小小的互動，覺得感動。

「唔，真有你的，」我終於說，現在準備要放下這個話題了。如果只有我們兩人，我可以花一整個下午跟她討論這件事，可是有我兒子在場，感覺別無可能。「好了，卡登肯定會堅持他也跟我說過，你們兩個人怎麼認識的？」

「倫敦頂尖建築師之一的退休派對，」她回答，「我舅舅，卡登多年來斷斷續續跟他合作過。」

「你們馬上一見如故嗎？」

「妳兒子是個紳士，比太太，」她說，再次對他微笑，「他讓我一見傾心。」

我發現這點很難想像，但願意姑且相信她。卡登前幾任太太在離婚前，也肯定過他的騎士風度。

「我不是故意搞笑，可是妳工作過嗎？」艾蓮諾問，直直看著我。我搖搖頭。

「沒有，」我承認，感覺她語氣裡並沒有評判的意味，「唔，我是個母親，當然了，大家都說是最重要的工作。」

「哈！」卡登說，我轉頭看他。看來今天下午他特別跟我過不去，可是我不知道為什麼。也許是因為啤酒，他已經喝到第四杯了。

「我盡力了。」我無力地抗議。

「確實，」他以肅穆的語氣說，「這我並不懷疑。」

「也許我應該找份家務之外的工作，」我說下去，將注意力轉回艾蓮諾，「可是實情是，我沒受過多少教育，以前年代的女孩子通常沒有。我也不是沒工作過。我認識卡登的父親以前，在百貨公司上班，其實我們就是在那裡巧遇的。我不是在購物樓層而是在會計部。我還滿喜歡那種工作的，喜歡到一個程度，可是沒把它當成事業來看。」

「是在柏林嗎？」

我皺眉，因為這個提問而詫異。「為什麼會在柏林？」我問。

「卡登告訴我，妳在那裡長大。」

我瞟了卡登一眼，他避開我的目光。他知道我不喜歡他跟別人提起我的過去，連最小的細節都一樣。我在很久以前就判定，越少人知道任何事情越好。

「唔，我在那裡住到十二歲，」我說，「我不確定那樣算不算在那裡『長大』。之後，我四處漫遊，到過好幾個國家，最後在英國落腳。」

「哪些國家？」她問，「我熱愛旅行，也不是說有多少機會就是了。」

「在法國待過一陣子，」我告訴她，「然後是澳洲。」

「還有波蘭，」卡登小聲說，「別忘了波蘭。」

「對，還有波蘭。」我說，詫異他會提到這點，他知道我在那個國家停留過一陣子，可是我向來刻意把情境說得很模糊，他也從來沒追問太多，或者至少他什麼都沒問我。我現在想到，他可能去問過艾德格。「我不大去想那段時間，」我繼續說，態度漠然。「戰後我在巴黎住了幾年，一九五二年移民到雪梨。起初我以為我會在那裡度過餘生。」

「結果沒成功嗎？」

「是，沒有。」

「為什麼呢？」她問。

我盡可能漫不經心聳聳肩，「噢，誰曉得呢？」我說謊，「我還那麼年輕，而且天氣令人難以忍受，也許我還沒準備在一個地方定下來吧。不過，我對法國和澳洲都有強烈的記憶，雖然我都沒回去過。」

「我確定妳對波蘭也有強烈的記憶，」卡登說，「如果妳花點時間回想妳在那邊的日子。」卡登說。我不肯直視他。不管他在玩什麼把戲，我都不會跟著起舞。可是我覺得害怕。

「其實我去過波蘭一次，」艾蓮諾說，現在把盤子推到一邊，吃了不超過一半。「是校外教學的一部分，學校帶我們到克拉科夫[36]三天，第二天我們去了奧許維茨[37]。」

我伸手去拿粉紅酒，喝完之後，指著酒瓶，讓卡登替我再斟一杯。

「當時我很害怕，」她說下去，微微打顫，「我當然看過那些電影。《辛德勒的名單》、《戰地情人》、《蘇菲的抉擇》，也看過幾部紀錄片、讀過幾本相關的書。可是要真的到現場，才會身歷其境，是吧？妳去過那裡嗎？比太太？」

我悶不吭聲。

「我去過。」卡登說。我詫異地轉去看他。

「不，你沒有。」我說。

「我有。」

「什麼時候？」

「爸過世之前。」

「胡扯！」

「才不是胡扯，」他說，語氣平靜無波，「其實我們是一起去的。」

我盯著他，想不通他在說什麼。「可是……」我開口，不確定要怎麼把句子講完，「可是你沒有，你沒有。」

「我們去了，媽，」他說，「我跟爸在他過世以前去了華沙一趟，妳記得吧？」

36 Kraków，位於波蘭南部，是波蘭的第二大城。

37 Auschwitz，奧許維茨集中營（1940 – 1945）位於波蘭南部，是二戰期間德國納粹所建規模最大的集中營與滅絕營。約有一百一十萬人在該處遭謀殺，受害者幾乎全數為猶太人。

我回想一下。卡登在那裡有個人脈，要幫他以很好的折扣價進口鋼料。他出差四天，邀請父親同行。我當時以為那是個很貼心的舉動，艾德格當時滿開心的。

「我記得。」我說。

「唔，我們就是那時候去的。」

「艾德格從來沒提。」

「沒有嗎？」

我從他語氣知道，他很清楚艾德格沒提過。

「沒有。」我說。

他現在轉向艾蓮諾並說：「爸才隔一年就過世了，能跟他相處那麼一段時間，真的滿好的，我們彼此敞開心胸。」

「可是為什麼？」我問，不想讓他順著這個思路繼續下去，「為什麼去那裡？為什麼挑那個地方？」

卡登不理會我的提問，只是直勾勾盯著我。我看著，數算每次眨眼間的秒數。那種沉默真恐怖。一晌之後，我以為我就要放聲尖叫，發出如此淒厲的叫喊，餐廳裡的每個人都會噤聲不語，將孩子緊緊摟在胸前。

怪物，他們會想。

我們之間有**怪物**。

「妳以前住波蘭的哪一帶？」艾蓮諾終於問，我轉向她，心亂如麻。

「什麼？」我問。

「波蘭，」她重複，「妳在哪個城市？」

「妳不會知道的，」我說，覺得需要一點新鮮空氣，不然就要暈厥。「小小的一個城鎮。」

「我外公在工作上得到升遷，」卡登解釋，轉向她，「所以他、我外婆、我舅舅一起搬過去，當然還有媽了。」

「你有舅舅？」艾蓮諾問，挑起一眉，「你沒提過。」

「我沒見過他，」他說，「他在戰爭期間死了。」

「噢，」她說著便再次轉向我，「妳失去了一個兄弟？聽到這件事真遺憾。」

「很多年前的事了。」我告訴她。

「不過，這種事情永遠沒辦法釋懷，對吧？」

「妳連這種事也懂，是吧？」我斥道，語氣沒必要地嚴厲，她吃驚地稍微往後退。

「媽。」卡登說，告誡我要克制。

「其實我知道，」她說，「我也失去過一個兄弟。當時我六歲，他八歲，他沒留意就往外衝到馬路上，被車撞到。我母親之後就變了個人，我父親也一樣。他們還有三個孩子，可是感覺我們這些孩子永遠填補不了彼得留下的空洞。」

「抱歉，」我說，手伸到眼前，將眼睛閉上。我不想繼續待在那裡，我想回家，我想死。「我不曉得。」

「沒有理由妳該知道，」她回答，淺淺一笑，讓我知道她不覺得受辱。「我不大記得他了，當然，我當時還那麼小。可是我還會想起他。我常常忖度，要是他活著，會有什麼樣的人生。媽說他很愛飛機，所以我想他可能會成為飛行員。妳兄弟是軍人嗎？比太太？」

「不，」我告訴她，「不，什麼？不，他只是個小男孩，只是個小孩子。」

「你們親近嗎？」

我點點頭。

「他叫什麼名字？」

我沒回答。卡登告訴她了。從他越過圍籬到另一側去的那天起，我就沒再說過他的名字。七十九年以來，一次也沒有。

「如果妳當初出門工作，」艾蓮諾說，服務生收走我們的盤子，「如果妳可以做世上的任何一種工作，妳想會是什麼？」

我絞盡腦汁找答案，悲傷的是，我什麼也想不出來。事實上，我不覺得有任何事情是我能做的，我受到的養成不是那樣的。

「什麼都不能。」我終於說，感覺自己泫然欲泣。我伸出手，握住她的手，緊緊抓住。我想我嚇到她了。「沒有我能做的事，」我告訴她，「妳難道看不出來？妳難道不明白，即使我想要，也沒有那個可能。」

14

我等到隔週星期二休假半天的時候，再次前去造訪，這次心裡有個明確的計畫。

我在下午一點過後不久下了渡輪，沿著海濱步道走回去，確知庫特還要再五個鐘頭才會回到家，到時我已經帶著獎賞遠走高飛。儘管我懷著不軌意圖，走近那棟房子時，心裡卻平靜得詭異，可能因為我不再是跟蹤一個難以預料的獵物，而是成為焦點更明確的捕食者。我越靠越近，直到可以聽到人聲，瞥見他妻子跟兒子在花園裡的身影。我沿著街道另一側路過時，看到她坐在前廊的涼蔭裡看書，小男孩坐在附近，對著一群玩具兵下達一套詳細的指令，那些玩具兵沿著露台立正排好，準備出征。我像之前那樣往前走到史麥利角，然後循著原路折返。不過一旦近到可以被看見，我開始走得搖搖晃晃，盡可能發出苦惱的叫喊，然後踉蹌倚在柵欄上。

女人立刻從座位彈起身，跑到人行道上，孩子從旁觀望，因為意料之外的風波時刻而看得入神。

「妳還好嗎？」她問，伸出手扶我起身。

「是熱氣的關係，」我說，搖了搖頭，盡可能裝出虛弱的模樣。「我沒吃早餐就出門，真是不智。可是我沒事，謝謝。妳人真好。」

「過來坐下吧，」她說，指著前廊，「我倒個水給妳。」

「不行。」我微弱地說，可是不出所料，她聽不進任何異議。

「我堅持。」她說，我讓她領著我走向屋子，她讓我坐在另一張椅子上，然後消失在屋裡。轉眼就傳來水槽裡的流水聲。小男孩看著我，一臉狐疑，然後回到他的士兵那裡。

「你在玩什麼？」我問他。

「戰爭。」

「是遊戲嗎？」

「是全世界最棒的遊戲。」

「你要贏了嗎？」

「要等到結束才知道。」

「可是，也許結束的時候沒有輸贏。」

「喏。」他母親說，再次出現，遞了杯冰涼的水給我，我感激地接下，起初灌下一大口，強調熱氣對我的影響有多嚴重。

「謝謝，」我說，她在我身旁坐下，「我現在覺得很荒唐。」

「沒必要，」她說，「這種事難免。」

「可是打攪了你們。」

「妳想待多久都行，」她對著空氣揮揮手，「只有我和兒子，老實說，來點成人的陪伴也不錯。」

她將墨鏡戴回去，我朝她一瞥。她再次穿著最低限度的衣物，可以說是個美麗女人。男孩的臉上沒有多少庫特的特徵，也許除了眼睛那一帶。

「對了，我叫辛西亞，」他母親說，「辛西亞·科佐，妳呢？」

我還沒想這麼遠，儘管有一整個宇宙的名字供我運用，我卻發現很難決定一個。

「瑪麗亞，」我終於說，想起曾經在另一地方照料我們一家的女傭，我張嘴要說姓氏，卻領悟到我並不清楚瑪麗亞姓什麼，於是略過不說。

「雪梨人嗎？」

「我住這裡，」我說，「可是不，我是歐洲過來的，法國。」

「噢，我愛歐洲。」她用誇張的語氣說。

「去過嗎？」

「唔，沒有，可是想去。總有一天吧，也許。等這個小傢伙大一點。反正這個時機也不合適，歐洲還在重建當中，至少我在報紙上讀到的是這樣。經過那麼多的不愉快之後，我是說。」

我覺得我簡直想要狂笑出聲。用這種方式指稱長達六年的戰爭、不知有幾百萬的死亡人數，以及所有遺留下來的殘破地方。

「妳呢？」我終於問，「在這裡出生的嗎？」

「墨爾本，」她回答，「去過嗎？」

我搖搖頭。

「我有時還滿想念的，雪梨當然很不錯，可是墨爾本是家鄉。」

「妳的房子真不錯。」我說，環顧四周，雖然相當普通，沒什麼好品評的。

「妳真會說話。」她說。

「妳兒子叫什麼名字？」我問，指向那個小孩。

「雨果。」辛西亞說。

「我五歲。」男孩宣布，知道自己可能會成為對話的一部分，轉身看我們。

「真棒。」我說。

「十月就六歲了。」

「難說喔[38]。」

辛西亞轉過來看我，挑起眉毛，也許因為這個回應而訝異，但我不打算替自己找台階下，或是表示我看出她的困惑。我只是環顧花園，發出滿足的嘆息。我可以明白她為什麼喜歡像這樣坐在外頭這裡。感覺像是另一個伊甸園，遠離世界的現實。「是我的錯覺還是每年越變越熱？」我問。

「真奇怪妳會這樣說，」辛西亞說，臉龐再次亮起來，「我昨天晚上才跟我先生說了同一件事，他似乎感覺不到熱氣，雖然他不是澳洲人。」

「噢是嗎？」我問，「那他是哪裡人？」

「歐洲，跟妳一樣。」

「哪一帶？」

她遲疑片刻。「唔，他是德國人。」她小聲說，手指抵住嘴唇。「可是我們不大跟人說，我們對外都說他是捷克人。戰爭結束以來，這邊還是有不少反德國的氣氛。結束了，我都跟別人這麼說，往前走吧。可是他們就是不。如果怨恨是奧運項目，肯定會有一堆人想要奪金。」

「肯定的。」

「事實是，我們最初認識的時候，他跟我說他是布拉格來的。半年之後，我看到他的護照，才知道真相。」

「從謊言起步並不好。」我說。

「大概吧。」

我久久不發一語，不想顯得急著追問。

「他……他原本是軍人嗎？」我終於問，「在德國？」

這樣的提問讓她一臉震驚，搖了搖頭。「庫特？」她問，「噢天啊，不是！他太溫柔了，不可能從軍。不，他是那種——怎麼說？——良心反對者[39]。戰爭一爆發他就出國了。搬到英國，在那裡做戰時動員的後勤工作。他痛恨希特勒跟那些惡劣的傢伙。」

我不怪庫特否認他的過去——我跟母親做了同樣的事——可是裝成英雄，完全是另一回事。

「妳想他還活著嗎？」她問我。

「誰？」

「希特勒。」

報章上暗示元首並未在地下碉堡自殺，或是並未在碉堡外面火化，而在南美洲某個地方過得逍遙自在，由他的堅定信徒藏匿起來，準備在恰當的時刻再次出擊，讓全世界大吃一驚。這些報導已經讓我很厭倦

「我希望沒有。」我說。

「我想他還活著。我們並沒聽說那個混蛋最後的狀況，我很肯定。」

「你們結婚很久了嗎？」我問。

38 暗示可能活不到六歲。

39 conscientious objector，基於道德或宗教信仰，不願服兵役或拒絕參戰的人。

「五年了，」她回答，對著小男孩點點頭。「我知道，我知道。可是我們最後做了對的事，那才是重點，對吧？我爸對這件事不是很高興。威脅要狠狠揍庫特一頓。所以我們才搬來雪梨。現在我爸媽一心只想來看他們的孫子。」她坐起身。「抱歉我要告退一下，自然在召喚[40]。而且我得把雞肉放進烤箱晚點要吃。幫我盯著這個小子，可以嗎？」

我點點頭，她消失在屋子裡，我又灌一大口水，然後將玻璃杯放在邊桌上。

「你們有盪鞦韆耶，」我對雨果說，他回頭看來並點點頭。「想要我幫你推嗎？」

他完全不疑有他，點了點頭，我們走向鞦韆，我站在上星期監視他們時，庫特所站的位置。我輕輕推著他，他往天空升起。

「妳上星期在路上走來走去，」他用清晰的聲音說，「我看到妳了。」

現在輪到我覺得詫異。

「妳那時候在看我。」他說。

「不算有。」

「有，明明有。」

「我保證我沒有。」我現在將他推得更高，雙手更用力推他的背，他每次盪回我面前，我都能感覺他的小小身體微微緊繃，彷彿擔心會被傷害。

「那妳一定是在看爹地。」他說。

「他是好人嗎？」我問，「你爹地？」

「當然了！」他喊道，盪得更高時音量跟著提高。

「你知道有些人只是假裝是好人。」我告訴他。我現在不再推，繞到鞦韆前方，跟他保持安全距離，避免被踢到，他漸漸慢了下來。

「他們為什麼要那樣？」他問，困惑地皺起臉來。

「因為在內心，他們都是怪物。」我說。

他現在完全停下，緊緊抓住鞦韆兩側，鞋子穩穩踩在地上。

「爹地才不是怪物。」他堅持。

「誰也說不準吧？」我問他，將手伸進提袋，拿出一只信封，上頭寫了庫特・科特勒，放在座位上，用花床裡的一顆石子壓住，然後往前伸手把小男生從鞦韆抱下來，牢牢握住他的手。

「跟我來吧，」我告訴他，帶著他一起走回街上，「我們要去大大探個險。」

15

我替麥德琳・達西－威特接兒子放學以後，將近一週才又碰到她。我原本以為她隔天會來敲我的門道聲謝，但莫名讓我鬆口氣的，是樓下一直一片靜寂。一直等到星期二我散步回來，注意到一號公寓的窗簾顫動著，十分鐘過後，我回到樓上脫了鞋放水壺去煮，這時傳來了敲門聲。我嘆口氣，很清楚會是誰，希望她不要打攪我，讓我安靜度日，但她都看到我登上通往樓房的前側樓梯了，我幾乎沒辦法假裝不在家。

40 Call of nature，「自然在召喚」是要上廁所的委婉說法。

的巧克力。

「麥德琳，」我打開門時說，假裝微笑，「很高興見到妳。」

「哈囉，葛蕾朵。」她回答，朝我伸出雙手，我視線往下，看到她捧著一小盒昂貴的巧克力。

「送妳的，」她說，「謝謝妳上星期去接亨利。」

「真的沒必要，」我說著將禮物放在邊桌上，「很高興幫上忙。」

「是，可是請妳幫忙是不對的，不應該把妳捲進我的狗屎事。」

她的遣詞用字，加上聽起來像在讀稿，令我吃了一驚。我的心煩變成關心，我邀她進屋裡，請她坐坐，但沒主動請喝茶。我不希望她逗留太久。

「妳還好嗎？親愛的？」我問，在她對面落坐，「看起來有點沒精神，如果妳不介意我這麼說。」

她打了哆嗦，雙手搓搓手臂。「我還好，」她說，「這陣子沒睡好，只是這樣。」

「我發現正午小睡並不好，會徹底打斷睡眠週期，每天晚上要睡足八個小時，搭配大量的運動。」

她綻放笑容但並未回答。

「還有亨利，」我問，「他還好嗎？」

「噢，他還好，在學校。別擔心，我晚點會去接他。」她發出笑聲時，帶了點歇斯底里的成分。

「我並不擔心。」我說。

「我也應該謝謝妳餵他吃東西。」

我皺眉。「妳也『應該？』什麼意思？」

「只是……唔，妳供應他午茶，所以謝謝妳。我想我家裡沒什麼好吃，我太倚賴外送公司，又忘了事先預訂。艾力克斯說我應該多下廚。」

「也許艾力克斯才應該多下廚，」我提議，「我知道男人跟女人一樣有能力轉開瓦斯爐。是的，我確定我在哪裡讀過。」

「不，他不會做那種事，」她說，搖搖腦袋。「他太忙了，才懶得花工夫在次要的家務事上。」

「我不會說替兒子準備一餐是次要的家務事。」我說。

「總之，他又出門幾天，到巴黎勘景，反正這是他的說法。」

我遲疑片刻。我不想打探，但我被挑起了好奇心。「妳說的好像不完全信服，」我說，「妳有理由懷疑他是騙妳的嗎？」

「如果妳……」她為了自己即將要說的話，露出微微尷尬的表情，但最後勇敢克服了，「如果妳有一瓶酒已經開了，也許我們可以來一杯？或者妳可以到樓下我那裡。」

「親愛的，我午餐都還沒吃呢，」我說，輕笑一下，「中午幾乎還沒過。」

「當然，妳說得對。」

不過，她看著我，希望我會退讓，但我無意在大白天這個時間開始喝酒，也不想鼓勵她這麼做。

「我可能應該走了。」她終於說，但並未作勢要起身。

「麥德琳，妳真的還好嗎？」我問，「妳看起來心魂不定。」

「我還好。唔，也許不是完全都好。老實說，我上星期犯下嚴重的錯誤，所以才不得不請妳去接亨利。我確實請妳不要跟艾力克斯說。」

「我沒有說，是學校說的，妳沒接電話。」

「我想也是，但還是……」她看來並不信服，這點令我極為心煩。「我真笨，我知道，我想我是應該解釋一下。」

「妳不欠我任何解釋，」我說，好奇她指的是什麼，但確定知道更多，只會讓我捲進她的事情更深。

「我想我確實欠妳一個解釋，」她說，「妳一定以為我是很糟糕的母親，隨便跑過來要求妳去接我兒子，而且之前就一直在喝酒。唔，我想那點我不需要跟妳多說。」

「是不需要，」我承認，因為當時一見即知。「發生什麼事了？」

「是這樣的，我碰到一個老朋友，」她說，沒正眼看我，而是盯著地上，焦慮地扭絞雙手。「大約一星期以前。純粹是湊巧，不在我的計畫之中。他不是我保持聯繫的對象之一。我在牛津街的一家書店，突然他就在那裡，站在我面前。」

「是妳以前的男友嗎？」我問。

「對，」她說，「當然是一百年前的事了。我們當初一起上戲劇學校，老實說，傑洛姆他不大會演戲，後來就改去導戲。他在那裡找到自己的定位。他在西區劇院導了幾齣戲，剛剛拍了第一部電影。」

她講了那部電影的名字，我還滿佩服的。我聽過，在報上讀了一系列一致的好評，因為時空背景放在英屬印度時期，我一直對這段歷史時期滿有興趣的，就跟海蒂一起去戲院看了。

「那些年我們關係很親密，」她說，「可是我偷吃，然後就這樣了。」

我皺眉。「偷吃？」我問。

「我背著他出軌。」

「噢，懂了。」

她聳聳肩。

「艾力克斯說我以前真是個蕩婦，」她說下去，環顧壁紙，彷彿可以替自己的問題找到答案。「我想他說得沒錯。」

「妳當時幾歲？」我問。

「十八，十九，差不多。」

「就我瞭解的，年輕人在那個年紀本來就會常換對象，」我說，「這並不會讓他們變得輕賤，只是成長的一部分。」

「艾力克斯說法不同，」她說，「總之，能夠再見傑洛姆實在很棒。他提議我們一起喝杯酒，我們共度了幾個小時，只是聊聊從前的歲月，回憶共同認識的人。」

「你們兩人之間發生了什麼輕率的事嗎？」我問，「這就是問題所在嗎？」

「噢不，」她說，搖著腦袋。「沒有，完全沒那回事。他對我沒那方面的興趣。是這樣的，他現在是同志了。唔，我想他一直都是，但在那個年頭他會跟女人上床，但他

41 英國在一八五八年至一九四七年於印度大陸建立的殖民統治。

已經不這麼做了。總之，重點是，我們處得如此之好，就像從前的日子，他要我……」她一時閉上眼睛，手指開始輕敲椅墊。「他告訴我，他正在替新電影物色演員，有個角色他認為我很適合。他說他當時就想到我，還在想說該怎麼聯絡我，結果好巧不巧，我們就這麼碰上了。他想知道我有沒有興趣試演。」

「那太好了啊，麥德琳，」我說，高興起來，「我希望妳當時說好。」

「我說了啊，可是我不該說的。我是說，要先跟艾力克斯談過才行。」

「可是如果妳想——」

「他是我先生，葛蕾朵，」她說，再次聽來像是鸚鵡學語，而不是自己動腦的結果。「沒先諮詢他以前，我不該擅自作出那樣的決定。」

「噢，拜託喔，這又不是一九五〇年代——」我強調，「不用作每個決定之前都先跟他商量。」

「總之，我說好，我跟他說我想參加試演，」她說下去，不理會我的回應，「所以隔天我去了他的辦公室，跟另一個演員一起讀本。進行得很順利，我想，順利得令人意外。我當然很緊張——我那麼久沒接觸這類的事情——可是劇本寫得很好，所以說起台詞很享受。我直接掉進那個角色裡。事後，傑洛姆很高興。他說他還不能作決定，還有人要諮詢，製作人等等的，可是他絕對會要我再回來讀讀看。妳要明白，這不是主角，而是配角，可是真的很不錯的一個，我想。就是那種如果演得好，就會讓你受到矚目。我以前當然時時受到矚目，可是再也不是了。從我自暴自棄，增加了這麼多體重之後。」

不用說，這女人身上一盎司的贅肉也沒有。

「總之，我離開的時候，高興到整個人輕飄飄的。然後艾力克斯發現了。」

她陷入沉默。

「妳告訴他了？」我問。

「不，他讀了寄給我的電郵。」

「妳先生固定讀妳的電郵嗎？」

她將舌頭推到嘴巴側面，思索這一點。「我一定是開著筆電沒關，」她說，「然後他碰巧看到了。」

我持續沉默不語。我覺得不大可能。

「他不高興嗎？」我終於問。

「對。」

「我覺得一個深情的先生，對於太太在家庭之外，找到一點小小的成功和快樂，應該會很興奮才對。」

「艾力克斯不這麼想，」她說，「他說我暗地背著他搞鬼，雖然我並沒有。我真的是湊巧碰到傑洛姆的。不過，我沒告訴他，就自己跑去試演，我想他這點倒是沒說錯。我這樣做不對。」

「或者說，妳只是想在沒有壓力的狀況下，私底下探索這個機會，」我提議，「如果事情順利，妳就可以通報他好消息。」

「反正現在也無所謂了，」她說，「那個角色到別人手上了。」

「為什麼？」

「艾力克斯說我不應該接。他當然說得沒錯，到時多丟臉啊。我是說，瞧瞧我，又不像以前那樣清瘦年輕，而且鏡頭會讓人多添幾磅，到時我在銀幕上看起來會像頭大象。他不希望我當眾出醜。」

「可是，我親愛的，妳越來越消瘦了啊。」我柔聲說。

「妳這樣說人真好，可是沒有，並沒有。總之，我知道他說得對，可是我太難為情，無法打電話給傑洛姆，所以艾力克斯替我打了電話，甚至主動安排他最近合作過的女演員去試鏡，一個真正的明日之星，結果她拿到那個角色了。我就是那天忘了亨利的。我發現這件事的時候有點難過，所以開了瓶酒，然後又開一瓶。我真是大錯特錯，對艾力克斯太不公平了。」

「妳是說對亨利吧。」

「我保證這種事情不會再發生，我是個糟糕的母親，真的，我是，我應該被拖出去槍斃。」

我來不及反駁她，她就忽地站起身，嚇了我一大跳。

「我最好走了，」她說，「我只是要把巧克力給妳，然後說聲對不起。」

「很高興幫上了忙。」我說，現在也站起來，陪她走到門口。我還有話想對她說，可是感覺時機不對。部分的我希望她留下，在我的牆壁之間得到保護。另一部分的我希望她回樓下去，隨手關上門，再也不要打攪我。

「謝謝妳，葛蕾朵。」她離開的時候說，令我詫異的是她竟然轉過身來，往我臉頰各送一吻。她擁住我的時候，我聞到了香氛的氣味，但底下有種陳舊的什麼，彷彿已有一兩天沒洗澡，用體香劑掩蓋體味，懶得淋浴似的。她走向樓梯的時候，舉起一手道別，長長的袖子往後落，幾乎到了手肘那裡。海蒂從她的公寓冒出頭來，目送她離開。

「她的手臂怎麼了？」海蒂問我，麥德琳已經消失在視線之外。「瘀青得好嚴重。」

16

我沿著海濱步道匆匆走回去，緊緊牽著雨果的手，買了兩張回程渡輪票到雪梨。偶爾，男孩會回頭望向他的家，但令我鬆口氣的是，陌生人要帶他上船，沒有母親或父親陪伴，他似乎不會特別焦慮。他好幾次請我放慢腳步，可是我推測，到現在辛西亞一定瘋了似地到處找兒子，我不能冒險留在碼頭，生怕她跟了過來。

雨果搭過渡輪很多次，他告訴我，他偏好坐上層，面朝前進的方向坐。

「我們要去找爹地嗎？」大橋出現在海平線上時，他問我。

「今天傍晚不行，」我回答，「爹地要加班，晚點還要帶媽咪出去吃晚餐，所以他們才託我照顧你。」

他皺起眉頭，現在想起了。「可是媽咪又不認識妳。」他說。

「當然認識了，我們是老朋友。」

「可是妳在我們家外面昏倒的時候，」他說，不肯放開這個話題，「妳和媽咪互相介紹名字。」

「我是說你爸爸和我是老朋友，」我說，嚴格說來，這不算是假話。「他要我幫這個忙。」

「可是我們離開的時候，不是應該跟媽咪說一聲嗎？」

「噢，我這倒是不擔心。她想泡個澡，把自己打扮得漂漂亮亮。把這個當成一場大探險吧，雨果。喜歡這個點子嗎？想像你是庫克船長，頭一次探索這個城市。」

「我想當探險家。」他充滿熱忱說，讓我訝異的是，這句話殘酷地瞬間將我帶回過往。

「我以前有個弟弟也想要這樣。」我告訴他，盯著渡輪切穿水面。

「他變成探險家了嗎？」

「沒有。」

「為什麼沒有？」

「他發生了不好的事情。」

他現在看著我，雙眼圓睜，起了興趣。

「什麼事？」他喘著氣問。

「他死了。」我說。

「噢，還是小男生的時候嗎？」

「對，比你大，可是沒大多少，我們失去他的時候，他九歲。」

「我鄰居漢彌頓太太去年死了，」他說，垂頭望著鞋子。「她以前都會讓我跟她的小狗玩，可是她的葬禮過後，有人來把那隻狗帶走了。」

「真可惜，」我說，「不過我確定小狗去了好的家。」

「我要爹地送我小狗當生日禮物。」

「你想你會得到嗎？」

他聳聳肩，沉重地嘆口氣，彷彿肩上扛著全世界的重量。

「我們幾點要回家？」他終於問。

「其實，雨果，你今天晚上沒有要回家，」我告訴他，「你要留在我那邊，在市區。」

他皺眉。「過夜嗎？」他問。

「對，沒關係吧？」

「可是我都在家裡睡覺，沒有在別的地方過夜過，」他說，這個概念讓他滿臉困惑，「這樣可以嗎？」

「可以，把它當成特別的享受吧，你之後可以跟所有的朋友說。」

他現在陷入沉默，似乎在腦袋裡思索這一切。我懷疑他直覺知道目前發生的事情相當可疑，可是願意接受其中一定有正當理由。我知道孩子通常會信任大人，假設大人不管做什麼計畫，都是最好的打算。這點說來還滿諷刺的，大人明明是最不該受到信任的人。

我們停靠在環形碼頭，我再次牽起他的手，帶他到冰淇淋攤款待他，他精神為之一振。從那裡走到肯特街並不遠，我們抵達之後，雨果坐在桌邊，我倒牛奶給他。我原本希望凱特已經出門上班，但她還在公寓裡，她從臥房走出來，看到有個五歲孩子坐在廚房，一臉驚訝。不過，這點並不會讓我擔心，也不會阻撓我的計畫，我推想，等她無可避免地發現這小男孩的屍體時，至少她會知道他叫什麼名字。

「這是誰啊？」她問，視線在我們兩人之間遊走，臉上掛著淺笑。

「他叫雨果，」我告訴她，把她帶進我臥房，壓低嗓門免得雨果聽見。「他母親跟我在店裡上班，最近跟丈夫出了點問題，問我能不能幫忙照顧他一晚。」

「找妳？」

「為什麼不找我？」我問，皺著眉。

「唔，妳不大懂小孩吧？」

「會有多難？」我問，「他又不是嬰兒，他五歲，都快六歲了。我想，他早早就會想睡，我就會送他上床。」

「他要睡哪裡？」

「這裡啊，跟我一起，然後早上我就帶他回去。」

「這種安排感覺有點滑稽，」她回答，「沒親人可以幫忙照顧嗎？」

「我想沒有。」我說，希望她別再問下去。還好她沒窮追不捨，讓我鬆了口氣。她回廚房跟男孩閒聊幾分鐘，然後就出門上班去了。我豎耳傾聽樓下是否有電話響起，肯定不用多久。辛西亞找她兒子時就會發現那封信，然後打電話到庫特上班的地方，庫特就會從那裡接手處理。我納悶她看到信封上科特勒那個姓氏時，會作何感想，而她丈夫又要怎麼跟她解釋。他也許對兒子被綁架感到驚慌，但這可能會讓他更加害怕。信封裡並沒有信箋，只有個電話可打。在計畫終結以前，我想跟他講最後一次話。我想像辛西亞堅持要打電話報警，可是他會有足夠理智，知道箇中風險，堅持她將事情留給他處理就好。

「我現在可以回家了嗎？」我們吃飽以後，雨果問，我後悔沒先買幾個玩具或一些童書來娛樂他。

「不能喔，我說過。」我說，試著保持和善的語氣，免得沒必要地嚇到他。說到底，我並不想為這孩子帶來多餘的痛苦，我打算等他睡著以後，把他抱到廚房，放在鋪在地上的毛毯上，就在我身旁，然後打開瓦斯，開著烤箱門不關。這個結局感覺再適合我們也不過。「只有一個晚上，你明天就可以跟媽咪說所有的事情。」

他現在一臉沮喪難過，抹掉眼上的幾滴淚水。就在那時我想起隔壁一樓的小女生。她養了條狗，他提過他喜歡小狗。我在想她是否願意讓雨果跟小狗玩玩。

「我們到樓下去吧。」我說，牽起他的手，走到外頭，視線越過籬笆。我鄰居正在丟球給一隻友善的拉布拉多。

「莎拉，」我呼喚，女孩往這邊看來，「這是我朋友雨果，妳能不能讓他跟妳玩一下？他很愛小狗。」

莎拉按照孩子的習性，不確定是不是想讓陌生人過來，但雨果看見動物就一副興奮的樣子，她便退讓了。我旁觀他們在花園裡跑來跑去一陣子，因為想到事情讓他做而鬆了口氣。

「我等下再下來找你喔。」我說，然後回到樓上，拿我前一天買好的紙膠帶，封住廚房窗戶和排氣管。不用多久時間，廚房就整個密不透風。我拿了些備用的毛毯，鋪在地上。等時候到了，我打算帶他來這裡。到時我會關上門，也會將門封起來，摟著他，我們會躺下來，然後一起睡著。

生命終點在望，給人一種奇特的解脫感。我如釋重負，但也感到害怕。我不知道我相不相信天堂，但我知道我相信地獄的存在。說到底，我曾經活在地獄裡。

接著電話響起。

鈴聲大作時，我的心漏跳了一拍。我走過去，深吸一口氣之後拿起話筒，但一聲不吭。

「哈囉？」另一端有人出聲，我淡淡一笑。他盡全力融入這個新國家，但他的口音還在。

「庫特。」我終於說，努力穩住聲線。

「葛蕾朵，」他回答，「我就知道是妳。」

17

接到艾蓮諾的電話時，我很意外。她通知我她打算在休假日，到皮卡迪利圓環跟同事吃午餐敘敘舊，問我想不想在之後碰個面。我跟她、卡登幾天前才碰面吃過午餐，可是我不想顯得拒人千里，我同意了，搭了計程車趕三點到福南梅森超市。我們在同一時間抵達，感覺有點尷尬，因為我們走向茶室的路上還得閒聊。艾蓮諾堅持先逛逛女士服飾區，告訴我穿某些衣物，看起來「絕對美麗動人」，但那種款式明明只適合她這種三、四十歲的人，而不是將近百歲的人。

「我看來美麗動人的日子老早過去很久了，」我們終於坐下，我看著菜單時說，「現在只要儀容整齊，不要老態畢現，我就很滿意了。」

「胡說，」艾蓮諾說，不理會我的自謙，「要是我到妳這個年紀，看起來有妳一半好，我就會是個快樂的女人。而且卡登也會很高興。」

「我親愛的，」我說，淡淡一笑，「如果妳有幸活到我這把年紀，卡登幾乎就要一百一十歲了，不大可能對這件事情有任何意見。」

「確實，」她說，「也許我會反著來，等我九十九歲，要交個二十二歲的男朋友。」

我選擇不去提，我還沒那麼老。

「謝謝妳邀我聚聚。」我們點完以後，我說。

「我想多認識妳，比太太，」她說，「畢竟妳就要成為我的婆婆了。」

「也是。」

「妳跟其他幾個還處得來嗎？我是說，卡登的頭三個太太。」

「有些處得來，」我承認，「他的首任阿曼達很討人喜歡。我對另外兩個不大熟，事後回想，這樣可能最好，要不然等於白費力氣。」

「我真不敢相信就要成為第四任芬斯比太太了。」她說，雖然語氣沒有一絲心煩。艾蓮諾有種開放的特質，是我欣賞的，我對她選擇先生的方式表達好奇，我想她不會介意。

「妳介意我提一個相當私人的問題嗎？」我問。

「妳打算問我這年紀的人為什麼要嫁給妳兒子。」

「我不是有意冒犯卡登，」我告訴她，「他是有不少優點，但早就過了風華正茂的時候，而妳還這麼年輕。」

「我都四十五了！」

「我親愛的，那算年輕。」

「謝謝，但感覺並不是，」她回答，現在態度更嚴肅。「我已經老到了男人視而不見的階段，不過這樣問我的不只有妳。我朋友也這麼問——他們一定都在我背後講閒話。我似乎沒辦法讓他們理解。」

「讓他們理解什麼？」

「我愛他這件事。」

我點點頭，細思這點。服務生端著茶和司康回來，我等他離開以後才開口。「我很高興妳愛他，」我告訴她，「我們星期天見面的時候，我就看出來了。可是為什麼呢？」

「身為母親，這樣問不是很奇怪嗎？」她問，「妳不愛他嗎？」

「唔，我當然愛他。可是母親總是愛自己的孩子，不是嗎？這在DNA裡面。」

「我知道你們兩個掙扎了很多年。」她說，我垂眼望著小盆果醬，不想跟她眼神交會，納悶我兒子跟她說了多少童年往事。我盡量不去想離家不在的那一年，但是我猜即使過了這麼久的時間，那依然困擾著卡登。雖然我不願去想，但我確定那點對他跟女人的關係帶來了不幸的影響。我想像，心理學家肯定可以針對這點長篇大論一番。

「我並不是，」我終於開口，聲音掩不住深沉的嘆息。「很適合擔任母職。戰時的經驗對我……的心理造成不好的影響。我對小孩不大有辦法，確實如此。我可以跟妳講件事嗎？我從沒跟別人透露過，連我過世的丈夫都沒有。」

她好奇地往前湊來，我想不通自己到底為什麼要這樣。也許我慢慢對她有了好感。

「我住澳洲的時候，」我說，「做了件糟糕的事。」

「什麼事？」她問，幫我們兩人倒茶。

「我綁架了一個孩子。」

她現在往後一坐，瞪大雙眼。「妳什麼？」她問。

「我綁架了一個孩子，」我重複，「一個小男孩。」

「可是為什麼？」

「我認識他父親，很多年以前。我人生蒙受的重大損失，跟他脫不了關係。我想讓他知道，失去摯愛的人是什麼感受。」

「戰爭期間嗎？」

我點點頭。

「妳把他還回去了，對吧？那個小男孩。」

「噢是的，隔天。」

「所以妳只是把他帶走了一個晚上？那就沒那麼可怕了。我是說，雖然不好，可是——」

「重點是，艾蓮諾，我原本根本沒有打算把他還回去。」

「妳本來打算拿他怎麼樣？」

「殺了他，連同我自己。」

令我詫異的是，我披露這件事並未讓她覺得震驚。也許經過醫學訓練多年，她對這樣的揭露免疫了。誰曉得她在醫院見識過什麼樣駭人聽聞的事？

「可是妳顯然沒這麼做。」

「是沒有。」

「唔，至少是這樣。他叫什麼名字？那個小男孩，我是說。」

「雨果。雨果．科佐。」

「後來妳……？」她環顧四周，免得被人聽見，然後壓低嗓門，「妳去坐牢了嗎？」

「沒有，」我說，「這麼說好了，因為情有可原吧，首先，他父親沒向警察舉發我，不過我敢說小孩母親一定會想這麼做。幾天以後，我匆匆離開雪梨，搭船來到英國，當然我就定居下來了。我覺得待在澳洲太危險。」

「免得警察追上來嗎？」

「我最不擔心的是他們。有其他人可能會找到我，為了我做的事情懲罰我。要是跟他們狹路相逢，結果可能會……唔，很不愉快。」

她想了一陣子，一面啜著茶水。「這些事情卡登知道嗎？」她問。

「沒人知道，」我說，「男孩的父親，唔，我想到現在他應該死了，他年紀比我大。至於那個小男孩，當時才五歲，要是他對這件事有任何記憶，我會很訝異。」

「所以妳為什麼要告訴我？」

「因為我要妳明白，我是個糟糕的母親，常常納悶卡登之所以在女性方面一直沒辦法成功，是不是因——」

「他娶過三個太太耶。」她抗議。

「可是那不就是失敗的跡象嗎？」我問，「他沒辦法好好把握她們？」我不是想不留情面，我知道他總是卯盡全力，可是不知怎地，儘管有正面的起步，最後卻總是落得孤單一人。我納悶這是不是都是我的錯，因為我不在他身邊，因為我拋棄過他。

「妳問我我為什麼愛他，」艾蓮諾說，現在手往前伸來，握住我的手，「部分一定是因為，這男人是妳創造出來的。他很善良，比太太。他很有趣，而且對我有興趣。他會問起我的生活，我回答的時候他會專心聽。他不只是敷衍問問而已。他工作勤奮，這點我很欣賞，我需要男人這樣。而且他給我安全感。他實在拿錢沒辦法，這點我想我們兩人都清楚，可是除此之外，他就像天上賜下的禮物。」

聽她這樣形容卡登，跟我所認識的兒子並不相符，我感覺熱淚湧上雙眼。也許到頭來我並不是那麼糟糕的母親，還是因為艾德格是特別優秀的父親而有所補償？這點很難說。

「不過，妳為什麼離開他？」她問，「我是說，妳不用一定要告訴我，當然，如果妳寧可不談。可是如果妳想聊聊，我很樂意傾聽。這樣可以讓我更認識他。」

我想了想，嘆口氣。終於能夠一吐為快，或許可以卸下心中大石。我低頭看著我們的茶杯，幾乎空了。

「也許我可以引誘妳一起去喝杯酒？艾蓮諾？」我問。

18

當然了，我不可能殺了雨果，或自己。要是我有那種程度的勇氣，早在巴黎就結束自己的生命了，在我們房間天花板上掛條繩子，繞住自己的脖子，然後踢開腳下的椅子。當庫特要求要見我的時候，我立刻同意了。說到底，打從十二歲起，我最想要的莫過於他的陪伴。從我們最後一次相遇，十年或許過去了，可是有些事情似乎永遠不會改變。

他想在同天晚上進城來，可是我拒絕了，堅持雨果要待在我這邊到隔天早上，到時我會比平日提早起床泡澡，洗頭髮，上彩妝——這是我很少縱容自己做的事。我換上輕薄的夏日洋裝，黃底白圓點，意識到這最能展現我的身材，我對鏡自照時，看到的不是葛蕾朵，而是年輕版本的母親，我孩提時代在柏林，她的美貌處於顛峰的時期。在我弟弟出生以前，在另一地方尚未存在的時候，在那一切之前。

我們約好上午十點在一家叫蒲公英的小咖啡館碰面，那裡跟肯特街只隔了一小段路。凱特同意在我出門時看著雨果，讓我鬆口氣的是，經過一晚睡眠之後，男孩似乎更放鬆了。我跟他說，凱特過兩個小時會帶他跟父親團聚，他聽了精神大振。

「我以為妳是說他媽媽是妳店裡的一個員工。」凱特說，我戴上耳環，新抹了一層口紅。

「是啊，」我告訴她，「可是她丈夫要來接他。」

「這到底是怎麼回事？」她問，上下打量我，「這一身行頭，誰都會以為妳要去約會。」

「想好好打扮有罪嗎？」我問，稍微提高音量。我緊張、興奮又害怕，不覺得有必要解釋。我只想到外頭呼吸新鮮空氣，好好整頓思緒。

「好啦，好啦，」她說，朝我舉高雙掌，「只是問問，反應不用那麼大。」

「抱歉，」我說，「我只是……只是有心事罷了。」

「我不懂妳為什麼要跟他父親喝咖啡，」她說，不解地皺著額頭，「說真的，葛蕾朵，這當中有什麼不大對勁，我真希望妳——」

「相信我就對了，」我說，現在懇求她，「我晚點會把一切解釋清楚，我保證。」

二十分鐘過後，我坐在那家咖啡館裡等待庫特。我回想頭一次看到他的那一刻，當時我們才抵達另一地方幾小時，他穿著筆挺制服現身，邁步走進父親的辦公室，向新任司令官自我介紹，我這輩子頭一次明白慾望的感覺。當然了，我當時才十二歲，幾乎完全不曾想過男生的事，可是他高䠷英俊，金髮從臉上撥開，我確定我這一生從未見過這麼俊美的人，感覺就像站在神祇面前。

父親介紹了我們，庫特冷若冰霜看著我。我想要說哈囉，和他握握手，想知道自己的手握在他手裡的感受，可是我好像忘了語言怎麼運作。我從房間跑開，跑上樓去，徹底困惑地坐在自己的新床上，上氣不接下氣，告訴自己，這個——**這個**——就是我自小在書裡讀到的。原來是真的，全都是真的。

我迷失在這些回憶裡，幾乎沒注意到店門打開，上頭有個小鈴響起，宣布有客人走進來。他踏進店裡，四下張望，然後在窗邊的最後一張桌子瞥見我。他把頭一偏，盯著我幾秒，臉上半笑不笑，然後轉身跟櫃台後面的女孩說話，並且點了杯咖啡。他並未穿著平日到銀行上班的正式裝扮，而是穿著白長褲搭配頂釦鬆開的襯衫，袖子捲了起來。他的膚色曬成古銅，這顏色滿適合他的。我心上掠過一個念頭：他今天跟我一樣仔細裝扮過。他端起杯子之後，緩緩走向我。

「葛蕾朵，」他說，伸手握住我的手，提至唇前，「Du wirst es vielleicht nicht glauben, aber ich habe immer geahnt（**你可能不相信，可是我向來懷疑**）——」

「不，」我說，打斷了他，聽到自己的母語立刻陷入恐慌。「不，不要說德文，拜託。講英文，永遠講英文。」

他望進我的眼睛。他的眼裡依然奇特地混雜了美麗與殘酷，從我們初次見面以來就如此令我迷醉。

「Wie du möchtest（**悉聽尊便**），」他說，「妳可能不相信，可是我向來懷疑我們總有一天會再碰上面。」

「這麼說來，你想過我嘍？」

「不常，不，但有時候。妳呢？」

「不常，」我說謊，「但有時候。」

他點點頭，啜一口咖啡。我仿效他的動作，不想覺得我有責任先開口。

「我們離得很遠，跟——」他開口，我立刻打斷他。

「別說出口，」我說，「我討厭那個字，我從來不用。」

「可是我們總要用什麼稱呼它吧。」

「我叫它『另一地方』。」

「妳弟弟，他以前都叫它『奧特-喂』，如果我沒記錯的話。」

他提到我失去的手足時，我感覺腸胃一時翻湧。

「奧特-喂，」他小聲複述，搖著頭輕聲笑，「滿傻的，妳不覺得嗎？」

「科特勒中尉。」我開口，現在將雙手收在腿上，因為正微微發抖，而我不想讓他注意到我並不自在。

「如果我不能照原本的名字，來稱呼妳所謂的另一地方，」他說，「那妳也不能用我已經拋開很久的名字來叫我。他已經在戰爭快結束的時候，死於德國的某個地方。我是庫特・科佐。」

「以前叫你庫特，總覺得失禮，」我告訴他，「父親和母親堅持要我謹守呼應軍階的禮節來跟你說話。」

「可是妳並不聽話。」

「我不知道現在要怎麼稱呼你，科佐感覺像個謊言。」

「叫庫特就好，」他說，「而且在我們進一步以前，儘管我滿享受這些懷舊的回憶，妳一定要先告訴我：雨果在哪裡？我兒子在哪裡？」

「他很安全，」我告訴他，「他跟我一個朋友在一起。我們一談完，我就把他還給你。」

「妳沒傷害他？」

「我永遠不會去傷害小孩。」我說。

「我們當中有哪個下得了手啊？」他問，面帶笑容。我感覺我的臉龐僵硬起來。

「拜託，別開這種玩笑。」

「只是黑色幽默，」他邊說邊聳肩，「沒別的意思。」

「並不好笑。」

「我想也是，可是如果妳敢傷他一根——」

「庫特，他沒事，你明明知道他沒事。他晚點就會過來，等我們先談過。」

他似乎接受了，稍微放鬆下來，往咖啡加了點糖之後緩緩攪拌。

「所以，」他終於說，「妳乾脆直說妳想要什麼？錢嗎？我有的不多。」

「我不想要你的錢。」

「妳是怎麼找到我的？」

「只是偶然。我並沒有在找你。如果有，我敢說我絕對不可能找得到你。事實上，我今年稍早才搬到雪梨來。有天晚上，我坐在戰爭運勢酒吧，跟一個朋友聊天，聽到一個我不管在哪裡都會認出來的聲音。我本來以為我已經遠離那一切——」

「我也以為。」

「可是你卻在眼前，正在點酒，一副無憂無慮的樣子。」

「然後呢？」

「我跟蹤你，有天晚上在那家酒吧，我就坐你附近。」

「我記得，」他說，「我意識到有人在看我，但不確定是誰。不確定妳是不是囚犯，也許。或者是納粹獵人。我從沒想到可能是妳。不過我留了個訊息，妳發現了嗎？」

「你畫了圍籬。」我說。

「沒錯。」

「為什麼？」

「我總是覺得那個東西可以象徵那個時期。是當時在場的人，不管位於哪一側，都會記得的東西。」

「你擔心被發現嗎？」

「當然，」他說，「但我可不打算被逮到，葛蕾朵。我時時刻刻都處於戒備狀態，我想我下半輩子都必須如此。」

「我有個晚上跟著你到曼利區，你沒看到我。我不確定我想要什麼，直到我看到你跟你兒子在一起。」

「他母親一夜被搞瘋，」他告訴我，「要阻止她報警，我可是卯足了勁。」

「你怎麼阻止她的？」

他露出淺淺笑容。那種挑動感官的冷酷笑容，向來有種力量吸引著我。「辛西亞知道最好遵照我的決定走。」他說，斟酌用字。

「你對她很殘忍。」我說，更像陳述而不是提問。

「不，我並不認為，」他回答，「我愛我的妻子，可是我也有傳統的一面。我相信丈夫是一家之主，妳父親也有類似的信念。」

「你跟我父親一點都不像。」我說。

「是，我不會像他那樣背負惡名。說到底，他是發號施令的人，不是嗎？一個成年人，四十多歲。我只是……要用什麼字來形容？共犯。一個少年玩扮裝遊戲，只是湊巧有權力憑空掉進手裡。妳父親是個怪物，而我只是怪物的學徒。」

我怒瞪著他。這不是我的意思，可是要反駁他很難。

「話說回來，」他繼續下去，「辛西亞沒有無限的耐性，要是我拖延太久，到時她要報警的話我可攔不住。」

「我跟你說過，我會把他還給你，」我說，「我是不說謊的。」

「妳當然說謊了，」他說，噗哧一笑。「過去六年來妳一定天天在說謊。妳在這裡怎麼稱呼自己？」我告訴他，他又笑了。「所以，妳保留了名字，跟我一樣。可是改了姓氏，我也是。說到底，我們也沒那麼不同，是吧？」

「要保留我出生時的本名，絕對是不可能的。」我說。

「妳什麼時候改的？搭船來澳洲的時候嗎？」

「不是，在戰爭一結束的時候。等到可以安全離開柏林時，我跟母親搬到巴黎。」

「順利嗎？」

「不大順利。」我說，憶起剃刀片、淌下額頭的鮮血、一簇簇醜陋的殘髮，令我的頭皮感到微微刺痛，「我盡量不去想過去。」

「辦不到吧，我想？」

「當然，你不是嗎？」

「一樣，」他說，「可是話說回來，我是那種只要下定決心，不管做什麼都會成功的人。」

我轉頭望向窗外，不確定該怎麼擊破他自信的高牆。有幾個小學生路過，一對對手牽著手，頂著大帽子抵擋豔陽，看起來一派天真無邪。

「我沒料到會活下來，」片刻之後他說，現在降低音量，「妳父親派我到前線去。」

「我記得。」

「可是妳記得原因嗎？」

我記得，或自以為記得，但我等著他告訴我。

「我記得妳祖父過來拜訪。我受邀參加你們的家庭聚餐。結果我說溜嘴，提到我父親對於接受第三帝國[42]一度猶豫過。妳現在想起來了嗎？」

「我記得你把柏威爾活活踢死。」

221 ——— 220

「誰？」

「服侍我們的人，他就叫那個名字，柏威爾。」

「噢，對，那個猶太人，」他說，「那時他對我頂嘴，我想。」

「不，他一個字也沒說。他嚇得要命，哪敢說話。他只是灑了點酒在桌上。」

庫特漾起笑容。「我想我不可能會因為灑了酒，就把一個人踢死。」

「可是你真的這麼做了，我記得一清二楚。母親哀求父親介入，可是他什麼都沒說，只是平靜地坐在那裡，繼續吃晚餐。」

庫特垂眼望著桌巾，用手掌撫平。我仔細看著他。讓我意外的是，這份回憶似乎令他拿不定主意。

「可是我被送走的時候，妳哭了。」

「確實，」我承認，「我那時好困惑，當然了，我當時對你有感覺，而且我還不夠成熟，無法處理那些感受，可是後來你做了那件事，然後——」

「在另一地方——依妳的叫法，發生了許多事情，」他說，「可是我也因為我父親的作為而受到懲罰，而妳並未付出這種代價，我必須說。我對司令官忠心耿耿，他卻把我送走，全只是因為那件事。怎麼，如果有人發現那件事，他擔心會影響到自己的形象嗎？」

「我不知道，」我說，「他不會跟我討論這些決定。」

42 一九三三年至一九四五年間希特勒領導的納粹黨所統治的德國。

「事實上，他對我發下的形同死刑，我承認我很害怕，我當時畢竟只是個少年，可是我熬過去了。他們是不能直接殺我的。我曾經受過槍傷，一次，但打在肩膀上。之後我被送回柏林，得到一份辦公室的工作，對我來說是個不錯的職位。要是我知道可以到那樣的環境工作，早就請人射我一槍，甚至可以找妳幫忙。」

「你沒被逮捕？」我問，「我是說事後？戰爭結束以後。」

他搖搖頭。

「當然，我們知道同盟國聯軍就要來了，」他說，「他們遲早都會突破防線。元首幾乎每天來我駐守的那棟建物，情緒似乎越來越沮喪，越來越蠻橫不講理。他的怒氣看了令人擔憂。大多人都躲得遠遠的，但我喜歡觀察他。」

「為什麼？」我問。

「他讓我著迷，」庫特聳肩回答，「唔，他讓我們所有人著迷，記得吧？」

「我記得。」我說，確實如此：他曾經是。

「感覺就像不屬於世間的東西在面前。所以我隔著距離觀察，試圖從他身上學習。然後有一天，我們接到通知，說他要撤退到地下碉堡去了。有些軍官跟他一起過去，部長級的人也是，還有廚師等等的。我接到一個訊息說他在桌上留了副眼鏡，要我拿去給他。希特勒的眼鏡，妳能想像嗎？我拿了眼鏡走出建物，可是敵軍已經逐漸逼近——顯然頂多再一兩天就會攻進來——所以我拔腿就跑，能跑多快就跑多快。」

「你往哪裡走？」

「往北走，起初往丹麥去，後來輾轉到瑞典。我在那裡住了幾年，換了身分、聲音和口音。後來有個機會可以搬來澳洲，我就趕緊把握，看來是個重新開始的好方式。」

「也是擺脫掉他們的好方式。」我提議。

「誰？」

「那些可能把你列進名單的人，那些想要找到你，將你繩之以法的人。」

「如果有這樣的人，他們在找的會是科特勒中尉，」他告訴我，「對一個名叫科佐，跟美麗的妻子辛西亞，還有他們兒子靜靜過生活，溫文儒雅的銀行業者，他們不會感興趣的。當然有些人在這裡，我是說納粹獵人。可是比起那些在北美洲和南美洲搜索的獵人來說，這裡的人手少之又少。我想他們忘了澳洲。」

「他們總有一天會想起來。」我告訴他。

「也許吧，到時妳會怎麼做？」

「我？」

「就大方向看來，我個人根本微不足道，而妳就不一樣了……」

「我跟那些事情完全無關，」我抗議，往前傾身，「我當時只是個小孩。」

「妳父親指揮的是所有集中營裡最聲名狼藉的一個，」他回答，「而在集中營解放之後和今天之間的那些年間，妳選擇不站出來面對當局。」

「那是母親的決定，不是我的。」

「當然了，永遠有藉口。可是妳難道不覺得，法庭也會想跟妳談談嗎？」

「為什麼？我又能跟他們說些什麼？」

「什麼都好，任何事情都可以。每項小小資訊都能提供一些慰藉，對於那些我們曾經……」他制止自己，咬著嘴唇，「妳可以儘管假裝，葛蕾朵，」片刻之後他說，「可是妳，就跟我一樣，是所謂的嫌疑人。他們肯定會找到什麼方式，暗示妳跟我們其他人一樣有罪，不管妳當時年紀多小。」

我心中五味雜陳。我花這麼多時間說服自己是無辜的，但他說得沒錯。我在那裡的時間遇到過許多猶太人，不只是柏威爾，我知道他們受到什麼樣的對待，還有他們生命是怎麼終結的。我可以把自己知道的都跟當局說。可是如果他們追蹤到我，我知道我的反應會跟庫特那天在柏林一樣。我會拔腿就逃。

他現在將手伸進胸前口袋，拿出一小副眼鏡——窄細的鏡腳加上小小的圓框——放在我眼前的桌上。我望著它們，不確定他是什麼意思，領悟之後，驚恐地倒抽一口氣。

「這是他的？」我問，抬起頭來。

「對。」

「你這些年都留在身邊？為什麼？」

他聳聳肩。「作個紀念吧，也許？」他提議，「提醒我那一切並不是一場夢。是真實的，而且，我這輩子曾經有一次隸屬於某件非常美麗的事情。說到這點，妳長成了別具魅力的年輕女性。」他補充，伸過手來，用一指撫過我臉頰。我閉上雙眼。曾經有段時間，我願意爬過破玻璃，就為了在肌膚上感覺那隻手。

「你想試戴看看嗎？」他小聲問，我盯著前方，除了他之外，四周的一切我既看不到也聽不見。

「什麼？」

「他的眼鏡啊，試戴看看，透過他的眼睛看看這個世界。」

我往下望向桌子，看著自己的手不由自主伸過去。元首的眼鏡。我用指尖碰了碰，幾乎以為跟我的肌膚相觸時，會有一道電流竄過。我覺得反胃。我覺得興奮。我覺得暈眩。我覺得充滿力量。

「試戴看看嘛，葛蕾朵。」庫特又說一遍，現在往前湊來，幾乎竊竊私語。

「我沒辦法。」我說。

「妳想要的，我知道妳想要。」

「不。」

我盯著那副眼鏡的時候，時間似乎暫停不動。我可以在腦海裡聽見他的聲音，腳跟敲在一起的聲音，我父親向他高聲致意的聲音。

我再次伸出手，雙手明顯在顫抖，然後捏著鏡腳提起來。拿著教我噁心；而讓我羞愧不堪的是，我竟然也有備覺榮寵的感受。

我可以戴嗎？我敢嗎？轉眼，眼鏡就掛在我的臉上，我的嘴巴傳出一個聲音，滿足的嘆息，或是驚慌的哀叫。

「很刺激吧？」庫特問，此時在我眼裡他看來模糊不明，因為度數對我的眼睛來說太重了。「告訴我妳的感受。」

感受過於複雜，難以化為文字。非常強烈，同時夾雜了權威、驚恐、罪惡感。

「可以感受到他的存在，是吧？」

「一直感受得到，只是不曾像現在這麼強烈。」

「這讓妳有什麼感覺？」

「噁心、反感、羞愧。」

「還有呢？」

我瞪著他。

「興奮。」我低聲說。

他漾起笑容，伸出手，從我臉上輕輕摘下，再次將眼鏡擱在我們兩人之間。

「告訴我妳並不想念他，」他低聲說，俯身向前，「告訴我妳並不希望他貫徹所有的計畫，讓我們達到最後的勝利。想像一下我們會生活在什麼樣的世界，一切會有多麼不同，我當初多麼渴望啊。渴望第三帝國可以延續一千年，就像他承諾的那樣。對自己要老實，葛蕾朵，妳也想要那樣，對吧？」

19

跟艾蓮諾共度下午時光之後，我回到冬市苑，發現亨利正坐在階梯上看書。這次不是《金銀島》。他一定是看完了，現在正在讀《萬能飛天車》[43]。他似乎偏好經典兒童小說，而不是時下風行的作品，我還滿欣賞這點的，我好奇，提供他閱讀素材的是他母親、父親或是學校圖書館員。他抬起頭看到我，笑容夾雜了尷尬和如釋重負：現場終於有個負責任的大人了。

「哈囉，亨利。」我說。

「哈囉，芬斯比太太。」

「你為什麼坐在樓梯上呢？我是不介意的，你明白吧。如果你在那裡覺得自在，那祝你好運。我只是好奇。」

他似乎在猶豫該不該解釋，最後讓步了，避開我的視線，將焦點放在自己的手指上。

「媽咪在睡午覺，」他說，「我不想敲門敲太大聲，免得把她吵醒。」

我嘆口氣，納悶麥德琳在鎖上的房門後面又是什麼狀況。

「你放學怎麼回家的？」我問。

「用走的。」

「自己一個人嗎？」

他點點頭。

「我以為他們不准你自己走路回家。」

「這樣感覺最簡單，」他說，「沒人來接我。」

我往一號公寓瞥去，擔心路上原本可能會出的事。

「你想不想上來我家？」我問，他考慮一下之後搖了搖頭。

「我在這裡就可以了，」他說，「她很快就會醒來了。」

「好吧。」我說，並不是很想堅持下去，於是朝樓梯走去，他移到一邊讓我過。我

43 原名為 *Chitty-Chitty-Bang-Bang*，是英國作家伊恩·佛萊明（1908－1964）一九六四年出版的經典兒童小說，他的代表作還有詹姆士·龐德（James Bond）系列小說。

走到頂端時，回頭俯視這個小小東西，獨自坐著無人看顧。他身形似乎比同齡的孩子瘦小，一副寂寞的樣子。我納悶他班上的男生會不會嘲笑他長得矮。

「我端一杯牛奶給你好嗎？」我往下呼喚，「或是一塊餅乾，也許？」

「不用，謝謝。」他說，頭也不回。我繼續走。他這年紀的孩子會拒絕點心，滿不尋常的，但我不打算執著下去。

不過，我才進公寓幾分鐘，就傳來敲門聲。我綻放笑容，推想他改變了主意。可是當我打開門，站在眼前的不是亨利，而是海蒂．哈葛夫的孫子。

「奧布朗，」我說，很詫異見到他，「哈囉。」

「芬斯比太太，」他回答，語氣冷漠，「能跟妳談一下嗎？」

我點點頭，等著他開口，但他的視線越過我的肩膀，顯然想要私下談談。我遲疑不決，讓到一旁，迎他進屋裡。他走路的樣子讓我想到父親，這點令人忐忑。

「妳知道有個小男生坐在階梯上嗎？」我關上門時他問。

「只是亨利，」我告訴他，「他是跟著這棟樓房附贈來的，好了，有什麼事嗎？」

「我對妳有點不高興。」他說，我正準備請他坐下，但我現在改變主意了。如果他準備來吵架，那麼我會很樂意用迎他進門的乾脆態度，快快送他出去。

「是嗎？」我問，「願意告訴我原因嗎？」

「外婆說妳勸她不要搬去澳洲。」

「你外婆說得沒錯。」我同意。

「我可以問為什麼嗎？」

「因為我覺得這個主意很糟，」我告訴他，「你可能是她的孫子，奧布朗，可是我認識她的時間比你久多了。她的生活在這裡，她的朋友在這裡。她問我覺得她搬到半個世界之外是不是好點子，我說不是。她自己說她不懂那裡的文化、人或天氣。我告訴她，她在冬市苑會過得更好。難道你寧可我對她說謊？」

「我寧可妳不要插手。」

「是你要我多幫忙的啊！要是有個男人敲她的門，說他是瓦斯公司來的，想進她公寓，可是不願出示證明，你寧可我不要插手嗎？」

他翻翻白眼，讓我想要賞他巴掌。

「這也差太多了，」他說，「我又不是瓦斯公司的人，我是她孫子，我只會為她著想。」

「你相信你適合決定那種事？」我問。

「沒錯，」他說，「她瘋了啊。」他補充，用手指在太陽穴那裡繞圈圈，「她不知道什麼對自己最好。」

「那麼幸運的是，我知道。」我回答。

「我寧願妳不要插手。」他說，語氣含怒。我發現自己的脾氣也上來了。我受夠了被男人欺凌。從我出生吸進第一口氣以來，這輩子不知碰過多少次。

「她不會永遠活下去，」我酸溜溜說，「你遲早都會領到遺產，如果你擔心的是那個。」

「妳以為這全是為了錢。」他問，可是他演技頗差，故作受辱的語氣對我來說完全不管用。

「是啊，」我承認，「我這樣很糟糕，我知道，可是話說回來，我都九十一了，可能也半瘋了。好了，如果你不介意，我要請你離開。我有事要忙。」

他怒瞪著我，一副心煩甚至受傷的樣子，我納悶自己這樣對他是不是不公平。

「對啦，我確定妳整個下午很忙，約都排滿了。」他說。

「沒必要無禮。」我回答。

「抱歉。」他說著便打開門。「我知道妳一片好意，可是以後我要請妳別插手管我們家的事，」他說，「我相信我知道什麼對外婆最好。」

「好，好。」我說，態度敷衍，送他走出門口，隨手就要關上，但先往下望向亨利。他還坐在原地，但現在正抬頭往上看，觀察大家的動靜，顯然為了拔高的人聲而困擾。我想在他的人生裡，他受夠了這種事。

我泡了點茶，讀了一個鐘頭或更久的書，然後打開收音機聽新聞。我正準備思考要做什麼當晚餐時，有個念頭隨之浮現。我把它揮開，心想不要，不可能，可是接著感到好奇，甚至焦慮，於是打開前門，再次望向樓下。

他還在那裡。

「亨利，」我說，他轉過來仰頭望向我。他已經哭了一陣子了，我看得出來，但他抹抹臉頰和眼睛，不想讓我看到他有多難過。「你怎麼還坐在那裡。」

「我敲過門了，」他哀愁地說，「可是她沒來應門。」

「噢，真是的。」我嘆口氣說，往樓下走。這真的太過分了。我伸手敲門，大聲到隔壁樓房的人肯定都聽得見。

「達西－威特太太，」我扯開嗓門呼喚，「麥德琳，妳在家嗎？能不能請妳開個門？」

裡頭了無聲息，我將耳朵貼在門板上，希望能聽到她的腳踩過木頭地面的聲音。

「麥德琳！」我又呼喚，再次敲響門板，「麥德琳，開門啊！」

還是毫無動靜。

我轉頭看著亨利，他一臉心事重重。我頭一次注意到他右手側面貼了大繃帶。

「這裡怎麼啦？」我問他，伸手要去碰傷處，但他迅速移到看不見的地方。

「燙傷了。」他說。

「怎麼受傷的？」

「爐子。」

我盯著他，想追問更多，但不確定是否應該。我再次敲門，海蒂打開樓上的門，往下窺看。

「葛蕾朵，」她喊道，「怎麼了？」

「可憐的小男生進不了家裡，」我說，「他媽媽……我不知道……唔，一直沒來不應門。」

海蒂現在也下樓來了，就外觀看來，是狀況良好的日子。

「他坐在外頭好幾個鐘頭了。」我告訴她。

「你沒鑰匙嗎？」她問，轉向男孩。

「他們不准我有鑰匙。」他說，我可以看出他又快哭了。

海蒂皺起眉頭，然後臉龐一亮，彷彿靈光乍現。她將手往上伸，橫掃過門頂，空空如也，但積了不少灰塵，她將手上的髒污吹掉。朝我的方向。我嗆得咳起來，用手在臉前揮了揮。

「妳到底在幹嘛？」我問。

她沒回答，但轉向放在門外的盆栽，將手插進土裡。等手再拔出來，已經握著一把銀鑰匙。

「羅伯森先生向來會在這裡留一把備用的。」她說，得意洋洋，往前遞過來給我看。

「是李察森先生，」我說，糾正她，一面抹掉鑰匙上的塵土。「妳想有用嗎？他們搬進來以後難道不會換門鎖嗎？」我把鑰匙遞還給她。

「只有一個辦法可以查出來。」她說，將鑰匙插進門鎖，轉了轉。門打開了。

「萬歲！」我喊道，「妳真聰明，海蒂！」

她一臉燦笑，對自己相當滿意，然後大步走進去，彷彿她擁有這個地方。身為不速之客，我沒那麼急著要走進去，但亨利彈起身，搶在我前面衝進去。我跟了上去，站在客廳裡東張西望。一切似乎如常。亨利一把將書包丟在地上，急急往廚房走去。他畢竟餓壞了。我不知海蒂去了哪裡，可是我還沒動身去找她，她就從通往臥房的走廊冒出來。

「葛蕾朵，」她說，一臉蒼白，「妳得叫救護車來。」

20

「我也見過他，你知道嗎？」

庫特挑起一眉，將眼鏡收回胸前口袋。

「見過誰？」他問。

「元首。」

他挑眉的樣子，彷彿不相信我。

「真的，」我說，「他到我們在柏林的家吃晚飯，就是那個晚上，他對父親下達新的命令，所以我們才會到那裡去。我想讓他覺得佩服，就跟他說我會說法文。他定定看著我，問我為什麼會想說法文。我想不出怎麼回答。」

「我從沒跟他講過話，」庫特回答，語氣帶有一絲懊悔。「即使他路過我的辦公桌，朝我方向望來，我也不敢開口跟他說話。」

「你可以賣掉，你知道的，」我說，對著那副眼鏡點點頭。「有收藏家可能願意付一大筆錢買下。」

「總有一天，也許吧，」他回答，「也許我應該把它們想成我的退休金。」

我們像兩個老友似地在失聯多年後敘敘舊，感覺很超現實。咖啡館裡還有其他客人，以及櫃台後面的女員工。我忖度，要是他們知道我倆的真實身分，會做出什麼事來。我有種奇特的慾望想要告訴他們，就像俯望斷崖的人所感受到的危機感，雖然不曾有過任何自殺念頭，卻會體驗到某種一躍而下的強烈慾望。

「妳還沒跟我說妳家人的事，」過了一會兒他說，我看著他微微搖著頭，彷彿從睡夢中被喚醒。「妳父親被吊死了，是吧？」

我點點頭。

「我讀到了報導，」他說，「你們——？」

「我們到那時已經躲起來了，」我告訴他，「我們也是從報導上知道的。」

「妳難過嗎？」

「他是我父親。」

「妳母親呢？」

「她跟妳來澳洲了嗎？照顧我兒子的不是她吧？」

「我母親死了。」我說。

我聳聳肩。「她一心想要活下去。」

他似乎滿驚訝的。

「真的嗎？還那麼年輕。」

「她一直走不出來。」

「從什麼走出來？」

「從那一切。」

「我想，她斷定自己對當時狀況一無所知。」

我點點頭。

「那是不可能的事，」他說了下去，「她知道，他們全都知道。啟動這件事的，就是他們那個世代的人。付出代價的卻是我們。」

「你該不會把自己當成受害者吧？我希望你不會。」我說，他趕緊搖搖頭。

「不，不是那樣，」他說，「可是——」

「可是什麼？」

「可是我不記得對自己的人生作過任何有意識的決定。在我很小的時候，一切就已經安排好了。」

「你做過的事情——」我才開口，但他深深吸氣，雙手緊握成拳，我發現我說不下去，害怕他會拿同樣的話回擊我，到時我就會被迫面對他已經強調過的事實：我們並沒有那麼不同。

「妳弟弟呢？」他片刻之後問，「他不怎麼喜歡我，對吧？」

「對。」

「他叫什麼名字？我忘了。」

我合上雙眼，用力吞嚥。我從來不說弟弟的名字，我不忍說出口。我希望他不會再問。

「噢，等等，」他說，手指一彈，「我現在想起來了。」他說出那個字眼，聽到那些音節大聲說出口時，我的背脊竄過一陣寒意。

「他在哪裡？他當時太幼小不能參戰，所以，讓我猜猜，我想他在哪裡念書吧。他天生就愛看書，不是嗎？老是隨身帶著那本《金銀島》，讀了一次又一次。」

「他很愛那本書。」我說。

「所以我說對了嗎？」

「他也死了。」我告訴他。頭一次我看到他臉上閃過驚訝，甚至震驚。

「真的嗎？」他問，「怎麼死的？」

我搖搖頭。「我沒辦法談這件事。」我說。

我垂眼看著桌面，一時半晌，考慮拿起上頭的餐刀，一把刺進他的眼睛。這種事片刻就能完成，他甚至來不及反應。最糟的是，稍早他吻了我的手。他的唇貼在我手上的觸感還在，而且我希望他能再做一次。

「好吧，」他終於說，「可是我想我們必須決定某件事，妳不覺得嗎？」

「什麼事？」我問。

「我們兩個都在這裡，知道彼此的秘密。所以我們要拿這件事怎麼辦？」

「不是很明顯嗎？」我問。

「對我來說並沒有。」

「你必須為你做的事付出代價啊。」

「我做了什麼事？」

「你明明知道——」

「我知道妳認為我做了什麼，可是我想聽妳描述。」

「你是那件事的一部分，」我說，「很大的一部分。」

「什麼的一部分？」他問，語氣流露出一絲氣惱。「說真的，葛蕾朵，我不知道妳父親為什麼要聘請李斯特先生教育妳，妳似乎沒辦法把自己的思緒轉化為文字。」

「你說我母親知道實際狀況，」我告訴他，「可是你也一樣，你袖手旁觀，什麼都沒做，你贊同整個狀況。」

「屠殺，妳是說。」

「對。」

「為什麼妳不能是什麼就說什麼？何必含糊其詞到這個地步。我們有猶太人，有毒氣室，有火葬場，有屠殺。妳不願說出弟弟的名字，連這些事情妳都不願意說出口——」

「住口！」我堅持，嫌惡地皺起眉頭，「你打從一開始就清清楚楚。」

「我當然清楚，那就是我被送到那裡的原因，幫忙推動滅絕計畫。」

「你難道沒有想過那是錯的嗎？」

他眉頭一皺。我可以看出這是他盡力不去想的事情。

「起初……有難度，」他說，「我畢竟是個人。不過最後似乎就忘了……」

「忘記什麼？」

「忘記他們也是人。」

「你明明樂在其中。」

他搖搖頭。「並沒有。」他說。

「有，我記得。」

「我對手上的權力樂在其中，同時令人興奮又害怕。不然妳要我怎麼樣？我是個軍人。軍人服從命令。如果我拒絕，就會被拖出去槍斃。我只是個十九歲的男孩，我可不打算那麼輕易就放棄生命。就我記憶所及，我早早被灌輸了那些信念。十歲就被迫參加德意志少年團，四年之後成了希特勒青年團[44]的成員。我什麼都不懂。我只是做上頭交代我的事，然後一路節節高升，最後成為納粹黨衛軍的正式成員。」

「你說你父親反對——」

44 HitlerJugend，縮稱ＨＪ，是一九二二年到一九四五年間由德國納粹黨設立的青年組織。

「我父親很軟弱！」他說，現在拉大音量，「軟弱的男人。我不想像他那樣。我想比他剛強。所以，用那種方式解決問題，我並不覺得有什麼不好。」

「什麼問題？」我問。

「猶太問題啊，那是個野心很大的計畫，也許大到無法真正成功。」

「你不覺得後悔？」

「我後悔的是我們輸了，」他告訴我，「我原本想繼續軍旅生涯。如果局勢走向有所不同，我想我原本可以升到很高的軍階。最後的結果依然令我詫異。有兩三年時間，情勢明明一片大好。妳難道不希望我們打贏嗎？」

我盯著他，不確定該怎麼回應。

「老實跟我說，葛蕾朵，如果妳可以彈彈手指，讓同盟聯軍反勝為敗，妳願不願意這麼做？妳父親、妳母親、妳弟弟，都還會在妳身邊。妳會是個受歡迎的女孩，坐擁龐大權力和影響力的男人的掌上明珠。只要想像妳原本可能享有的人生。告訴我，妳如果有這個能力，妳願不願意這麼做？」

「不願意，」我說，「我辦不到。」

「妳說謊。」

「沒有。」

「有，我從妳臉上就看出來了。妳必須告訴自己妳不願意，這樣就可以享有道德優越感，可是我片刻都不相信妳。」他伸出手，揪住我的手腕，「妳會彈彈手指的，葛蕾朵，為了贏回妳所失去的一切，多犧牲幾百萬條生命也在所不惜。妳可以儘管否認，可是我知道這是謊言。」

我將手抽回來。手腕被他揪住的地方痠疼不已，我用左手指搓揉著。

「你只是想聊我的事，這樣你就不用面對自己在其中扮演的角色。」我說。

「不，如果妳認為我自認問心無愧，妳錯了，並不是，永遠也不是，但我選擇不讓它控制我。」

「你當時很殘酷。」

「我是聽命行事。」

「那些孩子。」

「當然了，我們一定要更同情孩子，」他說，翻翻白眼。「那些被聖人化的孩子，我為什麼該要在乎？」

「你有一次被我聽到了。」我告訴他。

「聽到什麼？」

「你跟我弟弟在廚房，你帶了另一個男孩進來，為了派對清理酒杯。你說他的手指細小，可以把這份工作做好。我想，他吃了冰箱裡的什麼，是我弟弟給他的。但男孩否認，你就揍了他。他才不到九歲，你卻對他的臉出拳。」

庫特聳聳肩。「我不記得了。」他說。

「你自己現在有個兒子了，那種事情給你什麼感覺？」

「別把雨果扯進來。」

「要是雨果搭上當初的其中一輛列車呢？」

「閉嘴。」他低斷。

「那天我在樓梯上偷聽，我太害怕，不敢下來阻止你。」

「妳想從我這裡得到什麼，葛蕾朵，」他問，往前湊來，滿臉怒意。「妳要我崩潰哭泣嗎？因為如果我這麼做，也只不過是表演罷了，不會有別的。一點戲劇化的東西，用來平撫妳那可悲的罪惡感。我拒絕一面想著這些事情一面過日子。」

「你以及其他像你的人當初如果說不，如果你們站起來反抗——」

「妳活在夢想的世界裡，」他說，再次往後坐，平靜下來。「一個理想的烏托邦，在那裡，人的存在只是為了協助其他人。這樣不自然，妳看不出來嗎？」

「可是為什麼不？」

「因為我們天生就不是這樣。是從小學校園開始的，小男孩互相打架。一九四〇年代第三帝國找到一個用來憎恨的民族。現在，十年後，風水輪流轉，換我們遭到獵殺。只要我們當中任何一個被發現，就會被帶上法庭受審，讓世界聽聽我們的罪狀，可是說真的，他們只是想要槍殺我們，吊死我們，以他們想要的任何方式殺了我們。妳跟其他每一個人都一樣，說到底，妳為什麼在這裡？在澳洲，離故鄉這麼遠。真相是，妳也害怕被抓。」

他說得沒錯，但我真不願承認。

「我父親做過的事，在我每天的生活裡如影隨形。」我告訴他。

「啊，妳還愛堅稱自己是無辜的？妳明明看到那些列車抵達。妳眼睜睜看著那些人下車。營區小屋的數量就那麼多，我們卻不斷塞人進去，即使妳從來沒看過有人從前門離開。妳現在卻告訴我——誰不挑、偏挑我，妳從來不曾質疑這一切？燃燒屍體的氣味，妳沒察覺嗎？灰燼像黑雪一樣飄落我們頭頂，在這些日子，妳就待在屋裡，是吧？自顧自玩娃娃。」

我現在感覺淚水湧上雙眼。

「我當時不知道。」我堅持。

「如果妳想要，妳可以對我說謊，可是對自己說謊？我想那就是妳在這裡的原因。妳來這裡，把自己靈魂裡所有的罪惡感，全部轉嫁到我身上。可是妳不能這麼做，葛蕾朵，因為我拒絕接受。我有自己的罪惡感要應對。」

「如果我可以做點好事，」我堅持，「如果我可以補償——」

他搖搖頭。「妳是個傻瓜，」他說，「妳當時就是個腦袋空空的姑娘，現在則是個腦袋空空的女人。好了，妳到底要不要跟我說，這場會談要怎麼結束，還是要我猜下去？」

「我想在跟警方舉發你以前，看看你，跟你說說話，」我說，現在坐得筆挺，想要維持一定程度的從容。「我要去跟警察說你的真實身分。」

「我會被逮捕判刑，更可能的是被監禁很多年。我不相信那是妳想要的。」

「我要你為自己的罪付出代價。」

「但妳卻逍遙法外。可是我只會是妳掛在良心上的另一名死者。別以為我不懂那感覺有多強烈。什麼都比不過。妳認為給予生命是件美妙的事情，當然是了，但遠遠比不上奪走性命帶來的刺激感。」

窗外的動靜攫住我的視線。是凱特和雨果，越過街道即將抵達。我舉起一手要她暫時停在原地，她點點頭。庫特的目光也越過街道，看到兒子並對他揮揮手，如釋重負，深深嘆了口氣。於此同時，咖啡館的門打開了，兩位警察踏進來、往櫃台走去，抬頭看著牆上的菜單。

「真湊巧，」庫特說，朝他們的方向一瞥，然後回頭對我微笑，「妳的機會來了，可以洗滌妳毀掉的靈魂。妳要自己叫他們過來，還是由我來？妳可以把事情一五一十全都告訴他們，我不會逃走，我會全部承認，只要妳為自己的行為承擔責任。妳說了這麼些勇氣十足的話，葛蕾朵，但妳的人生一直朝著這個時刻走來。只要幾秒鐘就可以召喚他們過來，告訴他們我是誰，妳又是誰。讓他們逮捕我們，我們兩個都能親眼看到國際法律體系如何將我們手到擒來。對我來說，我勢必死路一條。至於妳呢？唔，誰曉得。可是觀察妳這一路會有什麼經歷，會非常有趣。」

「可是我是無辜的。」我抗議。

「即使妳說的是真的，也沒有任何價值。妳的人生不會再屬於妳。身為妳父親倖存的唯一後代，妳真心相信，一個深陷震驚的世界，會免除妳所有的責任？幾天之內，妳的照片就會上遍全球每份報紙的頭版，相信我，大家對妳的興趣會遠比對我多。有一陣子他們會談起我，可是他們會寫關於妳的書。那就是妳一直想要的，不是嗎？」他問，雙手伸過來握住我的手，「希望妳和我在某個層面有所連結。噢，葛蕾朵，想想當初如果我選擇去做，我可以對妳做的那些事情，」他補充，現在思索著，「妳會任由我對妳為所欲為，但說到底我還是個懂得分寸的人。」

「可是不是用這種方式。」我說，將手抽回來。

「妳的人生會毀於一旦，他的也是，」他說，對著窗外的兒子點點頭。「如果總有一天，妳有了孩子，他們的人生也會毀掉。」他伸手過來，用一根指頭輕撫我的臉頰。「妳擁有最、最美麗的傷疤，葛蕾朵，」他說，「有些是妳家人加諸在妳身上的，有些也許是我留下的。但這就是專屬於妳的時刻。妳說折磨在妳生活裡如影隨形，唔，妳現在可以抹消那種折磨了。妳告訴我妳滿心悔恨，那麼就卸下那些悔恨吧。我的人生就掌握在妳手中，就像那些年前，那些無辜人們的生命掌握在我手中。」

我發現我只是盯著他看，他說的一切都是真的。我可以揭發他，但這麼做的同時，我也必須揭露自己。我願意這麼做嗎？為了讓他得到報應，我可以犧牲自己的人生嗎？久得彷彿過了好幾個鐘頭之後，他才再次開口。

「所以，看吧，」他說，現在站起來，「結果妳跟我，我們根本一模一樣。這個世界永遠不會原諒我們做過的事，不管是妳或我，所以揭發有什麼意義？」

我現在也站起來。令我詫異的是，我們竟然相擁而吻。這是我十二歲以來就一直渴望的吻，我啟唇時，發現在他的擁抱裡，我可以徹底忘卻這個世界。轉眼便結束了，快得有如開始。他往後退一步，彬彬有禮一鞠躬，然後綻放笑容。

「永別了，葛蕾朵小姐，」他說，「很高興再次有機會相處，但這是最後一次了。我們不會再見。」

我看著他隨興走出咖啡館，路過警察時向他們道聲早安，然後跟凱特聊了幾句，凱特對他說的什麼放聲大笑，最後牽起兒子的手，在街道上隱去身影。

事隔不到四十八個小時，我一大早起床，在廚房桌上留了張道歉函給凱特，還有一個月房租，然後前往環形碼頭，在那裡搭了船前往南安普頓。我離開澳洲以前做的最後一件事，就是寄了封信給辛西亞．科佐，鉅細靡遺解釋我跟她丈夫交手的始末，從我全家在柏林那個早上說起，一直到庫特離開蒲公英咖啡館。我一點細節都沒放過，承認自己是誰，我家人是誰，以及庫特參與過的活動。當然了，事後回想，我看出我當時只是再次想撇清自己的責任，留給一個陌生人決定我是否該受到懲罰，同時知道，如果她決定舉發我，她的人生可能也會因此受創。因為誰能保證，我不會反過來舉發她丈夫？

橫跨半個世界來到雪梨，我竭盡全力將過去拋諸腦後，但我現在明白那是不可能的事。無論我身在法國、澳洲或英國，甚至到火星上生活，不管我人在哪裡，庫特說到的那些美麗傷疤，永遠會將我拖回另一地方。我永遠無法逃脫。

Interlude

男孩

The Boy

波蘭 1943

母親抗議，但父親堅持。

既然我都十二歲了，父親宣布，我年紀大到可以瞭解他的工作，尤其我還是少女聯盟的成員，只是不幸因為母親所謂的「放逐」而移居波蘭，無法出席她們的會議，更無法參加她們的活動。父親給了我楚德．莫爾[45]的照片，我貼在臥房牆上，我崇拜她，就像他崇拜元首那樣。要是我們還住柏林，因為父親的權尊勢重，我肯定能夠成為組織的領袖之一，也許甚至可以成為分區領袖或支隊長。可是在*另一地方*，我可以施展權力的對象只有我弟弟。

「我不懂為什麼妳可以去，我就不行。」他說，那天早上我梳整頭髮，換上藍裙搭水手領襯衫的制服，我之前不曾有機會穿。

「因為我十二歲，你只有九歲。」我說。

「可是我是男生，所以我更重要。」

我翻翻白眼。跟他爭論沒什麼意義。

「有些事情跟父親的工作有關，你不會懂的，」我說下去，決心盡可能表現出高高在上的態度，雖然我對這個主題認識的不比他多。「總有一天你就可以，等你稍微大一點，可是在那之前——」

「噢，閉嘴啦，葛蕾朵！」他喝斥，從我的床跳下，在地板上猛跺腳，「妳是全世界最煩人的姊姊！」

「你才閉嘴。」我反駁，疲憊起來，回頭裝扮自己，他喪氣地盤腿坐在地上。儘管常常吵架，我們跟對方相處的時間多過跟其他人。

「我懂的比妳知道的多。」他說，聲音低沉神秘。

「真的嗎？」我回答。

「我可以跟妳說那邊發生的事，可是妳不會相信我。」

「那邊？」我問。

「圍籬的另一邊。」

「那是農場，」我告訴他，「我跟你解釋過。」

「才不是農場呢。」他說。

「那又是什麼？」我問，轉身去看他，好奇想知道他查明了多少。從抵達以來，我們都花了很多時間想查明我們在那裡做什麼、這個地方的目的是什麼、我們要什麼時候才能離開。

「我不知道，」他終於承認，「可是我正在努力，」

我搖搖頭，站起來調整裙子。我對自己的外表非常滿意，打算在下樓以前，偷偷往脖子和手腕，抹點母親的嬌蘭一千零一夜香水。

「你什麼都不知道，」我說，現在拋下他一人，「現在當個好孩子，我們不在家的時候要照顧媽媽喔。」

45 Trude Mohr（1902－1989），曾任「德國青少女聯盟」（Bund Deutscher Mädel，簡稱ＢＤＭ）的首任全國發言人，是納粹德國希特勒青年團的青年女性分支組織，成員年齡介於十四至十八歲之間。少女聯盟（Jungmädelbund）招收的成員年齡則是介於十到十三歲。

我下樓的時候，他才從房間裡大喊。

「可是那不是農場，」他吼道，「至少我知道這一點！」

科特勒中尉駕駛敞篷車，載我們前往營區的入口，可是在那短短的車程裡，我們並未開口說話，因為父親在副駕駛座裡忙著閱讀檔案。路障為我們升起，士兵迅速排成一列，扯著嗓門以耳熟的口號搭配熟悉的行禮。那個手勢我可以做到無懈可擊，我對著臥房鏡子一次次練習，父親只是用一指輕點自己的軍帽，我則興致勃勃回禮，逗得庫特面帶淺笑，透過後視鏡瞥我一眼。

我們停在一棟軍官建築外頭，父親指示我在車上等，他要到裡頭跟其中一人談話。父親隱去蹤影的時候，我問庫特可不可以跟他一起坐前座。他朝父親登上的階梯瞥了瞥，有點緊張，然後聳了聳肩。

「如果妳想要的話。」他說。我跳出車外，在他身旁的長椅上坐下，讓我們的身體緊貼在一起。我坐著的時候，刻意讓自己的裙子往上撩高一點點，這樣我的膝蓋（我認為線條優美）就能展露出來。我注意到他的視線朝它們閃去，然後點了根菸，望向車窗外頭。

「你喜歡這裡嗎？庫特？」當我倆之間的沉默變得不堪忍受，我問。顯然他不打算打破那番沉默。

「這跟喜不喜歡無關，葛蕾朵，」他說，「重點是聽令行事。」

「可是如果你不在這裡，如果沒有戰爭，你想你會在做什麼？」

他想了想，又吸一口菸。「我想我會去上大學，」他說，「我十九歲了，自然會到那裡去。」

「就像你爸爸。」

「我跟我爸爸一點都不像。」

家裡近來籠罩在一股緊繃的氣氛中，因為庫特受邀來我們家吃晚餐，結果弄得很不愉快，因為他無意間透露他父親，一位大學教授，因為個人並不苟同國家社會主義黨政府的政策，早在一九三八年便捨棄柏林並前往瑞士，就在戰爭爆發前一年。

「他給了什麼理由？」我父親當時問，一邊吃飯，語氣平靜得超乎自然，掩飾他所提問題的危險性。「在德國最輝煌燦爛的時刻，在國家最需要我們的時刻，在我們都有責任與義務復興民族的時候？」

談起這件事不在庫特的計畫之中，他發現自己無言以對，堅持他和自己父親從來就不親近，說父子倆對很多事情想法分歧，說他自己對黨的忠誠不容質疑，但損害已經造成。當有個服務我們的人——從圍籬另一邊被帶過來的男人服侍他的時候，犯了個錯，餐桌上的緊張氣氛抵達高點。只是不小心灑了酒，卻演變成血腥事件。殘酷的偶遇。我記得弟弟放聲尖叫，我試圖遮住他的雙眼。母親向父親懇求叫庫特停手，但父親根本不理會她，無視一切繼續吃。

「如果你在大學，」我問，「你會讀什麼？」

「經濟吧，我想，」他說，「我對錢這個概念很有興趣，我們怎麼用它，它又怎麼回頭用我們。等戰爭結束，我可能想到財政部工作，最後成為第三帝國的經濟學家。到時必須重建一個世界，當然了，我們到時不只必須讓世界運轉下去，也需要為我們征服的那些國家擬訂計畫。到時會滿複雜的。」

「我們應該讓他們自生自滅，」我宣布，急著討好他，「誰教他們敢跟我們作對。」

「不，葛蕾朵，」他說，搖著頭，「勝利的一方要懂得謙卑。想想史上那些偉大領袖——亞歷山大、凱薩。他們都不會蓄意貶低被他們征服的人，元首肯定有資格跟他們並駕齊驅。畢竟，要讓那些國家接受自己在第三帝國裡的新地位，需要一兩個世代的時間，我可以想像自己在其中大展長才。」他頓住，綻放笑容，露出一口白牙。「將軍來來去去，但金融專家——才是真正權力的所在。」

我點點頭。感覺是個不錯的主意，我想像我們一起住在柏林的豪宅裡，舉辦奢華的派對，元首本人會前來賞光，連同第三帝國位高權重的男人和他們的妻子。我們會生養五或六個孩子，每個都愛慕自己的父親，以行動向他致敬。我知道要實現這個願景還要花幾年時間，可是我衷心渴望。

我心臟在胸口怦怦狂跳，尷尬又害羞，我將左手伸過去，搭上他的右手。他任由我這麼做，並未將手抽開，但並未轉過來朝我的方向看，而是繼續往外盯著營地，吞雲吐霧。他的手指終於合攏並握住我的手時，我感覺到剎那的興奮，這種感受我前所未有。我看到他臉龐表情起了變化，淺淺的笑容從唇上浮現，他直視我的時候，舌尖探出，視線在我身體的輪廓上遊走。我們交握的雙手互貼，他的中指開始移動，輕撫我掌心內側，我往後一靠，吁了口氣。我幾乎不敢相信這正在發生。我抵達這裡以來，滿心渴望的就是這件事。

「庫特。」我說，平生頭一次明白意亂情迷的感覺。

一晌之後，他抽開身子，我睜開雙眼，回到了現實世界，我看到父親從建物裡現身，朝我們的方向走來。他似乎沒注意到我換了座位，只是打手勢要我跟過去。我走下車子，莫名地腳步失去平衡。我瞥了瞥右手手掌，就是庫特手指碰過的地方。我變態地將手緩緩舉向臉旁，吸進那股氣味，然後吻了上去。

我回頭望向年輕的中尉，他正專注地看著我，臉上的表情我讀不透。我希望他不是後悔我們剛剛享有的片刻親密感。我們現在共有一個秘密，而這個念頭令我亢奮，雖然也許令他害怕。他抽完香菸之後，將燒盡的菸屁股往外一彈，掉落在車外的碎石地上。

「好了，葛蕾朵，」父親說，我們一面往前走，我的注意力轉回眼前的事物上。「妳千萬不要害怕這個地方，世界在這裡重生了。把這裡想成生了病的動物被帶來處死，這樣就不會威脅到正派的男男女女。」

「當然了，爸爸。」我說。我們繞過轉角，我注意到有條鐵路往北穿過營地，我的右側有一大片土地，上頭有一排排長形小屋，綿延到視線之外。

「他們就是這樣抵達的，」他說，朝著鐵路支線點點頭，「那就是我們讓他們住的地方。」

「是什麼人，爸爸？」

「猶太人，在那邊，」他補充，指著列隊緩緩行進的一群男人，每個人都推著堆滿木頭的獨輪車。「我們用那種方式，確保他們在這裡停留的期間，可以發揮一點用處。

第三帝國不允許任何人懶散過活。我們餵飽這些人，如果可以稱他們為人的話，可是他們一定要工作賺取自己的麵包。妳也認同吧？」

「每個人一定都要工作，」我回答，「元首說工作會讓我們自由。每個男人，每個女人，每個小孩都一定要有所貢獻。而且麵包要花錢的。」

「確實，葛蕾朵。」父親說，搓搓我的頭髮，我綻放笑容，因為我喜歡討好他。

「那棟建築是什麼？」我問，指著距離我們所站之處大約五百碼的石砌大建物，有種肅殺的感覺。

「我們稱它為秘室，」父親說，「想看看嗎？」

我點點頭。

「很想。」我說。

「今天沒在運作，我們挑了好時機。」

「裡面是做什麼的？」

他漾起笑容。「非常美麗的事情，」他說：「來吧！讓我帶妳進去，我會跟妳說明。總有一天，妳可以跟自己的孩子談起這件事。不過妳千萬不要害怕，只要把它當成是——」

不過，他話還沒講完，就有個年輕士兵朝我們跑來，在父親耳裡小聲說了點話。父親皺眉點頭，然後轉回來面向我。

「待在這裡，葛蕾朵，」他說，「我一兩分鐘就回來，柏林來了通電話，我必須接聽。」

「是，爸爸。」

我看著他回頭朝辦公室走去，然後再次左顧右盼。不管我朝哪個方向轉，都可以看到人們穿著藍白線條的制服。有男人和女人，但幾乎沒有孩子。每個人看來都筋疲力盡、奄奄一息，榨乾了精力似的。他們也渾身髒兮兮，這讓我覺得噁心。他們為什麼不把自己照顧得更好？在我面前的田野裡拖著腳步走來走去的人，幾乎不可能數得清。有一千個？兩千個？我覺得大家的視線好像都轉過來直直對著我，他們對我的存在感到害怕，彷彿只要我說出一個字就能判生或判死。

就在那一刻，我看到了倉庫。只要我想把這個場景從記憶驅逐出去時，我就把它想成倉庫。倉庫不比放眼四處可見的小屋大，可是用途顯然跟住宿不同。我跑到倉庫側面，急著躲開眼前那些人的視線，然後拉開門走進去。裡頭涼爽靜謐，一絲絲光線從板條屋頂透進來，我佇立在那裡，希望能獨處片刻。我不喜歡這個地方，我告訴自己。我想喜歡，可是我辦不到，這地方讓我害怕。

我四下張望，眼睛適應了黑暗。我意識到這是存放制服的地方。不是士兵的制服，而是囚犯的制服。黑和白、灰和白、鞋子、黃星星、粉紅三角形[46]。我納悶，為什麼要強迫每個人做同樣的裝扮？他們抵達時穿的衣服呢？

角落裡，視線看不到的地方傳來一個聲響，我害怕地望過去。是老鼠嗎？我納悶。會不會是大老鼠？還是更糟糕的東西？

「有人嗎？」我問，壓低嗓門。大聲到可以被聽見，但又不至於讓外頭的人發現我

46 納粹在集中營裡用來標示同性戀男性以及性犯罪者等的徽章。

的存在。

前後幾分鐘，悄無聲息，但這種寂靜不是真正的寂靜，裡頭藏著寶藏。我謹慎地往前跨步，在幽暗中瞇起眼睛。

「哈囉？」我輕聲說，「出來吧，不管你是誰。」

更多沉默，然後衣服後面傳來輕輕的窸窣聲，接著令我詫異的是，一個小男孩出現了。我盯著他，他垂下視線。

「哈囉。」我說。

一時半刻我們都沒說話。我年紀較大，且決心強調當家的是我，我找回了聲音。

「哈囉。」小男孩說。

他盯著地板，一臉悲戚。身上也穿著條紋睡衣，跟圍籬另一側的所有人一樣，頭上戴著條紋扁帽，雖然他趕緊摘下帽子，壓在胸口，表示對我的懇求。他沒穿鞋子或襪子，腳丫髒兮兮。制服上繡著一顆黃星星。

「你是誰？」我問。

「舒穆爾。」他說。

「你在這裡做什麼？舒穆爾？」我問，這個名字說起來很陌生。我發現我沒辦法像他那樣發得那麼精準。

「躲起來。」他說。

「躲誰？」

「躲每個人。」

我看著他，突然湧現一絲同情。他瘦得皮包骨，眼球幾乎從眼窩凸出來。我可以看到他手裡的扁帽在發抖，於是我盤起腿席地而坐，希望他也可以如法炮製，這樣也許就能平靜下來。片刻之後，他也坐下來，現在抬頭看我，臉上掛著害羞的表情。

「你幾歲？舒穆爾？」我問。

「九歲，」他說，「我的生日是一九三四年，四月十五日。」

我皺起眉頭。我弟弟也在這一天出生。要是在不同的時空，他們可能會成為雙胞胎。

「妳幾歲呢？」他反問。

「十二歲。」

「滿老的。」

「不算吧。」

「比九歲老。」

「對，」我說，「等你十二歲的時候，你不會覺得老。你還是會覺得，沒人理你或聽你講話。」

「我永遠不會長到十二歲。」他小聲說。

他說的話讓我身體竄過冷顫。他為什麼不會長到十二歲？我們都會在某個時間點長到十二歲，他也會的，我確定。

「我叫葛蕾朵。」我終於說。

「妳住在那邊吧，我想。」他說。

「哪裡？」

「跟他，在另一側。」

「跟誰？」

這個小孩令人沮喪，聊起來好吃力。

「他會來探望我。」

「誰？」我問。

「那個男生。」

我搖搖頭，納悶自己是不是該離開。

「你知道嗎？你是我在這裡看到的頭一個小孩。」我說。

「這裡沒有很多小孩。」

「其他小孩呢？」

他透過鼻子深深吐氣，然後在倉庫裡東張西望，試圖想個答案。

「我們剛到的時候，本來有更多小孩，」他說，「我是說，我跟我家人。火車上本來有很多小孩，可是他們把小孩帶走了。」

「誰？」

「阿兵哥。」

「帶去哪裡？」

他盯著我，眼神如此銳利，我別無選擇，只好轉開視線。

「他們為什麼沒把你帶走？」我問。

他舉起雙手。「因為我的手指，」他說，「很短很瘦，他們說有時候會留住我這樣的人，幫忙清理彈殼。我白天大部分時間都在忙那個。可是等我大一點，我就沒辦法再清了。而且沒東西可以吃，我可能會餓死。不過，有東西吃的時候，如果我吃了，我就會長肉，那樣我也會死。」

「胡說八道，」我說，「沒人會讓你這個年紀的小孩死掉。」

他聳聳肩，別開視線，沒力氣或沒興趣反駁我。

「這全部很快都要結束了，」我告訴他，急著要他放心。「我們快打贏戰爭了。等我們贏了，所有的事情都會恢復正常。只是那是比以前更好的正常。」

「妳會傷害我嗎？」

「什麼？」我盯著他，納悶他是不是瘋了，「我當然不會傷害你。」

「妳會告發我嗎？」

「告發你什麼？」

「說我有時候躲在這裡頭。」

「要跟誰講？」

「科特勒中尉。」

我盯著他，搖搖頭。「我誰也不會說，舒穆爾。」我說。

「那我可以走了嗎？」他看著我，雙眼充滿哀求，我內心有一部分希望他留下來，幫我進一步瞭解這個地方。可是我懷疑父親到現在已經在找我，要是他發現我在這裡跟這男孩在一起，到時一定會有麻煩。我會惹上一些，他則惹上一堆。

「你可以走了。」我說。

他站起來，再次戴上扁帽，然後走向門口。

「跟他說，再過來找我，」他低聲說，然後打開門回到外頭，「在我們的老地方。」

「跟誰說？」

接著他說了我弟弟的名字，於是我明白了。原來弟弟說去樹林裡探險的那些下午，都是跑來這裡。原來是來圍籬這裡，跟舒穆爾見面。我覺得生氣，也因為弟弟沒告訴我而覺得困惑和受傷。他交了個朋友，而我一個也沒有。

「我會告訴他，」我終於說，「再見，舒穆爾。」我補了句。「再見，葛蕾朵。」他回答。

幾個月之後，庫特已經離開，被派到前線去，我確定他必死無疑而內心受創。我弟弟當然很高興他被送走，拿這件事無情地調侃我。

我因為這件事而痛恨弟弟。

痛恨到當弟弟終於跟我吐露秘密，說他跟舒穆爾之間的會面，我假裝覺得，他有個朋友可以聊天是很棒的事。

弟弟告訴我，舒穆爾的父親失蹤了，舒穆爾希望他從圍欄底下鑽進去，一起找找看。我說他應該去。我告訴弟弟，朋友就該互相幫忙。

「可是要是我被看見呢？」他問。我搖搖頭。

「那裡有個倉庫，」我告訴他，「你朋友會知道在哪裡。他們都把制服收在裡面。他可以替你多拿一套，你跟他碰面的時候可以換上去。這樣就不會有人注意到你了。」

我希望他被抓。

我希望他惹上麻煩。

搞不好會被送走，像庫特那樣。

「這樣不會很危險嗎？」他問。

「當然不會！你可以幫他一起找他爸爸。」

他似乎不確定，可是又不希望自己害怕的樣子被人看到。

「好吧，」他說，「那我就這麼做，我明天跟他說。」

對我來說，這整件事是個笑話，一個報復弟弟的小手段。

才過幾天，母親打開我的房門，一臉緊張害怕。

「葛蕾朵，」她說，「有沒有看到妳弟弟？我到處都找不到他。」

Part Three

最終解決方案

The Final Solution

倫敦 2022——倫敦 1953

1

瑪麗．安東尼已經丟掉腦袋很久了，我現在反常地在讀一本小說，關於一群老年人在退休村裡破解謀殺案[47]，這時冬市苑的後門打開，我聽到腳步聲傳來。我坐在橡樹底下的板凳上，從果斷的步伐裡感到一股惡意，但要自己不要抬頭望去。等訪客站在我跟前時，我才放下書本。

「達西－威特先生，」我說，「真高興見到你。」

他的打扮比我們之前偶遇時都隨興，模樣昂貴的淡黃色短褲搭白色馬球衫。他的鞋子看起來像是在豪華遊艇甲板上的人會穿的，而不是高檔裝潢的倫敦公寓樓房後院。我替他太太叫救護車已經快一週，她吞食了過量的安眠藥，我推想她企圖結束自己的生命。從那之後，他每天親自帶亨利上學，雇用一個年輕女人帶男孩回家，他並未對救了麥德琳的命而向我致謝，也沒通知我她後續的狀況。幸運的是，我在他的陣營裡有個間諜——亨利本人——他會跟我報告最新消息，因為只要狀況許可，他就會上樓來。我歡迎他的來訪，跟我當初害怕有孩子搬進一號公寓，簡直有天壤之別。結果發現，讓我最該繃緊神經的反倒是成年人。

「芬斯比太太，」他說，「麥德琳今天晚點會出院回家，我想妳會想知道。」

「很高興聽到這個消息，」我回答，「她好多了？」

他微笑不語，往板凳一坐，就在我身旁。雖然一般來說這板凳可以舒適地容納三個人，可是我卻覺得被他挾制，也許因為他人高馬大、渾身肌肉。他靠我這麼近，讓我感覺受迫，讓我懷念起社交距離的那段時光。我考慮站起來，但又不希望讓他覺得可以宰制我。

「說『好多了』可能也太過頭，」他說，「不過，他們不願意再收治她，當然了，那是個意外，她沒有要吞下那麼多藥丸的意思。她只是腦袋糊塗了。」

「唔，只希望她不要又糊塗了。」

「不會的，」他說，「首先，她再也拿不到我的藥物，由我自己控制。」

「你當然會了。」我回答。

他轉頭過來看我，報以淡淡笑容，彷彿迎合小孩子。

「這個回答感覺有弦外之音。」他說。

「完全沒有，只是在她出意外之前，依你的說法是意外——」

「要不然該怎麼說？」

「在那之前，她看起來相當……」

我發現我針對句子該怎麼收尾，態度謹慎起來。

「她看起來相當怎樣？」

「恐懼，」我不服地告訴他，在椅子裡稍微挪了下，跟他保持一定距離。「就我看來，她是個恐懼的女人。」

47 由英國電視主持人、作家理察・歐斯曼（Richard Osman）的探案系列，頭一本為《週四謀殺俱樂部》（*The Thursday Murder Club*）。

「妳竟然用這個詞來形容，」他邊說邊搖頭，「妳這種身分的人，我猜妳一輩子生活奢華，哪能瞭解什麼叫『恐懼』。我成長期間一無所有，妳知道嗎？」

「我為什麼會知道？」

「我父親會對我母親動手動腳，兩個人最後都死於酗酒。我住過一個又一個寄養家庭，一直到十七歲，妳不會想知道那種生活像什麼樣子，或是發生什麼事。妳知道真正的恐懼是什麼嗎？」

我卯足了勁克制自己，免得放聲笑出來。

「我親愛的，」我說，保持語氣平穩，「我以你完全無法想像的方式見識過恐懼。在你拼湊起來的電影娛樂作品裡，無論多狂野的夢境、多靈動的幻想，都無法理解丁點我所親眼見過的創傷。我知不知道恐懼是什麼？很抱歉，我永遠比多數人清楚。」

他現在轉頭看我，也許被我那種灑狗血式的回答感到好奇。我立刻後悔說了那些話。我衝過頭了，我看得出來，只是挑起他的好奇心。我老了，當然，但我的青年和中年歲月都在被發現的恐懼中度過，而那種恐懼即使並未完全消散，但也隨著時間削減不少，但我依然不該鋌而走險。讓我自己冒這樣的風險，違反我向來的作風。他朝我的手臂瞥了瞥，但我穿著長袖。

「妳知道嗎？」他問，「我真的相信妳。告訴我，芬斯比太太，妳見識過什麼？或者是妳做了什麼？再跟我說一次，妳在哪裡成長的？」

我別開臉，巴不得他走開，不要再打攪我，讓我跟小說裡那些八旬業餘偵探獨處。

「有什麼可以幫忙的嗎？達西－威特先生？」我盡可能用最冰冷的語氣說，他點點頭。

「重點是，我知道打從我們搬進來，妳就跟我老婆變得很友好——」他才開始說，但我打斷他。

「真的沒有，」我說，「我們只是點頭之交，就像一般鄰居。我們閒聊過幾次，你也知道，但我還不至於說我們是朋友。事實上，我幾乎不認識這位女性，她對我也一樣。」

「我想很少人認識妳，」他說，「妳這人拿牌緊靠胸口，口風特別緊，是吧？」

「我不打牌，達西－威特先生，我沒有賭博的習慣。」

「妳真的叫我艾力克斯就好，達西－威特先生太拗口了，不過妳顯然有張大嘴巴。」

「你是個很無禮的男人。」在恰當的停頓之後，我說。

「不，我只是說話直接而已，」他說，「這之間是有差別的。總之，不管妳跟麥德琳之間有什麼關係，我都寧可妳們現在就劃清界線。往後妳們在大廳碰見，打聲招呼是很合理，但到此為止就好，不要追問她的健康狀況，也不要針對她回鍋演戲的荒唐野心，提供任何建議——」

「可是如果她想要，為什麼不應該？」我問，「我們難道還活在以前的時代，由丈夫決定妻子該不該為自己的人生做什麼安排嗎？」

「而且妳沒必要再進我們家，」他說下去，無視我的提問，正如我無視他的。「當然了，我們已經換好門鎖，不管妳偷藏前任房客的什麼鑰匙，現在都派不上用場了。」

「我並沒有像你說的那樣，**偷藏**任何鑰匙，」我抗議，「而且發現它的是海蒂．哈葛夫，不是我。對了，你欠她一聲謝謝。要不是因為她，你太太可能已經死了。」

「還有，妳不需要跟我兒子打交道。」

「亨利，他有名字。」

「他不關妳的事，麥德琳和亨利屬於我。她不是妳的代理女兒，他也不是妳的代理孫子。」

「我向你保證，達西－威特先生——如果你不介意，我想保持禮節用正式稱呼，我無意要他們兩個扮演那些角色。我過著安靜無波的生活，不大跟人打交道，我一向如此。是你的家庭和你們無止無盡的風波，強加在我身上，而不是反過來。要是你和你的籠中鳥想要彼此折磨，別用任何方式將我牽扯進去，我會很高興的。至於亨利，如果那個男孩喜歡來拜訪我，如果他能在我家公寓裡找到某種平靜，是在他自己家裡沒有的，那我不打算——」

快如閃光，他伸過手揪住我的左手腕，使勁掐住，不至於緊到留下瘀青，但足以弄痛人。

「放手，」我堅持，因為受襲而震驚，「你弄痛我了。」

「妳話太多了，芬斯比太太，」他說，聲音低沉，但字字狠，「妳知道我他媽的受不了什麼嗎？就是不肯閉上鳥嘴的女人。妳就是不肯閉上鳥嘴。」

我盯著他。淚水開始在我眼後蓄積——罕見的羞辱；我並不是個情緒化的女人——但我發現我並不想進一步挑釁他。我已經開始明白麥德琳的感受，還有亨利。一個霸道的男人多麼容易就能在人心裡灌注恐懼，即使是最剛硬的靈魂。

「我只是想確定，咱們彼此理解，只是這樣，」他繼續說，「妳別煩我家人，我就不煩妳。」

「放手！」我重複，抽開自己的手。被他嚇走可以給他滿足感，但我偏不要稱他的心。是我先來外頭這裡坐的——安靜看書，誰也沒打攪——等他離開以後，我還會繼續在這裡。

不過，令我鬆口氣的是，他站起來，看著我的神情彷彿暗示他對我感到失望，彷彿我辜負了他似的。

「還有，」我補充，討厭聽到自己哽咽的聲音，「沒人屬於你，人並不——」

「是，我們談完了。」他用疲憊的語氣打斷我，揉著眼睛，開始走遠。「只要記住我說的就好。」

我看著他回頭穿過門口，但他走到門口之前又轉身看著我。

「芬斯比，」他說，「這名字滿不尋常的，是吧？」

「是我丈夫的姓氏。」

「妳的呢？」他問，「妳的娘家姓氏？是什麼？」

我什麼都沒說，但可以感覺血液衝上我的臉。他可以察覺我並不想回答。我當然有本名，就是我生下來就有、在柏林和另一地方都用過的姓氏。然後還有蓋馬爾，我在巴黎和雪梨使用的姓氏，再來就是威爾森，是最初來到倫敦時用的，並不想聽起來那麼法國，艾德格一直以為這就是我的姓氏。還有別的嗎？我幾乎不記得了。我的人生充滿了用過即丟的身分，在這個節骨眼幾乎不可能記得自己真正是誰。

「算了，」他說，再次轉身，「我一定能追查出來的。我覺得妳是個有趣的女人，芬斯比太太，一個對世界不完全坦承的人。身為拍電影的人，一個說故事的人，我想要一探究竟。」

2

我抵達倫敦時，第一個交談的對象是女王。聖誕節將近，我來英國即將滿一星期。最初搭船進入南安普頓，我選擇在那裡過幾天，重新適應陸地上的生活。我的心情跟那年稍早遠赴澳洲時截然不同。畢竟，那趟往外的航程充滿了開啟新生活的樂觀氣氛。才八個月就返回歐洲，證明擁有新生活是不可能的事。渡海期間，幾個年輕男女向我伸出友誼之手，但我一概拒絕，不想再像我之前跟凱特．索弗立那樣，與任何人產生連結。現在，我寧可獨來獨往。

十二月二十三日我搭火車抵達倫敦中區，扛著行李穿過大廳時，我注意到一側有人潮聚集，有一群警察仔細看著大家。我並不急著踏進看來很潮溼的下午，於是漫步走過去，看看大家在大驚小怪些什麼。令我驚訝的是，女王正沿著台子走動，身邊伴著愛丁堡公爵[48]，兩個穿制服的男人以及兩個隨身女侍。她正跟其中一個男人說話，但她經過我身邊的時候，我為了這個意料之外的偶遇如此詫異，忍不住出聲打了招呼。她轉過頭來對我微笑，說了聲哈囉，祝我聖誕快樂。她非常美麗，有著無瑕的肌膚，舉手投足都傳達了她對自己扮演的角色有清楚意識，同時又因為這當中的荒謬而略感難為情。就像大多倫敦人——我現在自認為倫敦人——從那之後的幾十年來，我看過她十幾次，我湊巧在街上而她的車隊經過時，但縈繞不去的是這份回憶。

當然了，我們有個共同點，伊莉莎白和我。那天晚上我走向廉價旅館的時候，納悶她要是知道我的身分，會有什麼反應。確實，我們的父親都不是死於戰場上，但都是在戰爭期間離世。我知道我不能拿我父親的死跟她父親的死兩相比較，但我們都是遺留下來的女兒，一個必須掌理大英國協和一個難以駕馭的家族，另一個名下只剩幾英鎊，舉目無親。

最初幾個月，我掙扎著要適應英國天氣。雖然我出生的原鄉氣候並不特別溫暖，但雪梨讓我嘗到了陽光的滋味，而在這裡，每天似乎淨是冰冷、溼漉、悲慘。在廉價旅館住了幾天之後，我在波多貝羅路上的分租樓房裡找到住處，女房東從地面樓層掌管房客，五間臥房散布在樓上的三層樓裡，總共住了五個女孩，我們共用單間浴室。每天晚上七點，我們會分到無滋無味的晚餐，如果人不在，自己那份餐點就會被拿去餵狗。我討厭那裡，但負擔不起更好的地方。

其他女生覺得我愛擺架子，因為我不大跟人往來。

等時間過了夠久，我推測辛西亞・科佐決定不針對我提供的資訊採取行動，因為沒有警察上門來追討答案，更沒有記者在街上攔住我要求訪談。我開始放鬆下來，試圖說服自己，我主動在生活中製造揭發真相的機會，結果沒發生也怪不了我。當然了，我並沒有愚蠢到相信這種可悲的自欺，而我的罪惡感持續在內心醞釀，等待浮上表面的時機，並造成難以計算的損害。

靠著在布里恩特小姐服飾店工作的資歷，我運氣不錯，在哈洛德百貨找到了工作，

48 Duke of Edinburgh，英國女王伊莉莎白二世的丈夫菲利浦親王（1921 – 2021）。

不久便讓上司印象深刻，進而舉薦給高層。我半工半讀，晚上去上課；令我高興的是，我因此升職到辦公室去，跟另兩個女孩一起工作，負責處理員工每週薪資，記錄休假日、節日以及其他各種現今會劃歸於人力資源部門的職務。

當然也有困難的時刻。我的直屬上司艾倫森小姐，是個安靜有效率的女人，我立刻喜歡上她，她對我非常好，一直秉持耐性等我適應辦公室生活的特定作息。春季降臨，天氣好轉，她習慣穿袖子較短的襯衫，有個下午她伸手越過我，要解釋我在某個員工薪資袋上的失誤，我注意到紋在她手臂上的數字[49]，嚇得在椅子上往後一退。像這樣的時刻，突如其來出現，總讓我苦惱萬分。我覺得它們是被上帝送來提醒我，我在日常生活可以享有平安和快樂，但我永遠不該忘記自己參與過的恐怖計畫，我的靈魂深深刻下了有罪該罰的傷疤，正如那些號碼刺在艾倫森小姐的手臂上。

「妳千萬不要害怕，親愛的，」看到我臉色多慘白時，她告訴我，「可是我拒絕藏起來，讓大家看到這些數字並且記得這件事，是很重要的。」

「妳家人呢？」我問，話語頻頻卡在喉嚨。

「都走了，」她告訴我，臉上掠過的神情夾雜了憂傷和認命。「我父母、祖父母、兩個兄弟和一個姊妹都走了。現在只剩我一個人了。可是我們回到這個薪資袋上頭吧。我們可不能讓這可憐傢伙被剝奪了他應得的工資。」

我想不到該怎麼回話，但那晚回到住處時，我痛哭流涕，從我抵達英國以來不曾哭得這麼慘過，雖然我無法動手戕害自己，但是像那樣的夜晚，我睡去前會向上天祈禱自己早上不會再醒來。

不過，我是在哈洛德百貨工作期間認識大衛和艾德格的，但我先跟艾德格說上話。有天下午，艾德格在百貨賣場上攔住我，我當時穿過紳士晚禮服區，要找一位銷售員，他沒回來向我通報，前一週是否超領了一鎊薪資。我四下張望要找那位不誠實的年輕人，這時一個身穿藍西裝的男子走過來，往空中舉起一手，彷彿我是輛路過的公車。

「打攪了，小姐，」他說，「請問妳在這裡上班嗎？」

「是，」我承認，「可是我恐怕不是在賣場上工作，我看能不能替你找個銷售員過來。」

「其實，我不是要買東西，」他說，「我在找一個朋友，也許妳認識他？大衛・羅瑟倫。我們要一起吃晚飯，我想妳沒碰到他吧？」

我搖搖頭。我確實認識大衛，他是這層樓的副理，以極快的速度在部門裡步步高升，不過我們到現在都還沒機會說上話。辦公室裡的女生都暗戀他，因為他長得很像丹尼・凱耶[50]。不過，他曾經朝我的方向望來一兩次，露出狀似讚許的笑容，當時我太害羞並未回望，我們兩人至今都還沒找到理由互動。

「羅瑟倫先生通常都潛伏在這一帶。」我說，轉頭掃視這個樓層，然後立刻後悔自己的用詞。艾德格笑了起來。

「潛伏，」他說，「妳說得好像他是居心不良的傢伙。」

49 納粹士兵在集中營內猶太人的手臂上留下編號刺青，以便在囚犯因為飢餓、疾病或暴行而死之後方便辨識，據悉，奧許維茨是唯一會對囚犯進行烙印刺青的集中營。

50 Danny Kaye（1911 – 1987），美國演員、歌手和舞者。

「不，我沒有那個意思，」我回答，稍微紅了臉。「我只是……抱歉，請不要告訴他我那樣說，他可能會誤會。」

「我把嘴封起來了，」他說，在嘴前橫著打了拉鍊手勢，我綻放笑容。雖然他長相普通討喜，但有張和氣的面龐，眼神溫暖，淡淡的鬍鬚給人某種生之喜悅感。左耳下方有道傷疤，我不禁好奇他是否在戰時受過傷，但我轉眼就揮開這個想法，因為他頂多比我大一兩歲，所以在戰火高漲期間頂多只有十四歲。「噢，他在這裡。」艾德格片刻之後說，看到朋友信步走來。我轉身便看到大衛穿越樓面而來。

「艾德格，」他說，開心咧嘴笑著，「抱歉讓你等候。」

「不要緊，你同事在這裡……小姐？」

「威爾森。」我說。

「有威爾森小姐陪我。」

「那你是個幸運的男人，」大衛說，現在衝著我微笑，「因為威爾森小姐從來不陪我，事實上，她似乎老是刻意躲開我。」

「沒有，我沒有。」我說，想不通他為什麼有這種念頭，更不要說大聲說出口。

「唔，我們從沒講過話，是吧？」

「只是一直沒機會罷了。」

「要我讓你們兩人獨處嗎？」艾德格問，「你們可以自己把事情理個清楚。」

「不需要。」我說。

「威爾森小姐，妳下來這邊有什麼事嗎？」大衛問，「妳通常不會混跡於一般人之間。」

「我在找男人。」我說。

「威爾森小姐！」

「我是說，其中一個銷售員，德文奈先生。」

「妳願意跟那個年輕老粗講話，卻不願意跟我說話？」

我盯著他，不知道該說什麼。我機智應答的能力不足，跟不上那種步調。

「他需要有人罵他一頓，」我終於說，「我是說，德文奈先生，我就是來這裡念念他的。」

「他做了什麼事？」

「我寧可不說。」

他點點頭，不再追究，指著樓層另一側。我向他道謝，和艾德格道別，然後繼續往前走，但我沒走多遠，大衛就追上來，抓住我的手臂。

「很抱歉，威爾森小姐，」他說，一臉歉意，「我剛剛可能有點無禮，我想要表現出幽默，但話一講出口就造成反效果。」

「我只是不懂，你為什麼要說我避著你。」

「是，妳當然不懂，」他回答，「事實是，是我一直在躲妳。」

「為什麼？」我問，皺著眉。

「免得說出愚蠢的話。我不想害自己丟臉，讓妳覺得我是白痴。反正現在我臉都丟光了。」

我感覺血流湧上臉龐。他在跟我調情嗎？已經這麼久沒人這樣對我，我無法確定自己能夠辨認那些跡象。

「不要緊。」我說，既想留下又想離開。

「所以妳不認為我是呆瓜？」

「我什麼都沒想。」

「那麼如果找個時間邀妳去喝杯琴湯尼，妳願意來嗎？」

「你怎麼會認為我喝琴湯尼？」我問。

「大多女生都喝。」

「我不是大多女生。」

「好吧，那妳喝什麼？」

「啤酒。」我說，這是真的，我畢竟是德國人。

他蹙起眉頭。我可以看出他內心有一部分認為這種偏好很不淑女，但我不在乎。要是不接受我原本的樣子，那麼就算了。

「那麼如果找個時間邀妳去喝啤酒，妳會來嗎？」

他回頭朝艾德格一瞥，然後再次看著我。

「只是因為如果我現在不邀妳，我很確定我朋友會，他比我好十倍，所以我會失去機會。」

我望向艾德格，然後回頭看大衛。兩個男人竟然都對我有興趣，還真是意想不到。

「星期四晚上，」我說，「六點到薪資部來找我，我們去找個安靜的地方。」

接著，我一心不想失去在對話裡占的上風，直接趕回辦公室，坐在位子上吃吃竊笑，對自己非常滿意。幾個小時後，我已經上床就寢，這才意識到我忘了去追那個不誠實的德文奈先生，可是我現在暫且把這件事拋到一旁，決定讓他留著那一鎊。他可能幫了我一個大忙，所以那一英鎊的每分錢，他都拿得理所當然。

3

我這輩子一直刻意抗拒建立交友圈，可是現在需要傾吐心事的對象時，卻感覺到那種匱乏。跟艾力克斯・達西－威特在花園的那場對話之後，我感到害怕和不安，迫切需要找人談談。過往也許有段時間，我可能會去敲海蒂的門討論這件事，但那種日子已是前塵往事了。

我坐在客廳裡，在手機上翻看通訊錄，後悔沒有更多人脈。我的手指在卡登的電話上流連，但最後決定不要打給他，害怕他把我跟鄰居之間的衝突當成進一步的藉口，要我賣掉房子，搬進退休社區。我只剩一個選擇：艾蓮諾。

令我詫異的是，她在兩個小時內就抵達我的公寓，解釋說她重排了上午的約診，顯然將我排在「優先」位置。另外，她搭計程車趕來，我覺得有點奢侈，而且還帶了兩份外帶咖啡和布朗尼過來。

「妳太客氣了。」我邊說邊把它們擺在兩個碟子上，但為了她這個舉動暗自高興。

「噢，我們偶爾都應該享受一下，比太太。」她說，坐進艾德格的扶手椅裡。我綻放笑容——我就是忍不住——我真心開始喜歡這個女人。「所以怎麼啦？妳在電話上聽起來滿難過的。」

「是，」我說，「其實呢，我需要一點建議。我擔心某件事，可是對於自己要不要插手感到焦慮，怕我會為自己或別人帶來不必要的困境。」

「好。」她說，當她補了句，「告訴我可以怎麼幫忙。」我可以看到她受過的醫學訓練開始發揮效用。

「然後，我希望這件事妳知我知就好。」

「沒問題。」

「連卡登都別說。」

「瞭解。」

「跟我鄰居有關，」我告訴她，「有個新家庭搬到我樓下。」

「很吵嗎？」

「不，不是那樣的，」我說，搖搖頭。「問題是那個男的，那個父親。我想他可能有暴力傾向，我是說，對自己太太和兒子。」

她現在往後靠坐，透過鼻子沉重呼吸。臉上掠過的神情讓我知道，她對這領域並非一無所知。我立刻覺得如釋重負，因為選了對的人傾訴而覺得安心。

「全部都告訴我吧。」她說。

我聽話照做。我盡記憶所及，將目睹過的事情，鉅細靡遺告訴她。我必須稱讚她的是，我說話期間她靜靜端坐，不曾打斷我或質疑我，這點我相當感激。

「那個男的有點不大對勁，」我收尾，「然後今天早上又發生了一件事。」

「請說。」她邊說邊啜飲咖啡。

「我到樓下去查我的信箱，」我告訴她，「妳從前門走進來的時候，可能看到了，右手邊牆上有五個信箱。每間公寓都有一個。我幾乎再也收不到信件了，可是我喜歡每天早上查一查，以免萬一。我不是想要窺探，我保證我不是，即使我知道自己聽起來像是個愛管閒事的老太婆，可是那些信箱那麼接近達西－威特家的門，如果裡頭有任何騷動，幾乎不可能不聽到。」

「結果有嗎？」她問。

「有。」

「吵架嗎？」

「艾力克斯在對小男生大吼，」我告訴她，「他說了很糟糕的話。」

「像是？」

我稍微紅了臉，去回想令人難受。

「說吧，」艾蓮諾用和善的語氣說，「讓我知道的話，我就能更瞭解。」

「艾力克斯吼說，如果他再他媽的尿溼床鋪，就要把他丟出他媽的公寓窗外，」我說，邊說邊垂眼看著地板，我很討厭聽到自己嘴裡吐出那樣的字眼，但我覺得為了讓艾蓮諾完整體會那個男人的怒氣，重現對話相當重要。「他跟小男生說，現在都九歲了，不是個他媽的嬰兒，每個他媽的早晨進去叫他起床時，不應該被他媽的尿臊味襲擊。我可以聽到小男生在哭，然後傳來恐怖的聲響，一聲尖叫，然後一切恢復平靜。」

「什麼樣的聲音？」艾蓮諾問。

我東張西望，只有一個方式可以解釋。我站起來並走到邊桌那裡，將手掌用力打進木頭的中央，嚇得她彈起來。然後走回自己的座位。

「他打了小男生？」她問。

「一定是。我太害怕不敢留在樓下，我怕他一出來發現我在那裡，可是我也不想坐視不管。所以我回到樓上，穿上鞋子外套，離開樓房，沿著街道走向公車站，就是亨利和麥德琳每天早上上學會搭的公車。我必須在那裡等個足足二十分鐘，但最後他出現了——我是說那個小男生，垂著頭朝我走來。他走到我身邊時，我叫了他的名字，他嚇了一跳抬起頭，害怕得不得了。很明顯他一直在哭，臉上有個紅痕，看了就驚心。」

「那個混蛋，」艾蓮諾說，雙手握成拳頭，「妳跟他說話了嗎？跟亨利，我是說。」

「我問他還好嗎？他只是點點頭，什麼都沒說，顯然並不想說話。我可以繼續追問，可是公車在那一刻來了，他跳上車直接走到後段座位，我站在街上盯著他的後腦勺。可是公車啟程的時候，他轉過頭來看著我，眼神……眼神……」

我忍不住哭了起來。艾蓮諾衝過來坐在椅子側面，手臂攬住我的肩膀。能夠被人擁住很有撫慰作用。艾德格死後，我想我不曾感覺被另一人類的手臂擁著。

「不要緊，」她說，「還好妳跟我說了。」

「我不知道該怎麼辦，」我告訴她，現在從口袋抽出手帕，抹乾眼睛。「我確定他虐待妻兒，可是我不敢跟任何人說。他給人很重的威脅感，妳不會跟別人說吧？」

「如果妳不希望我說出去，我不會說的，」她說，「可是我對這個主題稍有認識，我有個朋友，她先生愛動粗，她花了好幾年時間才鼓起勇氣離開他。」

「可是她最後離開了吧？」我問，滿懷希望仰頭看她，心想麥德琳可以做類似的事情，帶著亨利遠走。「她最後離開他了吧？」

「是的。」她回答。

「唔，我想，這樣很不錯。」

「只是他糾纏不休，最後害得她坐輪椅。」

我在椅子裡一震。這樣的暴力令我恐懼，嚇壞了我，將我拖回到過去。

「答應我妳誰也不說。」我說。

「如果妳不要我說，我不會的，」她說，「可是我們不能任他繼續傷害他們，我們必須採取行動。」

「我知道，可是我必須先想一想，再決定該怎麼因應這個情勢。我不希望冒險讓他追殺我。我可以信任妳吧，艾蓮諾？」

「可以的，」她說，「我保證。」

「我跟妳說過的事，」我語氣試探地說，「就是在福南梅森超市那天說的，卡登小時候我住院一年的原因，妳沒告訴卡登吧？」

「沒有，」她回答，「我跟妳說過我不會告訴他，我是不會打破承諾的人。」

「謝謝妳，親愛的，」我說，「我就知道我能信任妳。老實說，我很不想要重提過去，在那裡只會找到折磨，沒有別的。」

4

我對大衛的感覺，跟我對庫特或艾密爾都不同。庫特代表了我對慾望的啟蒙；艾密爾提供我機會，逃離與母親窒悶封閉的共同生活。

可是大衛跟他們都不一樣。令我歡喜的是，他們兩個極為嚴肅，而大衛卻非常風趣，而到目前為止我對這樣性格的人很少接觸。他不會坐著高談闊論政治或歷史，而是徹底活在當下，拒絕討論過去或未來。我們一起去看舞台劇、聽音樂會、看喜劇秀。我們到倫敦守護神劇院看艾迪·費雪[51]表演，在我生日的時候，到皇家愛爾伯特音樂廳聽喬史黛芙[52]唱歌。雖然我們都替哈洛德百貨工作，但下班之後不曾談及我們的工作，因為他覺得說人長短很無聊，而且我們同事的私人生活也很乏味。他擁有自己的公寓，小雖小但舒適，是克拉珀姆一棟房子的頂樓，我們晚上一起出門活動之後，他總是帶我回家過夜。對於性愛，他毫無顧忌，也不像其他年輕男人那樣害臊或焦慮，而是以無比熱忱擁抱生活中的感官面向。我對這世界幾乎沒有什麼經驗，不大知道對性關係該期待什麼。可是，不久我便渴望他的碰觸。即使我對這方面懵懂無知，也知道這個年輕男人很清楚自己在做什麼。

「在我之前，你交過幾個女朋友？」某晚在特別激情的雲雨過後，我問，他坐起身，背後靠著枕頭吞雲吐霧，我躺在他身邊。

「妳真的想知道？」他問，頭往後仰起，淺淺一笑，往空中呼出完美的煙圈。

「如果你想告訴我。」

「就看妳是指真正的女朋友，或只是情人。」

「有差別嗎？」

「當然了，只有三個算得上是正式女友，其餘就……」他想了一下，「我不知道，上過床的可能另外有一打吧？」

也許有些女生會因為他這樣坦承而覺得倒胃口，可是我一點都不介意。相反地，我喜歡他閱人無數，不只因為這樣他知道怎麼滿足我，也因為在他的陪伴下，我終於覺得自己像個大人。他比我這輩子相處過的大多數男人都世故得多：在百貨倉儲工作，緊張兮兮的男孩；負責管理樓層，態度傲慢的花花公子，對顧客百般奉承，卻處處貶低底下工作的女孩；在辦公室呼風喚雨，卻對母親唯命是從的膽怯男性，比起赤裸裸的身體，他們跟計算機相處起來顯然更為自在。

「妳呢？」他問，翻身過來，倚在一條手臂上，直直看著我的眼睛。「有過多少個男人？」

「只有一個，」我告訴他，「而且他當時只是個男孩。」

「妳不是認真的吧？」

「我是。」

51 Eddie Fisher（1928－2010），美國歌手、演員，是美國一九五〇年代的超級巨星，唱片銷量達數百萬張。

52 Jo Stafford（1917－2008），美國傳統流行音樂歌手兼偶像女演員。

「可是怎麼這麼少？一定有不少人追求妳吧。」

對於我經驗這麼少，他沒有露出高興的模樣，也不因為我有過任何經驗而反感。反倒為我的天真好奇不已，甚至覺得同情。

「那不是我被養成的方式。」我老實告訴他，他不以為然搖搖頭。

「女生都這麼說，」他說，「真是浪費時間。儘管跟合意的成年人上床吧，我都這麼說。人生稍縱即逝，沒空玩心理戰。如果我們從過去十五年學到了什麼，就應該是這個。」

我們晚上到酒吧去時，他最好的朋友艾德格勢必會跟著來，我不介意，因為我喜歡他的陪伴，正如我喜歡大衛的，這對朋友非常親近。事實上，我懷疑如果我試圖干涉他們的友誼，或是拆散他們，最後敗下陣來的會是我，而不是艾德格。

我納悶艾德格為什麼沒有自己的女友，有天晚上我們在梅費爾的幾內亞酒吧時，我小心翼翼問起。

「前一陣子是有個女生，」大衛告訴我，「她叫米莉森特，還是維罕米娜，反正就那類可怕的名字。艾德格，那個女生叫什麼？就是讓你為之瘋狂的那個？」

「艾格莎。」艾德格正在吧台等著點飲料，大衛竟然不在意在人潮擁擠的房間裡，大聲提出這麼私人的問題，艾德格竟然也不反對回答，而我男友竟然嚴重記錯那可憐女孩的名字，這一切都讓我忍俊不住。

「艾格莎，對喔。」大衛說。艾德格回來坐下，將三份飲料擺在我們面前，一品脫給男生，半品脫給我，雖然我也說要一品脫，但酒保拒絕我，威脅說要是我堅持，就要把我們全部趕出去。「你能想像在激情時刻，大喊艾格莎這個名字嗎？」大衛說了下去，

「會毀掉那個時刻，你不覺得嗎？」

連艾德格都笑了。「其實，我們沒發展到那個地步，」他承認，「艾格莎不接受婚前性行為。」

我試圖顯得跟他們兩人一樣世故，決定用讚許作為附和。

「真不知道她怎麼有辦法不對你上下其手。」我說，我這番話似乎讓艾德格覺得受寵若驚，並對我咧嘴一笑。

「嘿妳！」大衛嚷嚷，哈哈笑。

「唔，他還滿迷人的，你不覺得嗎？」

「百分之一百，如果我有那種傾向，絕對會出手。」

大衛這個反應卻讓我一驚，但我不吭聲。

「可憐的艾格莎，」大衛說，「反正她也配不上你，你需要多點生命力的女人。」

「你目前有心上人嗎？」我問艾德格，讓我詫異的是，他竟然紅了臉。

「算有吧。」艾德格承認。

「你竟然沒跟我說！」大衛說。

「那你怎麼不邀她出去？」

「她有男朋友了，最棒的女生一向都有。」

「那就把她搶走嘛，」大衛要求，「採取行動，跟她說你對她有感覺。」

「不行，」他說，搖著腦袋，「不行，我沒辦法，反正她也不會接受。」

我們在那時換了話題。大衛去上洗手間時，我才再次提起。

「如果你有交往對象，我們就可以四個人一起活動，」我告訴艾德格，「會滿好玩的，不是嗎？」

「我跟艾格莎交往的時候，跟大衛試過，」他說，「結果不順利。」

「為什麼？」我問。

「她不喜歡大衛，」他說，「其實她受不了大衛。」

我皺起眉頭。我發現很難想像有人會不受大衛魅力所吸引。他英俊世故，相處起來樂趣橫生。

「她肯定是瘋了。」我說。

「噢，見怪不怪了，」他回答，「到處都是那樣的女生，男生也一樣。他們不多說什麼，可是你知道他們在想什麼。」

「想什麼？」

「唔，他們不……妳知道的。」他表情有點不自在。

「他們不怎樣？」我問，真心困惑，我不懂他在暗示什麼。

「他們不喜歡他那樣的人。」

「『他那樣的人？』」

艾德格往前傾身，壓低嗓門。「他們就是不喜歡猶太人，」他解釋，「那種狀況一直都存在，我想。那種偏見。妳也知道狀況，到處都有偏執的人，而且那場戰爭也沒幫助，看來只是雪上加霜。讀到後來發生的事情，集中營等等的，真的令人憤慨。新聞現在一直在播報，有那麼多人在尋找答案。有些人說，那種事當然從來沒發生過，全是搬演出來的，可是我想不是這樣。妳覺得呢？我看過照片，讀了幾本相關書籍。其實，下星期帝國戲院要放映一部紀錄片，妳對歷史有興趣嗎？我有，那是我的領域，我總有一天想到大學教書。老天，我霸占了對話，是吧？妳一個字也沒說。妳還好嗎？葛蕾朵？妳看來有點不舒服的樣子，妳不介意我這樣說吧。不是因為啤酒的關係吧？如果妳想要，我幫妳點個口味較輕的東西。」

我搖搖頭。不是啤酒的關係。直到這一刻我才瞭解什麼叫「不寒而慄」，就在他說話的當兒，我似乎親身體驗到了。我全身每條筋肉都在發寒，胳膊和頸背上的寒毛全豎了起來，我怕我就要吐了。大衛當然是猶太人了。要不是我愚不可及，對世界渾然無知，打從一開始就該察覺，畢竟單是從他的名字就能看出來。可是我就是壓根兒沒想過。我的注意力一直放在他的吸引力，以及他在床笫之間給我的歡愉上。

大衛端著更多飲料回來並坐下。「大衛，」艾德格說，「我正在跟葛蕾朵說下星期帝國戲院要放映的紀錄片。我們應該去，你不覺得嗎？」

「噢好啊，」大衛說，「我當然沒有艾德格那麼迷歷史，」他補充，轉向我，「可是我滿有興趣看看的。看看那些他媽的納粹實際上長什麼樣子。」

「抱歉，大衛，」艾德格說，「我希望我沒——」

「不要緊，」大衛說著便轉回去，對著朋友微笑。「只是，唔，我還沒機會跟葛蕾朵說我那部分的人生，只是那樣罷了。」

「哪部分的人生？」我問。

「以後再說吧，」大衛說，「今晚的唯一重點是找樂子。」

5

九十一歲長者朋友寥寥無幾，這點沒什麼不尋常的——到了這時，認識的人大多已經過世。但是跟九十一歲的人同等孤單，才教人意外。亨利搬來以後，我從沒見過他身邊有同齡的孩子，我開始納悶原因為何。他在學校交不到朋友嗎？我自問，還是大人不准他帶人回家來玩？

不過，跟發條裝置一樣規律的是，我會發現他在花園裡看書，艾蓮諾來訪後的幾個下午，只要望出窗外，就會看到那個小男孩全神貫注在他最近的一本書裡。我決定加入他的行列。

「哈囉，亨利。」我走近的時候說，他抬起頭露出笑容，把書本擱在大腿上。

「哈囉，芬斯比太太。」他說。

「前幾天在公車站，我們沒機會說到話。」

他現在別過頭去，也許不願回想自己在那時候的奇怪行徑。臉上的痕跡已經在這期間淡去。

「我那天上學遲到了。」他解釋。

「你那時候看起來很難過。」

他沉默片刻，不願回答。

「可以跟你一起坐嗎？」

他點點頭，在板凳上移開了點。

「我最喜歡坐在外頭這裡曬太陽。」我坐下時，滿足地嘆口氣並告訴他，「住在倫敦中區，能有這個私人空間，是非常幸運的事，你不覺得嗎？」

「我更喜歡公園。」他說，指的應該是海德公園。

「你跟朋友去過嗎？」我問，他搖搖頭。

「他們不讓我去。」他說。

「為什麼不行？」我問。

「我要跟誰去？」

我皺起眉頭。「你一定有同樣年紀的朋友吧。」

他思索這一點，額頭皺出紋路。「學校有處得來的小孩，」他說，「可是我只會在那裡跟他們碰面。」

「唔，這也太荒謬了，」我說，「你這年紀的小男生應該成天都有朋友跑進跑出，一群吵吵鬧鬧、煩死人的小搗蛋，這樣我才能跟你媽媽發發牢騷啊。」

我對他微笑，他笑了一下。想像自己身邊有一幫朋友，似乎滿高興的。

「你媽媽還好嗎？」我問，「從她出院回家就沒看到她。」

我刻意不到樓下去敲一號公寓的門，不只因為艾力克斯·達西－威特警告我勿進。我自己有親身體驗，知道長期住院之後回歸母職有多麼困難。雖然我住院時間比麥德琳久得多，但我想她對於前陣子出了事感到尷尬。我也預料，她會遵從先生的指示，避免跟我交談。就像我，也不准跟他兒子說話。

不過我至少不理會那個命令。

「她睡很多。」他說。

「有人照顧她嗎？」

他眉頭一皺，因為這個提問而困惑。「我在照顧她啊。」他回答。

「可是你只是個小男孩，」我說，「如果你在照顧她，那誰照顧你？」

他聳聳肩。再過幾年時間，他長到一個年紀，到時稱他為「小男孩」，肯定會讓他覺得被冒犯，然後堅持說他不需要任何人的照顧。可是目前他因為無人可以求救而有些苦惱的樣子。

「亨利，」我說，瞥向窗戶確定沒人在看，「如果可以，我想跟你好好談談。我保證，不管你說什麼，我都不會說出去。可是我需要你跟我說實話。你辦得到嗎？」

「我都說實話啊。」他說。

「我確定你是。」

「要不然爹地會生我的氣。」

「我想談的就是你爹地的事。」我說。他現在別開視線，我知道我遣詞用字必須小心，要不然會把他嚇回屋裡。「你很愛你爹地吧？我想？」

「對。」他說，點著腦袋。

「他對你很好嗎？」

他想了想。「有一次，他帶我去迪士尼樂園，」他說，「他跟經營樂園的女人有合作關係，所以我都可以排在隊伍最前面。」

「聽起來好棒，」我說，「我從來沒去過，我錯過了很多好東西嗎？」

「絕對的。」他回答。

「他對你媽咪好嗎？」我說下去。

這一次，他花更久時間回答。「他說媽咪很笨，說她從來都不聽話，說她必須學到教訓。」

「我一點都不覺得你媽咪很笨，」我說，「其實，感覺她是個非常有趣，腦袋有很多想法的女人。她想要表達那些想法，只是沒有機會這麼做。她想當演員，你知道嗎？其實她在認識你爸爸以前，原本是演員喔。」

「做媽咪的不能工作，」亨利說，「爹地說的。做媽咪的本來就應該待在家裡，別人要她們做什麼，她們就做什麼，不可以一直問那些不關她們的事。」

我皺眉。這種話感覺很成人，肯定是不小心聽到的，只是鸚鵡學舌，有樣學樣說給我聽，小時候我弟弟也老是這樣。

「如果別人要她們做什麼，她們不做，會發生什麼事呢？」我問。

「就會有……」他掙扎著要說這個字眼，「後果要負。」他終於說出口。

「原來，」我說，「對你來說，也有後果要負嗎？如果你調皮的話？」

他點點頭。

「什麼樣的後果？」

他憑著本能將右手搭在左手臂上，我突然想到即使天氣這麼溫暖，他還是穿著長袖襯衫。我伸手過去，想要捲起袖子，但他抽開身子。

「不要。」他說。

「拜託。」

「不行。」

「給我看看吧。」我堅持，「我不會傷害你的。」我現在牢牢握住他的手臂，動作迅速將袖子往後一拉。一條胳膊上有個大瘀青，肯定是幾天前發生的，現在化為了刺眼的黃和紫。「這是怎麼回事？」我說，「是誰弄的？」

「我跌倒了。」他說，把手臂抽走，拉下袖子掩住傷勢。

「你發生意外的次數也太多了吧？」我說。

「我跌倒了。」他重複，現在抬高音量，語氣更加堅持。

「要是我說，我不相信你呢？」

「可是是真的啊！」

「這是誰弄的，亨利？誰一直在傷害你？你可以告訴我的。」

「沒人！」他喊道，「我跌倒了，只是這樣。」

樓房後側的門開了，麥德琳走了出來。看到我跟她兒子講話，我從她的表情可以看出，她並不高興。

「別跟她說，我說了什麼。」他壓低嗓門說。

「可是你什麼都沒說啊，」我強調，我現在也壓低嗓門，「拜託，」我說，「我必須知道，如果你告訴我，我才能阻止這種事再發生。」

他從板凳上跳下來，直直站在我對面。麥德琳從門口呼喚，堅持要他回到屋裡。

我們。」

「我什麼都不能告訴妳，」他說，「他跟我們說過，要是有人發現，他會怎麼對付

「發現什麼？」我問。

他望向母親，然後回頭看我。「他是怎麼傷害我們的。」他說。

我嘆口氣，感覺就快能讓他敞開心房了。真希望他母親可以回屋裡，好讓我們繼續聊下去。可是這可憐的孩子現在一副害怕又矛盾的樣子。我看得出來，他想從我身邊逃開，卻又希望我永遠不要放他走。

「他會做什麼？」我問，「如果有人發現，他說他會做什麼？」

「亨利！」麥德琳現在用吼的。亨利轉過去看她，但在離開我身邊之前，湊到我耳邊說悄悄話。

我已經幾十年沒聽過這麼令人膽寒的事情。

6

想當然耳，我並不怎麼想看那個紀錄片，不過，大衛和艾德格都躍躍欲試，而我當時跟大衛的關係，還在時時刻刻想跟他同進同出的階段。

影片的標題很單純，就是《黑暗》。雖然戰爭已經結束八年，這還是個天天受到熱議的話題。探索那些年間事件的書籍開始出現，而歷史學家只是搔到了表面，往後還得投注幾十年時間研究。艾德格當然就是其中一個歷史學家。假以時日，第二次世界大戰

會成為他專精的領域，而他最知名的作品就是三冊成套的敘事，曾經贏得大大小小的獎項，讓他在學術圈裡成了名人。

燈光暗下時，我的頭一個念頭是我要閉上眼睛，試圖忽略銀幕上的動靜，但當然了，旁白毀了我的計畫，我別無選擇只能觀看。

開場很單純，就是概述導致德奧合併[53]的那些年。然後張伯倫先生抵達慕尼黑，跟希特勒會面，懷抱著天真的信心回國，以為可以「為我們這個時代帶來和平」。接著是所有猶太人的護照被宣告失效，重新發下以血紅墨水印下字母「J」的護照。**水晶之夜**[54]。入侵波蘭。坦克。盟軍。元首令人迷醉的演說。觀眾看得目不轉睛，全心投入在距今不遠的過去上，只要出現英國軍隊出戰的片段，便放聲歡呼。

不久，影片轉往上薩爾茲柏格，希特勒位於山頂上的避居地——「鷹巢」，我們看到的片段取自蘭妮·萊芬斯坦[55]拍攝的影片，幾個第三帝國的資深成員聚在那裡共度週末。當然有希特勒本人，還有希姆萊、戈培爾、海德里希、伊娃·布朗[56]。有個管家傳著酒杯，一襲希特勒青年團制服的年輕男孩端著放了起司和脆餅的托盤。整體說來，這群人狀似相處甚歡。要不是因為熟悉每個人是誰，知道他們做了什麼，以及往後會做什麼，看起來就像是朋友歡聚一場，在山頂上享受新鮮空氣，受到善心主人盛情款待。可是就在這裡，敘事者告訴我們，關於終極解決方案的眾多對話就是在這裡發生的，種種圖解在銀幕上隨之展開：容納囚犯的小屋的設計示意圖，毒氣室的草圖，火葬場的素描。

此時觀眾鴉雀無聲，席間某些區域傳來有人抽鼻子的聲音。有一兩個人站起來離開，應付不了眼前正在上演的畫面。當然了，有很多人都失去了親人。

「妳還好嗎？」有一刻艾德格對我小聲說，我如此專注在眼前的畫面上，差點嚇得從椅子上彈起來。

「我沒事，」我小聲回答，「為什麼問？」

「妳的手。」他說，我往下望去。原來我一直緊緊揪著椅子把手！直到現在才感覺到痛，我鬆開雙手，反覆伸展手指，好讓血流暢通。我什麼都沒說，對艾德格微微一笑，回頭去看銀幕，他也一樣。

不久，我們就看到火車載著猶太人，從歐洲各地將他們送往厄運，有些人一臉恐懼，有些人一臉天真的信任；孩童臉上的焦慮。影片拍攝他們抵達營地，由士兵分成幾組，男人在這邊、女人和孩子到那邊；步槍隨時準備對付不聽話的人。滿臉想跟家人待在一起的迫切渴望。

實在令人難以直視，可是我的眼睛卻片刻不離銀幕，我想起我曾經參與其中。男人早

53 Anschluss，一九三八年三月十二日納粹德國武裝占領而後併吞奧地利的事件。

54 Kristallnacht，字面意義為「碎玻璃之夜」，意指一九三八年十一月九日至十日凌晨，納粹黨員與黨衛隊襲擊德國全境猶太人的事件，一般視為是對猶太人有組織屠殺的開始。

55 Leni Riefenstahl（1902－2003），德國演員、導演兼電影製作人，由於為希特勒納粹黨拍攝宣傳片而備受爭議，最著名的作品是一九三四年為德國納粹黨拍攝的宣傳片《意志的勝利》，戰後從事海洋生物紀錄片拍攝。

56 這幾個人依序為 Himmler（納粹德國內政部長、親衛隊首領，猶太大屠殺的主要策劃人）、Goebbels（納粹德國國民教育與宣傳部部長）、Heydrich（納粹高層，猶太大屠殺主要執行人）、Eva Braun（希特勒的長期伴侶，死前不久才成婚）。

晨拖著腳步出去上工；步入毒氣室時緩慢恐怖的行進，他們會在那裡度過人生最終時刻，喘著想要空氣。煙霧從煙囪頻頻湧出來，在附近的樹木和草地上落下駭人的灰燼。當我看到那些囚犯臉上的絕望，我別開視線，這時我注意到身旁的大衛正在哭泣。斗大的淚珠串串淌下他的臉頰，他一次又一次抹掉。我伸手要去握他的手，但他將我甩開。

這時，令我詫異的是，影片的配樂改變了，變得更歡樂，我回頭去看銀幕。旁白的聲音解釋，偶爾納粹會釋出宣傳影片，意圖讓世界以為那些營區不是受苦受難的處所，而能令人賓至如歸，得到極好對待的地方。影片裡，孩子在石子上蹦蹦跳跳、玩遊戲，男男女女談笑風生，心滿意足一起閱讀，享受陽光與社交。我越看越覺得不安，意識到影片這部分的拍攝地點是我熟悉的。

是另一地方。

遺忘已久的一抹回憶在我腦海裡攪動，當時有個拍攝影片的團隊被派到我們營區，為了準備他們的來訪，幾個比較健康的猶太人洗過澡也被餵飽，讓他們影片裡的偽裝有些可信度。那些電影器材讓我看得入迷，攝影機、收音桿、燈光。當時我還在想，也許總有一天我可以當上電影明星。

接著傳來一個新的人聲。

是父親。

由他提供一個場景的旁白，下方有英文字幕，他解釋囚犯一天有三餐熱食，可以使用圖書館，而且享有最好的健康照護。營區甚至成立了足球聯盟，他說，這是他的動議之一，因為他相信讓每個人維持健康和活躍是很重要的。彷彿為了確認這一點，畫面出現一群年輕人在玩足球，有顆球被踢進網子後側，射門得分的人高舉雙臂表示勝利，拔腿衝去擁抱他的隊友。對於不明就裡的人來說，這看起來就像正常生活的呈現。

不過，聽到父親熟悉的抑揚頓挫，我幾乎無法呼吸。他在句子之間微微吞嚥，也許因為不習慣麥克風，或者因為面對麥克風而畏怯。

片刻之後，鏡頭切至我們的房子。父親正坐在辦公室裡，在辦公桌後工作。我們住在那裡的期間，我路過那個房間許多次，但鮮少走進去，因為他堅持那裡閒人勿入，別無例外。轉眼間，畫面再次變換，此時他正在客廳，我的胃部一沉，等著即將上場的畫面。

在那裡，在一千或更多觀眾面前，是我全家圍著餐桌而坐：父親、母親、我弟弟、我。我們四人向我們鍾愛的元首阿道夫．希特勒舉杯致意。鏡頭緩緩掃過我們每個人，先是父親，一臉得意霸氣，然後是母親，美麗安詳，散發出平靜的氛圍。然後是我，我坐得筆直，陶醉於他人的目光，視線望向鏡頭後方；如果我沒記錯，庫特正在那裡看著，觀察整個過程，肯定希望自己也能參與其中。我屏氣凝神。大衛或艾德格會認出我來嗎？都過十一年了，當然，在那些影像裡我只是個孩子，但想到有可能被認出來，嚇壞了我。

接著，我聽到不知來自何方的聲音，是種低沉的悲號，恍如困在陷阱裡的獸類發出來的。很嚇人、非人類，活著的人不該會發出那種聲音。看來是從附近傳來的，令我詫異的是，我注意到大家朝我的方向轉來。

「葛蕾朵，」艾德格說，聲音滿是焦慮，甚至恐懼。「葛蕾朵，怎麼回事？」

原來聲音是我發出來的，從我身體深處。我盯著銀幕，看著親愛弟弟的爽朗臉龐，穿著襯衫搭毛料背心，靜靜吃著晚餐，眼神時不時往上瞥，努力不要在鏡頭前笑出來。

我弟弟，我失去的弟弟，名字我無法說出口的弟弟。

「葛蕾朵，」現在是大衛在說話，「葛蕾朵，妳別出聲——」可是不管跟我說什麼都已經太遲。我將門打開，衝進大廳，再到戲院門外。

強迫大家縮起腿讓我通過。我拖著自己勉強站起來，沿著那排座位踉踉蹌蹌，

有輛巴士朝我駛來。

速度飛快。

沒時間思考了。

我往公車前面撲去。

7

「所以是什麼？」艾蓮諾問，傾身向前，握住我的手，「小男孩說什麼？」

我深深吸口氣。幾天以來，那個句子一直盤踞在我的腦海裡，在這期間我感覺糟透了，混雜了恐慌、憤怒和驚駭。可是想到要把這麼可怕的字眼說出口，就跟緘默不談一樣令我恐懼。我閉上雙眼，我不想在我說出口的時候，目睹她的表情。

「亨利說，父親告訴他，要是有人發現他們家的狀況，他就會趁亨利跟母親睡著的夜裡，往他們身上潑汽油，然後對他們放火。」

「我的老天！」

我再次睜開眼睛。艾蓮諾鬆手掉了她那杯酒，以手摀嘴。半晌之後她才注意到酒灑

了，但潑到酒的是舊地氈，她說要拿廚房紙巾擦乾，我揮手表示不必要。

「比太太，」她說，「妳必須去報警，妳必須告訴他們。」

「我知道，」我說，「我知道我應該，可是——」

「沒有『可是』，」她喊道，「他威脅要殺了他們。」她現在拔高聲音，那種聲音只有在急診室待過，親眼見過有些婦女和孩子的狀況的人才發得出來，「總是這樣，總是他媽的這樣。抱歉……我不是故意要罵髒話。」

「不要緊。」

「只是……男人殺掉女人，因為控制不了她們。男人殺掉小孩，因為想到太太會把孩子從他們身邊帶走，以某種方式贏過他們，就無法忍受。妳必須告訴警方，讓他們去處理。要不然，妳知道事情會怎麼收尾。」

我點點頭。她說得對，當然了。可是我心裡很抗拒進一步涉入這個恐怖的家庭風波，不只因為我擔心自己的干涉可能會激起艾力克斯．達西－威特進一步的暴力行為，也因為我八十年來都避免跟司法系統有任何互動，想到現在要去接觸就提不起勁。

「要是他們出了什麼事，」艾蓮諾說下去，「而妳什麼都沒說，妳要怎麼帶著那種罪惡感活下去。」

我盯著她，這可憐的女孩對於我每天如影隨形的罪惡感一無所知。

「比太太，」她說，「比太太，妳還好嗎？抱歉，我不是想嚇唬妳，只是——」

「不要緊，親愛的。只是……是的。罪惡感。是的，我現在明白了，當然。」

在雪梨那家咖啡館的最後那個早上，庫特告訴我，他知道我永遠不會把他交給警方，因為那樣不只會終結他的人生，也會終結我的人生。

妳說折磨在妳生活裡如影隨形，唔，妳現在可以抹消那種折磨了，在雪梨咖啡館的最後那個早晨，庫特跟我說，**妳告訴我妳滿心悔恨，那麼就卸下那些悔恨吧。我的人生就掌握在妳手中。**從我寄信給辛西亞．科佐以來，已經事隔幾十年，結果只是一場空。如我預期的，她一定將那封信扔了。

所以，儘管我有所保留，一旦對艾蓮諾傾吐心事，就不可能回頭了，所以我發現自己正走向——或者說被押著前往——肯辛頓中央警局，艾蓮諾向辦公桌後的警官簡短描述我們的顧慮，他要我們到等候區坐下，我們在那裡停留將近一小時之後，有個年輕人走出來，客氣地請我們跟著他一起穿過空盪盪的走道。他將我們帶進小小的面談室，我們坐在桌子的一側，自我介紹為柯爾警官的刑警坐在另一側。

「我們從妳們的名字開始吧，」警官說，「妳們之間的關係是？」

「佛布斯小姐就要成為我的媳婦了，」我告訴他，我提供這個資訊時，聽到自己的語氣竟然含有一絲得意，出乎我的意料。「她再幾星期就要嫁給我兒子了。」

「妳工作嗎？佛布斯小姐？」警官問。

「我是心臟外科醫師，」她回答，他挑眉片刻，露出恰當的佩服表情。

「我猜妳退休了，芬斯比太太？」

「我都九十一歲了，警官，所以是的，你猜得沒錯。」

警官記下我們的住址、電話號碼，然後露出笑容。「所以，」他說，「今天是什麼風把妳們吹來的？」

很難拿捏該從哪裡講起，可是我覺得我應該從最開頭，李察森先生過世，史墨室內設計的艾莉森．史墨抵達開始說。

「我想不用回溯到那麼遠，比太太。」艾蓮諾溫柔地說，但柯爾刑警搖搖頭。

「可以給我們越多細節越好。」警官說，這讓我對自己說故事的能力更有信心，於是我敘述得相當徹底，將我跟三位達西－威特家的人之間的對話，就記憶所及鉅細靡遺說出來，還有我對他們本人、他們的傷勢以及互動的種種觀察。我邊說邊可以看出警官越來越憂心，尤其在我講到海蒂在腦袋一片清明的時刻裡，從麥德琳臥房出來，指示我打電話叫救護車來。我講到末尾的時候，我發現自己說不出亨利對著我耳朵低語的那些恐怖字眼，於是請艾蓮諾代勞。她這麼做的時候，刑警退縮一下，看著我，顯然非常不安。

「這樣沒錯嗎？芬斯比太太？」他問，「那個小男孩就是這麼說的嗎？」

「幾乎，」我告訴他，「只是艾蓮諾說，他會燒掉他們全部，但其實他說的是，**他會對他們兩個潑汽油，然後放火點燃**。我想，意思一樣，可是我想你會更喜歡我盡量講得精確點。講『全部』的話，是把他包括進去，但『兩個』指的只有他妻子和兒子。」

「是的，那是個重要的區別，」他說，記下這點，「妳絕對確定小男生用的是那些字眼？」

他直直看著我。我知道他腦袋在想什麼，他在納悶我是不是瑪波小姐[57]那類的人，

57 Miss Marple，英國知名推理小說家阿嘉莎．克莉絲蒂（Agatha Christie，1890－1976）筆下最著名的兩位偵探，另一位是白羅（Poirot）。

老是在尋找有待破解的謎團，然後直搗我尋獲的事物核心。或者也許我只是個寂寞的老嫗，為了掙得一點注意力而杜撰令人髮指的故事。他會這麼想似乎也無可厚非。我告訴自己，他會這麼想只是在做自己分內的事。可是我很清楚我看到了什麼、目擊了什麼，以及亨利對我說過了什麼。

柯爾刑警繼續在筆記本裡寫著，艾蓮諾和我默默坐著。我看她一眼，她露出鼓勵的笑容，然後掐掐我的手。接著，不出我所料，警官移往另一組問題。

「也許妳可以跟我說點妳自己的事？芬斯比太太。」他說。

「當然，」我說，「你想知道什麼？」

「首先，妳在哪裡出生？在倫敦這裡嗎？」

我只猶豫了一瞬。前來警局的路上，我下定決心要絕對誠實。我不會提供不必要的資訊，但也不會說謊。

「不，」我說，「我在柏林出生，一九三一年。」

「噢，」他說，驚訝地挑起一邊眉毛，「妳不說我絕對猜不到，妳沒有任何口音。」

「我十五歲就離開中歐了。」我說，希望他不會問我為什麼把地點講得這麼模糊，而不去提特定的國家或城市。

我可以看出他在腦袋裡快速盤算，決定替他省個發問的麻煩。

「戰爭結束的時候，」我告訴他，「我跟母親，敵對的狀態一過去，我們就離開了。」

「我祖父當時去作戰了。」他說。

「是嗎？」我問，「希望他倖存下來了。」

「是，他是，他當時在皇家空軍。」

我點點頭，但並未追問下去。我對交換戰爭故事並沒有興趣。

「總之，」他終於說，「妳在一九四五年來到英國，或是一九四六年？」

「也不是，」我說，「我和母親，一等恢復和平，我們就到法國待了幾年。她過世以後我搬去了澳洲，為了重新開始，我確定你能明白。可是那裡不適合我，我連一年都撐不過。」

「我可以問為什麼嗎？」

「你去過雪梨嗎？警官？」

「沒有。」

「那裡很熱，我招架不了，那裡的食物也不合胃口。」

他似乎相信了，又做了點筆記。

「還有妳家人，」他小心翼翼問，「在戰爭期間——」

「這真的有關聯嗎？警官？」艾蓮諾問，繼續保持禮貌，但聽起來有點沮喪。「這跟芬斯比太太樓下鄰居的狀況，不可能有什麼關係吧？」

他想了想。他看起來不是那種會因為女人質疑而惱火的人，片刻之後他點點頭。

「對，我想妳說得對，」他說，「抱歉，只是想知道一點背景而已。我自己恰好還滿迷歷史的，尤其是二次大戰。」

「我丈夫也是。」我說，打破了自己不提供多餘資訊的承諾。

柯爾警官瞇細眼睛，思索片刻。「妳先生不會剛好是艾德格．芬斯比吧？」他問，

我點點頭。

「是的，真剛好，」我說，「你知道他？」

「當然，他的書我都讀了，他是傑出的歷史學家。」

「聽了真開心。」

「其實我見過他一次，」他說了下去，「在一個文藝節上，他替我簽了本書。」

「警官……」艾蓮諾說，語氣越來越挫折，我真希望她不要打岔。我很樂意再多聽一下這年輕人對我先夫的美言。

「對，抱歉，回頭談正事。」柯爾警官說，現在挺身坐好，清清喉嚨。

「重要的是要確定這個達西－威特不會對自己家人造成危害。」艾蓮諾說下去，我真希望她不要窮追猛打。

「我會找他談談，這是當然的。」他說。

「能不能別提到我的名字？」我問，傾身向前，「我想盡可能不要捲進這件事。」

「我當然會盡量，」他說，套回筆蓋，「可是我沒辦法保證。妳覺得自己有危險嗎？」

我想了想。確實有，但我並不打算讓艾力克斯．達西－威特將我從家裡逼走，住進某種「安全之家」或不管刑警在考慮的任何地方。我這輩子已經換過夠多次名字了。

「一點都不，」我說，「我門上有安全鎖，如果他敲門，我不會讓他進來。」

「我想那樣最好，」他說著便站起來，「妳來找我們是對的。」

他跟我們兩人握握手，帶我們回頭穿越走廊，用他的安全感應卡讓盡頭的門打開。

「妳父親呢？」他問，「我想妳父親也參與了大戰吧？」

我搖搖頭並露出笑容。「我父親在我小時候就過世了。」我說，點頭道別，往外踏上街道。

我向自己承諾絕不說謊，而即使到最後，我也覺得自己一直忠於這份決心。

8

我醒來的時候，發現自己躺在醫院的病床上，想不起我住院的起因。我試圖坐起來，但移動身體感覺太痛，於是只是轉動腦袋、看看四周。病房裡另有五張床，但只有兩張床有人。在我旁邊睡著的竟然是艾德格，我清清喉嚨喚醒他。

「葛蕾朵。」他說，一臉如釋重負。令我詫異的是，他握住我搭在床被上的手，然後匆匆放開。

「發生什麼事了？」我問，困惑焦急。「我在這裡做什麼？」

「等等，」他說，跳站起來，大步往外邁向走廊。「我去找護士來，她會解釋所有的事情。」

「威爾森小姐？」她說，「我是芬頓護士。」

「我在哪裡？」我問，「發生什麼事了？」

「妳出了意外，有任何記憶嗎？」

「一點點。」我回答，我們上戲院的回憶慢慢浮現，還有我出乎意料的反應。

「幸運的是，沒有造成嚴重的傷害，」護士繼續說，「只是斷了一邊腳踝跟幾根肋骨。

妳的手腕也包紮起來了。妳很幸運，公車及時轉向，要不然可能會撞死妳。」

要是撞死我就好了，我暗地想，這樣就能一口氣跟人間煉獄永別。她在病歷上做了點筆記，告訴我，哈克特醫師不久就會過來看我。

「我必須在這裡待多久？」我問。

「再兩三天吧，我想，」她告訴我，「不會更多。」

她離開的時候，我望向天花板幾刻，然後意識到艾德格還站在床畔。為什麼是他，我納悶，大衛在哪裡？

「大衛今天必須上班，」他告訴我，預期我會想問，「我們一直在輪班。」

「輪班做什麼？」我問。

「坐在妳床畔。」

我對他微笑，感激他的善意，但還是驚訝他竟然為了我這樣不辭勞苦。大衛會這樣是當然的事，我跟他在交往。但艾德格呢？

「你人真好。」我說。

「一點都不。」

「我確定你有更好的事情可以做。」

「沒什麼比這個更重要，」他說，「我非常擔心妳。」

我對他微笑，他再次伸手過來掐掐我的手，然後變得有點難為情，便將手抽開。

「到底怎麼了？」他問我，語氣沉靜同情。「妳為什麼像那樣丟下我們跑出去？妳生病了嗎？」

「那部片子，」我告訴他，「讓我難過，只是這樣。」

「我們都覺得難過，尤其是大衛，可是——」

「我沒辦法目睹那樣的苦難，」我說下去，「我是說，我無法直視。」

「我懂。」

「告訴我，」我說，「我記得影片放映的時候，我在某一刻轉向大衛，他非常難過。」

「當然了，」他停頓片刻，再次開口時帶了點遲疑。「他跟妳說過了吧，我想？」

「他家人的事。」

「沒說多少，」我回答，「我知道他是孤兒，可是除此之外，他從沒真正談過。我問了，可是他不怎麼說。」

「那麼我可能不該說。」

我盯著他，越來越感到不安。

「不管是什麼，」我說，「我都想知道。」

他站起來走到窗邊，眉頭緊蹙，望向街道。我則默默不語，不願催促他。最後他轉向我，再次坐下，這一次直接坐在我病床的側邊，我沒料到他會有這麼親密的舉動。我在床被底下移動雙腳，撥出位子給他。艾德格渾身散發著慈悲感，大衛相處起來則比較費心思。

「大衛不是英國人，」他終於說，「妳至少知道這點吧？」

「不，」我說，聽到這點很意外，「我一直以為他是倫敦人。」

「他在這裡待了大半輩子沒錯，他在捷克出生，在納粹攻進布拉格以前逃出來。當時他只是個小男孩，十一或十二歲吧，我想。他的祖父母看出情勢的走向，準備離開，他們帶著他一起走。他姊姊當時住院要移除闌尾，所以他父母留下來等候，想在幾個星期後再帶她一起離開，可是他們沒成功。」

「他們後來怎麼了？」我問，雖然任何傻瓜都猜得到答案。

「特雷布林卡[58]。」他回答。

我點點頭，轉開臉，瞥向那些睡夢中的女人，巴望自己跟她們一樣跟世界斷去聯繫。

「總之，他祖父母在這裡將他拉拔長大，」艾德格繼續說，「他對自己人生早年真的沒什麼記憶。或者說即使記得，也不去談，也或許他只是不找我談。這件事他幾年前才跟我說，然後就再也沒提起。之後，有一兩次我曾經試圖跟他聊起，但他只是整個封閉起來。我常常納悶妳知不知道。」

「我不知道。」我說，不確定這是真是假。我內心是否有個部分一直在懷疑這點，只是沒有勇氣直接面對？

「也許我不應該告訴妳，」他說，「只是在影片結束後看到妳這麼激動，我想我應該解釋一下。如果是他，我可以理解。可是妳？妳可能會死的，葛蕾朵？妳為什麼那麼做？有個旁觀者……」

他現在頓住，搖了搖頭。

「什麼？」我問，「有個旁觀者怎樣？」

「她說妳彷彿是故意的，說妳自己撲到公車前面，彷彿……彷彿希望自己被公車碾過。」

我再次往上盯著天花板，是令人憂鬱的灰白色調，有幾百處裂縫。在這樣的時刻裡，把焦點放在那上頭似乎很蠢，可是我滿腦子只想到距離上次油漆一定已經很久。我感覺淚水在眼裡湧現，頃刻之後，淚水開始順著臉頰淌下。我用最快速度抹掉。

「那不是真的，」我終於說，「我只是一時失去方向。艾德格，只是這樣，只是太過激動。」

「我希望真的是這樣，」他回答，語氣如釋重負，「為什麼像妳這樣的人會試圖做那樣的事？」

「像我這樣的人？」我問。

「這麼美好的人，」他說，「妳聰明風趣又美麗。魅力無窮。沒有理由妳不想活下去。除非有什麼我不知道的事，當然了，」他現在盯著我，語氣微微尷尬，「說這種話真荒唐。」在我顯然無意回答時，他補了一句，「其實我對妳幾乎沒什麼認識，對吧？關於妳的上千種事情，我都不知道。」他猶豫起來，聲音微微嗆噎，「一百萬種事情，不過我還滿想知道的就是了。」

我再次看著他，詫異於這句話的親密感，我立刻在他眼裡看出來了。**噢，艾德格。**我暗想，轉開視線。我不曾看過有人對我露出那種表情，庫特沒有，艾密爾沒有，連大衛也沒有，但我認出其中的含意。

而這種事對任何人都沒好處。

58 Treblinka，納粹德國在二次大戰占領波蘭期間成立的猶太滅絕營，位於華沙東北邊的森林裡。

9

那個包裹就放在我的前門外頭，包裝紙看來非常高級，有條緞帶纏著，頂端繫了個精緻的蝴蝶結，另外附上小小的禮物標籤，上頭以不熟悉的字跡寫著**葛蕾朵·芬斯比**。我拿起來盯著看，不確定誰會留下這樣的東西在那裡，也不確定為什麼。不是我的生日——還要好幾個星期才到，而且我也不記得自己近來為誰行了什麼善舉。我從袋子裡拿出鑰匙，正準備進門的時候，海蒂的門打開，腦袋探出來。

「葛蕾朵，」她說，氣喘吁吁似地，「終於，我一直在等妳。」

「怎麼啦？」我問，「一切都還好嗎？」

她迎我進門，我猶豫不決跟了進去。我一直期待能在電視前面放鬆一下，可是不可能拒絕她。我把禮物或不管是什麼，放在邊桌上，跟著她走進客廳。她煩躁地來回踱步。

「到底怎麼回事？」我問。

「是奧布朗，」她說，「他說，到頭來我還是不能跟他去澳洲。」

「可是那肯定是好事吧？」我說著便坐下來，向她示意說她也該坐下。「妳原本就不想離開啊。」

「對，可是他說他不管我，要自己去了。這樣以後誰要照顧我？」

「妳認為他現在有照顧到妳嗎？」我問。

「唔，他會來看我啊。」她說，連對她孫子最溫和的批評也不願意聽。

「就我看來，他也不常過來啊。」

「可是我只剩下他了，」她說，「妳和艾德格一直對我很好，當然，可是——」

「艾德格不在了，海蒂，」我說，「記得嗎？」

「噢，對，」她附和，「他去參加會議了是嗎？在紐約嗎？」

我點點頭，跟她說真相也沒什麼好處。

「我會很想他的，是這樣的，我只是擔心。」她繼續說。

「唔，當然了，」我告訴她，「心情上是需要調整沒錯，可是妳會好好的，我保證。我們會互相照顧，妳跟我。我們不會讓任何人在違反我們意願的狀況下，把我們拖出冬市苑。卡登不久以前才跟我試過同樣的事，妳知道的，我狠狠訓他一頓，把他趕走了。」當然還加上一張十萬英鎊的支票，可是我選擇略過不提。

這番話似乎沒讓她安心多少，但我也無法再多做什麼。

「總之，他決定我應該做點房屋改造。」她片刻之後說。

「誰？」我問。

「奧布朗。」

我皺起眉頭，環顧室內，在我來來去去的這些年間，這裡不曾有多少改變。我納悶，他為什麼要她改造自己的公寓？改造成什麼？

「我不懂，」我說，「他要重新油漆嗎？還是買點新家具？」

「不，」她說，搖搖頭。「看看我能不能把這個說對。他說我可以把公寓賣給叫做第三方的對象，就可以把部分的錢給他，他就能在雪梨買新家，但我還是可以在這裡住到老死，而且不用付任何人一毛錢，這房子還會是我的。反正他是這樣跟我說的。這樣聽起來對嗎？」

「那叫做反向房貸[59]，」我說，糾正她，因為我在報紙上讀過這類的方案，總是覺得那是騙子和惡棍的領域。「這是他的主意，對吧？」

「他說這種方式很不錯，到時，可以取回……」她皺起臉龐，試圖回想那個字眼。

「產權？」我提議。

「就是，對，是個取回產權的好方法。」

「然後把房子給他。」

「我對錢的事實在不拿手，」她說，聳聳肩。「妳能不能跟艾德格談談，再跟我說他怎麼想？我知道我這樣聽起來很守舊，可是我真的認為男人對這樣的事，比女人擅長很多，妳不覺得嗎？」

「不覺得，不，」我說，「不過如果妳想聽聽他的建議，當然，我很樂意跟他談談，再讓妳知道他怎麼說。雖然如此，我想他應該不大可能會贊同。」

「謝謝，葛蕾朵，」她說，我們現在都站起來，她帶我走向門口，「妳真是個好朋友。妳總是照看著我，是吧？從妳搬進來的那天開始。」

確實如此，我是特意這麼做的。

「沒有妳我會迷失的。」她補充，有點惆悵。

我做了不尋常的事：我伸過手，朝她臉頰送上一吻，然後越過走廊回到自己的公寓。

我燒水準備泡茶，然後漫步走向窗戶，往外一看，預期會看到亨利坐在下方的板凳上看書，但花園空空如也。不過，我聽到通往花園的門開了，等著看他會不會出現，可是沒有，走到外面的是麥德琳，她一身黃色運動裝。她出院回來以後，我們就不曾碰見；幾天前報警之後，我也不敢在他們家公寓前逗留。

我看著她走到花園中央，她在那裡停步，頭往後仰並閉上雙眼，似乎吸進了新鮮空氣。她大大展開手臂，開始緩緩旋轉，一次、兩次、三次，然後腳步失穩——我想是因為暈眩——然後以蓮花坐姿席地而坐，雙手搭在膝蓋上，靜定不動。我想她在練習瑜伽，這是我不曾嘗試過的東西。我發現自己看著她，納悶能夠再次那麼年輕靈活會是什麼感覺，最後我聽到水壺沸騰彈起的喀答聲。我轉開身子，回廚房去沖熱茶壺。

幾分鐘之後我坐下來，想起稍早放在我公寓門外的意外包裹，我忘在海蒂的家。我很猶豫回去那裡，但滿想看看裡頭放了什麼，於是再次跨過走廊敲了門。

「我想我忘了東西。」她打開門的時候，我說，指著邊桌上包好的禮物。

「噢，葛蕾朵，」她說，一臉高興看到我。「真高興妳來了，我很擔心，是奧布朗的事。他說我還是不能跟他去澳洲。」

「是，我知道，親愛的，」我嘆口氣說，「這件事我們聊過了。我會跟艾德格談談的，記得嗎？」

59 Home reversion，屋主如果向銀行辦理以房養老，將房屋資產轉化為現金收入，房屋就是反向抵押貸款的抵押品，但是所有權和使用權都還是屋主（借款人）的。如果之後清償借款，房子就會回歸所有權人或繼承人。

「噢，對喔。」她回答，興致不高，因為我已經轉身要回自己公寓而覺得失望。我盡量不要覺得太有罪惡感，再次說了再見，回到了自己的公寓裡。

我坐下之後，移除蝴蝶結和緞帶，開始小心拆開包裝紙。包裝紙非常華麗，我想我下次包禮物給別人的時候可再利用。我納悶是否可能是卡登送的，但判定不可能，因為禮物標籤會寫給**母親**。接著我想到艾蓮諾，但我確定她會寫給**比太太**。不過，一等包裝紙拆開，看到裡頭的物品，我便知道不可能是他們當中的任何一個送的。

某個人，某個匿名的「第三方」（以奧布朗的用詞），送了我一本書。

我將書舉在面前，雙手發抖，試圖理解箇中含意，仔細讀著標題：**最終解決方案：希特勒的猶太人滅絕計畫**。

我緊張地打開，翻了幾頁。這不是大眾歷史書籍，不是艾德格寫的那種，而更像是學術作品，雖說有兩組照片，每組占了八個頁面，穿插在書中的三分之一和三分之二處。我迅速掃視那些照片，不久便看到父親的臉，我用力合上書本，力道大到噪音讓自己一驚。就在那時，我的電話響起。我瞪著電話，希望鈴聲會停下來，我急著一人靜靜，以便理解這個非比尋常的訊息有什麼含意，可是電話響個不停，鈴聲如此堅持，我別無選擇只能接聽。

「哈囉。」我對著話筒忿忿說。為時約有十秒鐘的沉默之後，有人清了清喉嚨，然後有個聲音發話了。

「我只是想確定妳收到我的禮物了，」艾力克斯・達西－威特說，「我想這會為妳帶回一些快樂的回憶。」

10

我要出院的那天早上，大衛帶了一束花過來，臉上笑容燦爛。他定時前來探望，艾德格也是，但因為工作時間以及在病房裡很難談私己的話，我們兩人幾乎無法真正獨處。我一直都不大舒服，也發現哈克特醫生態度高高在上，對我的傷勢漠不關心，勉強開立一段療程的止痛藥給我。但當我在病床上坐起身，親吻大衛，我的痠疼似乎完全消失不見。我渴望跟他一起回到他的住處，回到他床上，在那裡我總是覺得我們狀況最好。

「我有個想法，」他說，看起來沒有平日那麼自信。「我覺得妳在康復期間不應該獨自一人，妳需要恰當的照護。」

「噢，我不會有事的，」我告訴他，要他不必掛念我。「反正再一兩個星期我就回去上班了，他們有沒有問起我？」

「每天都問，可是不必擔心。公司要我轉告妳，妳需要休養多久都可以。所以，我想，也許這段時間妳可以搬來跟我住？」他說，我詫異地看著他。他的臉龐洩漏出羞怯焦慮，生怕我會拒絕他。

「真的嗎？」我問。

「真的。」

「我沒料到你會這麼說。」

「唔，妳知道我的，我這個人充滿驚奇。」

我思索片刻。

「可是我們還沒結婚。」我告訴他，他聳聳肩。

「對妳來說這點很重要嗎？」

其實並沒有。我這輩子目睹過那麼多事情，確認我跟大衛之間法律關係的區區一張紙，或是陌生人的道德非難，這樣瑣碎的事情，我幾乎不曾想過。

「你那棟樓房的其他人呢？」我問，「他們不會拿這件事說嘴嗎？」

「如果這樣又如何？隨便他們，我才不在乎，都已經一九五三年了，拜託，現在可不是十九世紀。總之，如果我們總有一天要結婚的話，難道妳不希望我們的婚姻長長久久嗎？」

「當然希望。」

「那麼我們先試試看，合情合理。看看我們適不適合對方。妳永遠不知道，也許我吃飯、大笑或打呼的方式，會把妳逼瘋也說不定。」

想到要住在一起，我就開心，但還是不免焦慮，因為到目前為止，我們都選擇將自己大半的過去隱藏起來。我不確定在完全對他坦承以前，能否作出這麼重大的決定。我從未將真相跟艾密爾、凱特說，更不曾將我過去的恐怖事情透露給猶太血統的人。

事實上，這個話題我只對一個人開誠布公過：庫特。

「怎麼了？葛蕾朵？」大衛問，察覺我的遲疑。我想他以為我會熱情擁抱他，對我們可以一起扮家家酒雀躍不已。說到底，我一直表明希望兩人能夠共築未來。

「沒事，」我說，「只是——」

「只是什麼？」

我還來不及多說什麼，芬頓護士就過來告訴我，哈克特醫師在我出院以前，必須先跟我說點事情。大衛點點頭，因為我對他的提議表現得不夠熱忱，而露出微微受傷的模樣，他往外踏上走廊，我則悶悶不樂坐在床上，納悶該怎麼做才好。幾分鐘過後，醫生到了。

「威爾森小姐，」醫生說，為了隱私，拉起病床四周的布簾，雖然這麼做毫無意義，因為其他病床的女人可以輕易聽見我們的對話。「覺得如何？準備要回家了嗎？」

「好多了，」我說，坐直身子，盡量不要因為疼痛的感覺而皺起臉，免得他堅持要我住院更久。「肋骨還是有點痠痛，但沒有昨天那麼糟，我的腿——」

「妳離開的時候，我們會給妳一把撐拐，」他說，「妳需要的時間不久，不過在骨頭痊癒的期間，可以幫助妳活動。如果妳不介意我問，走廊裡的那個年輕人是誰？」

「有關係嗎？」

「有，要不然我也不會問。」他說，語氣尖銳得令人意外。

「一個朋友。」我說，不確定大衛的身分為什麼對醫生來說這麼要緊。

「妳指的是男朋友吧。」

「對。」

「原來。」他回頭朝那方向一瞥，雖然布簾讓他無法看向走廊。「你們沒結婚吧，妳跟妳這個朋友。」

「沒有，」我說，「怎麼？有問題嗎？」

「看來妳似乎不怎麼約束自己的道德操守，是吧？威爾森小姐，」他說，「當然了，你們這世代有好多人都這樣。戰爭結束以後禮崩樂壞。可是我來不是要批評的。」

我盯著他，完全不懂他在說什麼。他看出我的困惑，翻翻白眼，顯然被我的天真惹惱。

「妳懷孕了，威爾森小姐，」他嘆口氣說，「妳就要生寶寶了。」

我默默不語。我萬萬沒料到他會說這個。

「妳不知道嗎？」他問，挑起一眉，「妳沒猜到嗎？」

「沒有。」我說。

「我還納悶這整個事件——」他含糊地指著我，「是為了除掉這孩子的笨拙嘗試。」

「當然不是，」我說，聲音低沉安靜，企圖釐清這件事的意義，對我、對大衛、對我們共同的未來。「我保證並不是。」

「只是大多女人懷了孩子時，都可以感覺得到。首先，身體上會有明顯的改變。」

「唔，我並沒有，」我說，現在煩躁起來，「多久了呢？」

「幾個月，」他回答，「時間還夠讓那個年輕人讓妳成為明媒正娶的女人，並且讓孩子成為合法。芬頓護士會替妳跟婦產科醫師預約，當然了，妳必須盡快去見他。妳非常幸運，威爾森，在妳的魯莽行動之下，寶寶並未受傷。或者該說不幸，就看人怎麼看待這類事情。」

他再次拉開布簾，往外朝大衛一瞥，大衛熱切地從走廊上的座位站起來。他站在那裡，看起來多麼英俊，手裡還緊緊抓著花束。幾年以後，我發現我懷了卡登，將消息告訴艾德格，莫名想起了那些鮮花。是大理花。從那時起，我厭惡大理花。

「要我跟他說嗎？」哈克特醫師問，「也許由另一男人開口比較好，妳不覺得嗎？我們不希望他在病房裡對妳大吼大叫，畢竟還要考慮到其他病人。」

「他為什麼會對我大吼大叫？」我問，困惑不解。

「為了妳該死的愚蠢。」他說。

要是在我身強體健的狀況下，我可能會摑他一掌。當然了，他相信這都是我的錯，相信我獨自成功懷了胎，相信我誘惑了一個可憐無辜的男人，而這男人在我出現以前，對女性一無所知。可是我現在的焦點不在我對醫生的怒意。我只是覺得不舒服。我曾經對自己發過誓，永遠不會生養孩子，我的責任是讓父親的血脈在我手上終結。

「謝謝你，不過我會自己跟他說。」我回答，語氣剛硬，他一臉不苟同地看著我。

「隨妳意思。」醫生邊說邊走開。大衛回到病房。

「我們可以走了嗎？」他問。

「可以，」我說，勉強站起身。「給我幾分鐘穿好衣服。」

「回我那邊嗎？」他滿懷希望地補充，我想了想。

「先回我那裡好了，」我說，「有件事我們得談談，其實，要談的還不少。說完之後，如果你還想要我搬去跟你住，那我就去。這樣好嗎？」

他皺眉。「聽起來滿重要的。」他說。

「是滿重要的，不過要等我們獨處的時候再說。」

「當然，」他說，「可是我跟妳保證，葛蕾朵，不管妳對我說什麼，都不會讓我不想跟妳在一起。我也有事必須跟妳分享，關於我的過去、我的家庭。關於他們的事，我知道我不是很坦白，可是對我來說是個艱難的話題。我會跟妳說說我的故事，妳也可把妳的告訴我。之後，我們可以重新開始，攜手開啟我們的新生活。聽起來如何？」

我點點頭，巴不得事情真有他形容得那麼單純，可是我心知肚明，這世界的運作方式不是那樣的。

11

我別無選擇。我必須跟他直球對決。

我早早醒來，為了提神醒腦，到海德公園散了久久的步，然後打扮得好像要上法庭似地，在那裡我是控方律師，而他是站在被告席的被告人。我對著臥房的全身鏡細看自己，一個九十出頭歲的女人可以有多從容堅強，我就有多從容堅強；我對這個效果相當滿意，力量中帶有微微的脆弱。不管艾力克斯．達西－威特知道，或自以為知道，關於我的什麼，我都不能讓他將發現的內容跟任何人分享，這對我個人的存活，更不要提對卡登的存活，至關緊要。

麥德琳打開了一號公寓的門，見到我時，神情莫名開心。讓我驚愕的是，她給了我一個緊緊的擁抱。在狀況最好的時候，我都不喜歡肢體的情感表露，更別說是現在。她高得多的骨架包住我時，我全身發僵。

「葛蕾朵，」她嚷嚷，終於退開身子，我用手撫平她可能在我洋裝上留下的摺痕。「好高興見到妳！我一直想上樓找妳好好話家常的。」

「也很高興見到妳，麥德琳，」我回答，納悶這種友好過度的表露，是不是化學物質的作用。我一向不大習慣閒坐著喝酒、編朋友的頭髮、討論名人的離婚事件。「不過，其實我是來找妳先生的。達西－威特先生在嗎？」

「現在不在，」她說，東張西望，然後用手指抵著下唇，彷彿不完全確定這是真的，還是他要求她對訪客這麼講。「可是我想他隨時都會回來，要不要進來等？」

我決定進去等。回到自己的公寓裡獨自坐著，會讓我太焦慮，我只會浪費時間站在窗邊，等著他的車子或計程車停靠過來。況且，這樣可以給我機會跟她說上幾句。我再次踏進這座公寓，這裡感覺有如藝廊的門廳，我納悶她在白天從一個房間到另一個房間，怎麼可能不弄亂任何東西。

「請坐。」麥德琳說。我聽話照做，挑了我們初次認識時我坐過的那套沙發。

「妳感覺好點了嗎？」我問，她在我對面的扶手椅上坐下。

「噢，是的，」她說，點頭如搗蒜。「重點是，葛蕾朵，這全是一個天大的誤會。很抱歉妳不得不捲進來，我覺得好尷尬。艾力克斯說我真是蠢透了，竟然不知道自己吞了那麼多安眠藥。都怪藥效不夠快，我才越吃越多，最後就數不清自己吞了多少。」

「他這人還真好心，是吧？」我說，「還以為他會對出院不久的人多點同情。」

「艾力克斯說，我應該買那種小盒子，妳知道那種東西吧，就是上面印有一整週每一天的塑膠盒子，」她繼續說，不理會我的評論。「可以把藥物分格放好，這樣永遠就不會弄混。」

「我知道那種東西，」我說，點點頭。「我自己就有一個。」

「妳生病了嗎？」她問，一臉深深憂慮。

「我都九十二了，」我說，掛著淺笑，「我這把年紀的女人要撐過一天，是需要一點幫忙的。」

「妳又不老，葛蕾朵。」她堅持，我翻翻白眼。

「我就是老年的代名詞，麥德琳，」我說，「我們就不要假裝不是了。」

她現在不再哈哈笑，一臉受傷。

「艾力克斯說我話太多。」她在片刻之後說。

「人有可能話太多嗎？」我問，「說到底，如果妳有事要說，那麼——」

「艾力克斯說我應該先想過再開口。」

「艾力克斯話還不少，不是嗎？」

「他說沒人想聽我腦袋裡迸出來，每個半生不熟的想法。他說我像瘋子一樣吱吱喳喳講不停，害自己丟臉，也害他丟臉。他說得對，我想。我正在努力，想把那類的事做得更好。」

走廊傳來聲響，亨利出現了，赤著腳，穿著短褲搭棉衫，棉衫上印著《環遊世界八十天》平裝本的書封影像。他看到我的時候，一臉驚愕，有這種反應也是情有可原，因為他有一邊熊貓眼，看到這種狀況我一點都不意外。

「亨利，都叫你待在房間了。」麥德琳說，站起來朝他大步走去。

「哈囉，芬斯比太太。」他說，臉上掛著苦惱的神情。

「哈囉，亨利，」我說，「看來你又參戰了，可是話說回來，什麼時候不是呢？你就像中世紀的騎士，永遠會跟路上的農民起衝突。」

他的手憑本能往上伸向左眼，看起來一碰就痛，他抗拒著不去碰它，將手收回身側，往下盯著地板。

「他會夢遊，」麥德琳解釋，「結果撞上了浴室的門。妳敢相信嗎？」

「一點都不信，不。」我回答。

「回你房間去，亨利。」她說。但他不予理會，指著自己的棉衫。

「妳讀過這本書嗎？芬斯比太太？」她問。

「讀過，」我告訴他，「很多年前，我也讀了同一個作者寫的《海底兩萬里》。」

「我喜歡那個書名。」他說。

「其實，我樓上可能有一本，」我說，「我晚點找找看，如果有，可以借給你。」

「亨利，回你房間去。」麥德琳重複，沒必要地拔高嗓門，這一次他聽話了。我聽到他關起房門的聲音。

「沒必要對他大小聲，親愛的，」我說，「他只是在講話而已。他喜歡看書是件好事，妳不覺得嗎？這年頭我在街上看到的孩子，老是低頭看手機。看到有孩子喜歡閱讀，鼓舞人心。」

「他就是不肯聽話，」她說，揉揉眼睛，顯然筋疲力盡，對兒子、對生活、對這徹底令人失望的宇宙，而她不得不熬過一天又一天。「艾力克斯說他需要學會紀律，說我對他太寬容。」

「我想我不同意，」我說，「我指的是這兩種陳述。」

「妳不知道是什麼樣子。」她喃喃。

「我百分之一百知道是什麼樣子，」我告訴她，「要記得，我也有個兒子。」

「現在的孩子不一樣了，」她說，「艾力克斯說，他小時候，如果敢不守規矩，他父親會讓他後悔莫及，就是那樣的嚴格，才成就了今天他這樣的男人。」

「又是什麼樣的男人？」我問。

她抬眼望著我，皺起眉頭。「什麼意思？」她問。

「這問題很簡單。妳先生是什麼樣的男人？好男人嗎？」

她盯著我，完全無法言語。

「我只是問問，」我繼續說，「因為妳看起來好像滿怕他的。」

「怕他？」她問，現在哈哈笑，把她所有當演員的技巧都發揮出來。老實說，這程度的演技贏不了任何獎項。「我幹嘛怕他？」

「唔，亨利常受傷，不是嗎？」我問，「他不是應該去上學嗎？現在畢竟是星期二早上十一點。」

「艾力克斯說在亨利眼睛好點以前，先把他留在家裡。」

「熊貓眼會妨礙他學習嗎？」

「艾力克斯只是希望等消腫而已。」她說，別開視線，雙手緊緊交握，手指時時互纏。

「首先是斷了手臂，再來是一連串瘀傷，現在又有熊貓眼，」我說，「噢，之前還有燙傷，不是嗎？然後，當然了，妳自己也出了不少事故，不是嗎？」

她再次抬眼，搖搖頭。「我沒事。」她說。

「我不相信妳，」我告訴她，「如果妳把那件套頭毛衣脫掉——這種好天氣穿這樣也太多了，我想我會看到妳手臂上上下下都是瘀傷。我沒說錯吧？」

她還來不及回答，門上就響起鑰匙聲。艾力克斯走了進來。他頓住片刻，視線在我們之間來回，然後微微嘆口氣，彷彿覺得這一刻必然會來到。

「芬斯比太太，」他說，對我再次出現在他視線範圍，露出無比疲憊的神態。「真高興見到妳。又上門來了。」

「達西－威特先生，」我說著便站起來，盡力挺直身子。「如果可以的話，我想跟你談談，私底下。」

看到我這麼不屈不撓，他幾乎露出佩服的表情。

「我想在這件事情上，我沒多少選擇，」他說，「也許到花園裡走走？」

「太好了，」我回答，路過他身邊，帶路到後門，他沒立刻跟上來，我可以聽到背後傳來低沉聲音，他和麥德琳忙著交談。我渴望知道他們在說什麼，但還是繼續往前走。我打開門的時候，太陽正好破雲而出，一時令我目盲。這是個美麗的春日午後，就是只該充滿快樂回憶的那種。

12

很難知道該從何講起，但我選擇柏林，我出生的城市以及我住了十二年的地方，直到客人和他的女伴某天晚上前來赴宴，通知父親他新的派任地點，我的生活以及我全部家人的生活因此永遠改變。

「柏林？」大衛問，癱進我臥房裡的扶手椅。我坐在他對面，在床上，努力克制發抖的衝動。我說話的時候不想看著他的臉。我無法忍受親眼看著他的愛逐漸消逝。我直接大聲將我的故事說出口，彷彿對著空無一人的房間。「可是妳說妳是在法國生的。」

「我知道，可是我說了謊。事實是，我一直要到一九四六年，戰爭結束幾個月後才踏上法國的土地。」

「可是妳住盧昂，對吧？至少那是真的？」

「大概六年，對，那是後來。可是頭一年，我跟母親待在巴黎。首都待不下去的時候，我們才搬到盧昂。母親過世後，我立刻前往澳洲。」

「好，」他說，點點頭，「所以妳是德國人。」語氣帶點懷疑，不贊同裡夾雜一絲恐懼。

「對，」我承認，「雖然一九四六年後我就沒住過德國，也沒計畫回去。」

「所以戰爭期間妳不在德國？」

「不是全部，不。」

他一臉如釋重負。「所以你們離開了，」他說，「你們沒有參與那件事。妳家人真勇敢，要是被逮——」

「大衛，等等，聽我說完。」

「可是我自己也懂這種事，」他說，俯身想要握住我的手，但我抽開了。「我知道我沒跟妳提過多少我家人的事，可是我真的應該說。讓妳知道他們的經歷是很重要的事。」

「我已經知道一部分了，」我告訴他，「關於你父母還有姊姊。關於特雷布林卡。」

他盯著我看，難以置信。

「妳怎麼會——」

「他是一片好意，你一定要相信這點。只是因為他知道我關心你，所以才告訴我，我想說你怎麼從來都不談家人，不談發生過什麼事。然後，那天晚上，我們去看那部可怕的影片——」

「誰一片好意？」他問，稍微拔高嗓音，「這些是誰跟妳說的？」

「艾德格。」我說。

他微微一僵，表情混雜了難以置信和怒意。「艾德格跟妳說我家人的事？」他問。

「不是全部，」我回答，「只是基本的故事而已。我很遺憾你經歷過的事，大衛。」

他沉默了半晌，思索這點。「他不應該那麼做的，」他終於開口，「那個故事不該由他來說。」

「他是你朋友，他關心你。」

他發出小小的悶哼。我可以看出他並不高興，但現在不想追究這個話題。他站起來走向窗戶，然後注意到我放在床頭櫃上的蘇諾珠寶盒。

「這滿不錯的。」他邊說邊伸出手，也許急著想改變話題。

「不要。」我說，聲音因為恐懼而拔高，因為我不想讓他看到裡頭放的照片。要是我沒辦法看那張照片，他也不能。「很脆弱。」

他轉向我，肯定因為我語氣裡的堅持而詫異，但因此也沒去碰那盒子。

「告訴我，他跟妳說了什麼，」他說著便回到椅子，我複述艾德格說過的內容，說他祖父母在察覺納粹就要入侵時，將他帶來英國，他父母原本要跟過來，卻沒成功。

「還有我姊姊，」他說，「妳忘了我姊姊。」

「對，還有她，」我說，盡量讓語氣充滿同情，「她那時在住院，他是這樣跟我說的。是闌尾手術，對吧？」

「不，」他說，搖著頭，「那是我的說法，可是不是真的。」

我等著他說下去。

「我不想跟他說我父母做了什麼事，說他們有多愚蠢。」

我再次保持緘默。

「我姊姊叫荻塔，他至少跟妳說了這個吧？」

「沒有。」

「她彈鋼琴，」他說下去，對著回憶微笑。「她很有才華，我在那方面完全不行。我父親希望我有，但我是音痴。不過，荻塔曲子才聽一次，就可以坐下來彈奏，彈得完美無缺。她時時在開演奏會 當然是孩童的演奏會，可是大家可以看出她琴技多好，有多麼非凡的未來。她有一場重要的演奏會，可以永遠奠定她的名聲，我父母堅持她留下來表演。我的爺爺奶奶說他們瘋了，說我們應該一起離開，但是他們拒絕了。我想我母親可能願意退讓，但我父親是個倔強的人。一個驕傲的人。他想聽自己的女兒在大批聽眾面前演奏，於是我們三個先離開了，他們預計四天之後要來英國。但他們一直沒有抵達。我不知道那場演奏會是否舉辦了。外婆嘗試很久，想查出他們的遭遇，可是她和爺爺一直到死前都一無所知。只有在後來，等特雷布林卡的紀錄對外公開，聯絡遺族，我才知道他們的命運，雖然我原本就這樣推想。」

淚水淌下他的臉龐，但他連忙揩掉。我幾乎無法正眼看他。我感覺罪惡感在我內心深處漸漸積增，威脅將我裂成兩半。

「我還會夢到他們。」他說，在悲慟中露出淺淺笑容。「我說夢見，」他補充，「但我指的當然是惡夢。夢到我跟他們在一起，光著身子在毒氣室裡——」

「大衛，不要。」我懇求。

「在火裡焚燒。」

「大衛！」

「我在那些夢裡甚至不覺得自己是人。可是他們就是要給我們這種感覺，不是嗎？彷彿我們根本就不是人。」

一抹回憶——我父親在辦公室裡——「**那些人？哼，他們根本就不是人，至少不是我們對那個詞的理解。**」

「我只是個在波蘭上方飄過天際的靈體，是個概念而不是個真人。一組隨機的思緒，和雲朵混雜在一起。」

「停！別再說了！」我求他，雙手現在緊握成拳。我想要放聲尖叫。這就是我家人所作所為以及我這些年來隱藏事物的真實面。

他從靈魂深處發出一聲長長的嘆息。他再次開口時，聲音如此沉靜，我必須很費力才聽得見。他並不正眼看我。

「妳打算告訴我他是個軍人，是吧？」他問，「妳父親，妳打算說他參戰，為他們參戰。」

「對。」我承認，我再也無法偽裝下去。

「我猜也是。也許我原本希望自己猜錯了。」

「他是軍人，」我說，「可是他不出戰。」

「唔，我想這倒還好，」他回答，臉上掠過一絲希望。「那麼是內勤之類的職務嘍？也許是駕駛？」

我什麼都沒說，我倆之間的沉默變得太有壓迫感，他從座位上跳起來，走到窗邊，我嚇得彈起來。他一直背對著我，往下俯望下方的街道。

「原諒我，葛蕾朵。」他終於說。

「原諒你？」我問，站起來走向他。我發現自己的手不由自主伸向肚子，要保護在裡頭生長的寶寶。「有什麼好原諒你的？」

「原諒我內心這些憤怒。我發現很難去談這些事，談那些人，談他們的所作所為。我希望他們都死了。他們還在外頭流竄，妳知道吧。在歐洲、在南美洲、在澳洲。有這麼多人都還在等待司法正義的伸張，有時候我想，那才是我該度過此生的方式，就是追獵他們，結束他們的生命。」

他轉過來看我，臉上蝕刻著痛苦。

「我的問題是我還愛著妳。」他說，似乎覺得承認這點令他飽受折磨。他朝我伸出手，然後又抽回手臂。他暫時不想碰我，這是我們交往以來頭一次他約束得了自己的雙手，不來碰觸我的身體。「這不是妳的錯，都不是。所以妳父親是？我不知道，某個地方辦公室的低階職員？他還能夠做出什麼來？我總不能拿這種事來怪罪妳吧。」

「比那個更複雜。」

「可是我現在沒辦法想那種事，有太多要吸收跟思考。如果總有一天，我們要生個寶寶，比方說，我們要跟他或她說什麼？我們要怎麼解釋他們的外公做了什麼？」

「一定要嗎？」我問。

「當然，」他說完便開始來回踱步，「我沒辦法帶著秘密或謊言生活。」

「可是這樣做有什麼好處？」

他聳聳肩，彷彿也不確定。

「我需要一些時間，」他終於說，「只是在心裡想個透徹。妳痛恨他吧，我想？」

「誰？」我問。

「妳父親。」

我想了想。真相只講片段，等於完全沒講。「我還小的時候非常愛他，」我說，「雖然他已經走了八年，可是……我忍不住，有時候還是會想念他。我知道他做了什麼、怎麼生活……可是他非常愛我，大衛。我沒辦法解釋。如果他可以回來，就這麼一天，如果我可以跟他聊上一個小時的話——」

一時半刻，我以為他要動手打我。他呼吸變得非常急促，緊緊閉上眼睛。

「我該回家了，」他說，「我現在沒辦法跟妳討論這個。我不怪妳，葛蕾朵，我發誓我不怪妳。我明白妳愛妳父親，這很自然，可是——」

「大衛，你甚至還沒聽到我要跟你說的事，」我說，對話偏離我的故事，讓我越來越沮喪。「你跟我說了你的家庭。現在我一定要跟你說說我的。如果我們哪天真的要共築未來——我再想要也不過——那麼讓你知道每個細節是很重要的事。」

「還有更多？」

他問，一臉苦惱。「還可能有更多什麼？知道妳父親是那些禽獸的低階職員，還有什麼更糟的？」

我在床上坐下，臉埋進雙手。

「坐下，大衛，拜託，」我說，他照我說的做了。「我希望你替我做件事，如果你做了，我保證這輩子永遠不會再要求你任何事情。」

「什麼事？」他問。

「我希望你讓我從頭到尾說完自己的故事，不要打岔。我講完的時候，你會聽到一切，比在世的任何人都更認識我，然後你就可以決定要留下來或離開。你願意這麼做嗎？大衛？你願意聽我把話講完嗎？」

他點點頭。「我願意。」他說。

「那我從頭開始。」我小聲回答，嚥嚥口水，深吸一口氣之後開始說。

「我一九三一年在柏林出生，」我說，「我跟父親、母親、比我小三歲的弟弟住在一起。我們過得很幸福。我父親不是你說的低階後勤人員，而是第三帝國的官員。資深官員。當然了，我只是個孩子，對他每天做些什麼知道得很少。戰爭如火如荼，他很少在家，可是似乎對我們沒什麼影響。然後，有個下午，我和弟弟放學回家，詫異地發現我們家的女傭瑪麗亞——她總是低著頭，視線不敢離開地毯——站在我弟弟的臥房，從衣櫃裡把他的東西都拉出來，塞進四個木箱，連他藏在衣櫃後頭，他說過只屬於他、不干其他人事情的東西也拿出來了。」

13

「警方來找過我。」艾力克斯・達西－威特跟我在花園裡會合時說。我正從花園一端慢慢踱步到另一端，他配合我的腳步一起走。兩個平凡無奇的人享受陽光下的漫步，而不是集中營司令官女兒和慣性對妻兒施暴的男人。

「是嗎？」我問，語氣保持絕對平靜。

「對，可是我想妳知道。」

「我想他們會上門拜訪是沒錯，」我告訴他，「可是我不知道他們已經來過了。我想他們沒理由通知我最新消息。」

「他們沒告訴我，通報他們有可疑狀況的是妳，」他說下去，「但我推想是，我沒猜錯吧？」

「沒錯，」我說，盡可能控制自己的聲音，令我詫異的，不如我預期的困難。「我只希望當初早點去找他們，也許可以讓亨利不用得到熊貓眼，也不用聽你對他講那些恐怖的話。那個可憐的小男孩時時活在驚恐之中。」

「他會夢遊，」艾力克斯堅持，「他撞上——」

「艾力克斯，」我說，嘆口氣，舉起一手要他安靜。「不必裝了，省省吧。」

他微微一笑，點點頭。

「他們不是來這裡，妳知道嗎？」一晌之後他說，「我是說警察。他們不是來冬市苑，妳知道他們出現在哪裡嗎？」

我搖搖頭。「我毫無概念。」我說。

「我在蘇活區的辦公室，沒有事先通知。他們大步爬上樓梯，噢，我不知道，就像納粹黨衛軍，跟我的助理說他們需要找我談談。我當時正在跟洛杉磯通電話，跟個非常出名的人。妳想知道是誰嗎？」

「你跟電影明星共事，恐怕一點也打動不了我，艾力克斯，所以，不，不必浪費你的時間。」

老實說，我心想，他當真以為我會在意這些瑣事嗎？老天，我真想跟他說，我跟希特勒握過手，吻過伊娃．布朗的臉頰。我跟戈培爾的孩子一起玩耍過，還參加過古德倫．希姆萊[60]的生日派對。

「我的辦公室，」他重複，「是我談定所有生意的地方。發生過的每件小事，我員工都會拿來八卦。有個刑警跟他的助手，兩個都比我年輕，沒有預警就隨便跑過來，說想盤問我跟妻兒之間的關係，說我們要不當場談一談，不然就押送我到當地警局。」

「你選了哪一種？」我問。

「有關係嗎？」

「我只是有興趣。」

「我選了警局，讓事情正式一點，也讓我的律師有機會現身。其中一個，我是說，其中一個警官是猶太人，這點可能會讓妳困擾。諷刺的是，我完全沒有這樣的偏見。」

「是沒有，你將暴行保留給婦女和小男生。你介意我們坐一下嗎？」我們接近板凳時，我問，「唔，反正我要坐，你想怎樣隨你高興。」

「我跟妳一起坐，」他說，朝我旁邊的空位一屁股坐下。「收到我的禮物了？」

「是，收到了，可是我恐怕無法理解當中的含意。」

「葛蕾朵，」他說，現在露出笑容，很高興能把同樣的話丟還給我。「不必裝了，省省吧。」

「我對歷史很有興趣，確實，」我不予理會，說了下去，「也許亨利跟你說過，我們初次見面的時候，我正在讀瑪麗．安東尼的傳記？還有我先夫艾德格是個非常知名的歷史學家，但我通常會避開關於那場大戰的書，畢竟親身經歷過。」

「位於火熱的核心，可以這麼說。」

我現在轉向他，判定沒意義再繼續玩遊戲。

「你什麼都知道了，我想？」我問。

「對，」他說，點頭的方式幾乎溫文儒雅。「老實說，芬斯比太太、蓋馬爾小姐、威爾森小姐，或者我們該說——」

60 Gudrun Himmler（1929 – 2018），納粹德國武裝親衛隊首領希姆萊的女兒，懷著對父親的眷戀及對第三帝國的美好回憶，在戰後仍積極從事納粹活動。

他在這裡用了我父親惡名昭彰的名字，就是我出生的姓氏，打從我跟母親一九四六年離開柏林，搭上前往巴黎的火車以來就不曾用過。

「你可以叫我葛蕾朵就好，」我嘆口氣說，「也許比較簡單。」

「老實說，葛蕾朵，先把其他事情放在一邊，我不得不承認我實在欲罷不能，」他說下去，「我對那段時期興趣極大，妳從我的其中幾部電影就可以看出來，跟妳坐在這裡，身旁是實際置身現場的人——」

「都那麼久以前的事了。」我說。

「我從來不會被明星迷倒，做我這行有那種反應只是幫倒忙，但這會兒我是真心被迷倒了。」

「這樣說真荒唐。」

「我想跟妳談談那一段。」

「我從來不談我人生那段時間。」

「從不？」

我想了想。

「只有兩次。」我說。

「妳跟誰說了？」

「一個叫大衛．羅瑟倫的男人，很多年前的事了，在一九五三年，還有當然了，後來成為我丈夫的男人，艾德格。」

「他們有什麼反應？」

「不關你的事。」

「請告訴我。」

「不。」我說。

「為什麼不？」

「因為再也無所謂了，都是過去式了。你又是怎麼查出來的？我都九十一歲了，沒人這樣做過。所以，如果我覺得好奇，請見諒。」

他聳聳肩，望著花園中央。「這就是我的工作，」他說，「或者說，我請人做的。調查，挖掘故事，大家的背景。還有，當然了，這世界跟妳年輕的時代已經很不同了。現在，你只要坐在電腦前，耗上一點時間，就可以查出很多關於你敵人的事。我是個很有影響力的人，葛蕾朵，我在很多領域都有人脈。既然妳似乎很關注我家裡的狀況，起初，我只是想多認識妳一點。可是一個故事連向另一個，又連向下一個。前一個調查者陷入僵局的時候，我就交給下一個。」

「所以沒有其他人知道完整的細節？」我問。

「沒有，我收到關於妳人生不同階段的片段訊息，由我自己拼湊起來。我真不敢相信自己湊巧碰到了什麼。我到英國電影資料館去，找到一部老片子《黑暗》。妳知道這部片嗎？」

「我在戲院看過一次，」我告訴他，「看完以後，我衝到街上撲向公車。」

他似乎吃了一驚。

「很高興妳沒成功。」他說。

「真的嗎？為什麼？」

「因為按理說，妳應該死在監獄牢房裡。」

我想了想，我無法辯駁。「我知道。」我小聲說。

「我想妳希望你們贏了那場戰爭。」

我挑起一眉。「噢，達西－威特先生，」我說，彷彿向孩子解釋一件顯而易見的事。「沒人贏得了戰爭。」

「可是妳不覺得有罪惡感嗎？」他問。

「你還好意思問我這個問題？」

「妳不能把我的行為跟妳的拿來比較。」

「我當時只是個孩子。」我告訴他。

「戰爭結束的時候，如果妳向當局站出來，那樣的反應會比較有可信度，」他說，「妳原本可以幫忙把很多人繩之以法，想想妳可以指認多少人！想想妳當初可以說出哪些事情！那些失去的生命，幾百萬人死於毒氣。如果妳選擇這麼做，可以用某種微小的方式替他們復仇，可以為他們家人帶來平靜。可是沒有，妳選擇將自己的安危放在第一位。」

「大家都這麼做。」我說。

「妳不覺得有罪惡感嗎？」他重複，我站起來匆匆走向花園另一側。我將腦袋抵在涼爽的牆上，閉上雙眼。我可以感覺血液在我身體裡流竄，呼吸越來越吃力。他走到我背後，我轉身面對他。

「你要拿這個資訊做什麼？」我說，「我不是為我自己問的，你明白吧。如果你告訴別人，是，我會受苦，我當然會。可是還有別人——」

「只要一通電話，」他說，「我就可以讓妳成為全球最出名的女人。」

我點點頭。「我知道，」我說，「可是我有個兒子。」還有別的。卡登和艾蓮諾前晚來訪，跟我說了出乎意料的消息。「他就要成為父親了，」我補充，「他的未婚妻是個妙極了的女子。他們都沒料到會這樣，以為自己年紀已經太大，可是他們很高興。所以你不只會毀掉我，也會毀掉我兒子、媳婦和我的孫子。他們是無辜的。」

「這可棘手了，」他說，撫搓下巴。「我想要揭發妳，我想要。我相信妳應該死在牢裡。可是我也該替自己想想，妳對警方提出的指控——」

「你要否認嗎？」我問，「你可憐的太太受盡心理折磨，大多時候沒辦法清楚思考。她在嗑什麼時下流行的東西，一直處於嗨茫的狀態，就不用面對生活的現實。她犧牲了所有的抱負，因為你受不了她擁有自己的生活。而且你傷害她。你傷害她，達西－威特先生。你打她。」

「可是她有時候煩透人了，」他回答，雙臂拋向空中，彷彿那是合理的回答，彷彿任何神智清明的人都該理解似的。「妳不知道那個女人有時候多煩人。她就是不聽話，那是她最大的缺點。」

「所以你就動手打她？」

他聳聳肩。「我對狗也一樣。」

「你兒子呢？」

「需要管教。」

「你弄斷他的手臂。」

「我承認那次是過分了點。」

「那個黑眼圈呢？還有燙傷。」

「誰叫他回嘴。我不接受這種事。這是我的家人，葛蕾朵。他們屬於我，就像妳家人屬於妳父親。我不准任何人插手，像妳這樣的人更是沒資格，如果妳是個人的話。妳儘管用輕蔑的態度看我，可是只要分一點嫌惡給自己，可以吧？」

我一語不發。我又能怎麼回應這番話？他說的也不是沒道理。

「所以，我有個提議。」他說。

「說吧。」

「妳聽過『相互保證毀滅』[61]這個說法嗎？」

我點點頭。我記得是冷戰時期的用語。美國或俄羅斯如果朝對方發射核彈，最後只會將對方毀滅殆盡，每個人都會死。

「聽過。」我說。

「唔，那恰恰是我們兩個人的狀態。我可以毀了妳，妳也可以毀了我。所以，如果我們商量好，從現在開始不干涉對方，可能是最簡單的做法。我甚至可能會賣掉公寓，把麥德琳和亨利帶到別的地方。可是在這期間，妳不要接觸我們，也不要尋求關於我們的更多資訊。我們只是個住在妳樓下的普通家庭，不多也不少。」

「交換條件是？」

「我會守住妳的秘密，即使在妳死後，我也不會去打擾妳兒孫。說到底，這不是他們的錯。妳覺得如何？葛蕾朵？咱們說定了？」

我別開視線，思考一下。我抬起頭望向窗戶，海蒂正一臉憂心往下看著我們。也許她可以看出我跟達西－威特先生之間狀況並不好。但我不理會她，轉回去面對艾力克斯，然後伸出手。說到底，我又有什麼選擇？

「說定了。」我說。

他又動手打麥德琳的時候，我想不是為了傷害她，而是要調侃我，看我是否會遵守我們的協定。當時是星期六深夜，我正開始考慮上床就寢，這時樓下公寓傳來人聲以及爭吵的聲響。我閉上雙眼，希望會很快結束，但幾分鐘內，有門用力甩上的聲音，小小的腳跑向建築物後側。我站起來走到後側窗戶，看到亨利坐在半明半暗的花園角落，膝蓋縮到下巴那裡，手臂環抱著腿部，臉埋在雙手裡。我想放著他不管，不要插手，就像我發誓我會做的那樣，可是我辦不到。我這輩子目睹太多的苦難，卻不曾出手幫忙。我非得介入不可。

我抗拒著自保的每個本能，走下樓，試圖不去理會達西－威特家客廳裡的現況，往外走到後花園。亨利抬起頭，立刻一臉焦慮，我想他以為是父親來了，但看到只是我的時候，便一臉如釋重負。

61 Mutual Assured Destruction，一種「同歸於盡」的軍事戰略，指對立的兩方如果有一方全面使用核武，則兩方都會被毀滅，又稱為「恐怖平衡」。

「亨利，」我問，「還好嗎？」

「我恨他。」他回答，然後哭了起來，我在他身旁坐下，手臂環繞著他的肩膀，他本能地鑽進我懷裡。卡登長大以來，我就不曾跟小孩子坐得這麼近。「我希望他死了。」

這孩子說出這麼糟糕的話，也許其他人會斥責他，可是我對父親可能加諸於後代身上的創傷略知一二。

「他現在為什麼生你的氣？」我問。

「我應該要寫功課，」他說，「可是他逮到我在看故事書，所以非常生氣。」

「他們以前會燒書呢，你知道嗎？」我小聲回答。

「誰會？」

「無所謂。」

「誰會？」他重複，「怎麼會有人燒書？」

「壞人，」我告訴他，「那些人已經死掉很久了，唔，大部分啦。是這樣的，他們很怕書，很怕書裡的想法，很怕真相。到現在大家還是這樣，其實事情改變不大。」

「笨人。」亨利說，稍微抽抽鼻子。

「很笨的人，他很常打你，是吧？」

他點點頭，幾乎難以察覺，我把他拉得更近。

「沒有方法可以讓他住手嗎？」我問。我不是對這男孩發問，他當然沒辦法提供答案，而是對著宇宙發問。這男人莫名成功說服了警方指控不成立，我敢說他把警方捧上了天，運用他的名人，至少他的名人人脈，阻止警方進一步調查冬市苑的狀況，於是他相信自己可以肆無忌憚繼續下去。我常常在報紙上讀到，當世界對他們的行為視而不見，他們就常常這麼做。直到他們殺死太太和孩子，那時鄰居會假裝訝異，說他看來一直是個安靜討喜的男人。

麥德琳在門口現身，看著我們兩人。她下巴上有血跡，就在她左嘴角下方，眼神茫然失焦。

「亨利，」她說，「進來，很晚了，你該上床睡覺了。」

「我不想要，」他說，「我永遠不要進去。」

「進來！」她吼道，突然暴跳如雷，話說出口大聲到我們兩人都驚跳起來。男孩從位子上跳起來，用最快速度衝進樓房裡。一晌後我站起來望著她。

「總有一天他會弄死妳，」我說，「妳明白吧？」

她發出深深的嘆息。「希望是明天。」她說，轉過身，跟著兒子走進去。

我留在原地幾分鐘，生自己的氣，痛恨自己的鄰居，甚至瞧不起麥德琳任由這種事繼續下去，雖然我知道丈夫讓她身陷恐懼，她就是無法挺身對抗丈夫。我心神不寧走回樓房，令我驚恐的是，我看到艾力克斯．達西－威特先生就站在家門外等待我。他的袖子捲起，拳頭在身側反覆握緊鬆開。他在冒汗，但看來很享受加諸於家人身上的創傷。

「妳就是忍不住，是吧？」他問。

「抱歉，」我說，「我看到小男生在外面，很難過的樣子，我必須安慰他一下。」

「都叫妳不要靠近他了，不要靠近他們兩個。」

「不會再發生了，」我說，「我保證。」

他朝我走近，我可以聞到他氣息裡的威士忌，我納悶他在攻擊妻兒以前喝了多少。是否讓施暴變得更容易。

「我要拿妳怎麼辦？葛蕾朵？」他小聲問，「好好講道理，妳就是不肯聽是吧？我有個朋友，唔，我朋友可多了。但當中有個重要的記者，總是在尋找好故事。如果我讓妳成為全球最知名的女性，也許可以讓他成為最知名的記者。我想是不是該給他一通電話。提醒我一下，妳兒子叫什麼名字？卡登，是吧？這名字滿不尋常的，要追蹤並不難。我現在可以想像所有的新聞直播車駐紮在他房子外頭的情景。記者對著他大喊問題。我應該打給那個記者嗎？葛蕾朵？妳意下如何？我們現在就可以結束這件事？還是妳會閃開？」

「我會閃開。」我說。

「很好，」他說著便走回他的公寓。「因為這是給妳的最後警告。」

他走進屋裡，我聽到他呼喚亨利的名字，一晌之後，是男孩尖叫的聲音，他父親又揍了他一頓。我衝到門口，可是我什麼都沒辦法做。我用雙手遮住耳朵，擋去亨利的哭喊。接著我走回樓上，差點在頂階絆倒。我後悔自己並未跌倒，我要是往後一摔，必死無疑；我這歲數的女人絕不可能存活下來。我真心理解麥德琳想離開人世、前往另一世界的心願，不管那裡有什麼樣的懲罰正等著我。

14

大衛照我要求的做了。我跟他說我一生的故事時，他從頭到尾默不作聲。我花了一個多小時才講完，可是即使在當時，我也沒把事情全盤托出，比方說，我並未揭露我在弟弟之死所扮演的角色，只有那件事我無法說出口，就像我無法說出他的名字。

我說完的時候，我倆之間的沉默彷彿無止無盡，我不敢正眼看他。最後我再也無法忍受。

「說話啊，」我說，「說點什麼都好，大衛，拜託。」

他回答的時候，聲音柔軟低沉，「我又能說什麼？」他細聲說，「我要去哪裡找話回應？」

我望向他，他面色蒼白，但看來平靜如常。

「妳是什麼東西？」他問，「妳還算是人嗎？」

「我是葛蕾朵，」我告訴他，急著相信自己並未失去他的愛。「你墜入愛河的同一個葛蕾朵。」

「不一樣，不。」他邊說邊搖頭。

「我出生就是那樣了，」我解釋，「並不是我要求的，不是我選擇的，我父親是誰不是我能置喙的。」

「可是他的血在妳的血脈裡流動。」

「那不表示我跟他一樣。」

他的臉突然浮現淒苦驚恐的表情，身體似乎痙攣起來，他將頭別開，無預警嘔在地上。我驚嚇地跳起來，他伸手去拿桌上的一塊布把臉擦乾淨。這就是我對他帶來的影響。

「抱歉，大衛，」我說，「可是我愛上了你，而且——」

「不要說我的名字，」他說，在身前揮著雙手，我朝他跨出一步，他害怕地踉蹌退後，鞋子踩到嘔吐物打滑，跌了一跤摔在地上，雙手驚駭地舉在前方。「不要靠近我，」他哀求，「不要碰我。」

我痛哭失聲。過去有人以輕蔑的眼神看我——艾密爾在我們同床共枕的那個晚上，巴黎鄰居為了我的過去咒罵我，甚至是庫特在我待在雪梨最後一個早晨碰面的時候——可是從來沒人害怕過我。彷彿大衛認為我只要說出一個字眼，過去的群魔就會從冥界被召喚出來，將他拖往他有幸逃脫的厄運。我往後退開，希望他明白我無意傷害他，他從我身邊拖著身子朝牆壁而去。

「你不能拿這件事怪我，」我說，向他懇求，「我母親跟任何一位母親一樣飽受折磨——」

「妳母親只在乎自己的孩子，但別人的孩子呢？每個死去的人都是某人的孩子。她不在乎他們，是吧？」

「我不知道。」我無力地說。

「那妳呢？」他問，「妳在乎嗎？」

我想了想，說謊是沒意義的。「不，」我說，「不，我那時不在乎，當時不。」

「連妳父親帶妳到那裡去，」他問，「妳看到實際情形的時候？」

「我才十二歲！」

「已經大到足以看出自由和監禁的差別，」他回答，現在站起來。「足以看出餓和餓死的差別，足以看出生和死的差別，對和錯的差別！」

「我知道。」我低聲說，因為我確實明白了，我知道很多年了。

「什麼都不做，就等於什麼都做了。不負任何責任，就等於要背負所有責任。妳明明知道自己參與了什麼，卻任由我愛上妳。」

「我不知道你會——」

「妳明明知道我是猶太人！妳至少知道這點吧！」

「不，一開始不知道。也許我太天真了吧，我不知道。可是在艾德格跟我說以前，我從來沒想到你是，到了那時——」

「怎麼，太遲了？要是妳一開始就知道，妳會避開嗎？」

他路過我身邊，確保跟我拉開安全距離。

「大衛，」我說，「請聽我說，我愛你，我無法改變過去，可是我保證會活出更好的未來。你一定要讓我這麼做。如果你願意，我真的希望跟你共度未來。」

他搖搖頭，盯著我的樣子彷彿我瘋了。

「如果妳以為我還會再碰妳，那妳跟妳父親一樣瘋狂，」他說，「我不想跟妳待在同一個城市，葛蕾朵，妳不懂嗎？更別說同一個空間了。妳就跟他們所有人一樣惡劣。」

「才沒有，」我喊道，頹坐在地板上，「我沒有。」

「我得走了。」

「請不要走。」

我考慮告訴他正在我體內成長的寶寶，但我不敢說。我揭露的事情讓他如此驚恐，我怕他會抄起一把刀，親手將寶寶從我身上割下。

「我還以為我的夢魘永遠不可能更多，」他說著打開門走到外頭，「可是妳，葛蕾朵，做了不可能的事情，讓我的夢魘更加惡化，永遠不會消散了。」

我盯著他，最後一次懇求他留下來。

「你要我怎麼樣？」我問，「你要我做什麼？」

「就一件簡單的事，」他說，直直望進我的雙眼，「跟著妳父親、母親和弟弟：一起在地獄裡焚燒。」

語畢他就離開了。我永遠不會再見到他。

事隔七個月，艾德格和我又見面了，是他主動提議的。

他之前就想要來訪——大衛當然什麼都跟他說了——但是我發現自己無法面對他。所以他也寫信給我，一次又一次，告訴我大衛已經前往北美洲展開新生活。作為回覆，我將自己早年的事情寫下來，告訴艾德格想要怎麼處置我的自白都可以。要交給警方或登在報上，我都不在乎了。但是這件事毫無下文，每天我都等著警察或納粹獵人來敲門，令我吃驚的是，遲遲無人上門。

此刻，我們一起坐在靠近我住處的小咖啡館，啜著熱茶。艾德格跟以前一樣和善。我對一切誠實以告，但拒絕在他面前低聲下氣。我最後一次跟大衛的會晤，生命彷彿整個被吸走似地，我無法再經歷那種狀況一次。

可是，令我驚訝，他不像他朋友或其他人那樣要我扛起罪責。他讀了我的信之後，曾經想要痛恨我，不只為了我的過去，也為了這對大衛帶來的影響，但他不由自主，改變不了對我的感覺。所以，他盡可能耐著性子等待，最後才決定來找我，並問我願不願意考慮以結婚為前提，讓他進入我的人生。他承認他沒料到會發現我大腹便便，但對他而言沒有差別。他想把寶寶當成自己的孩子拉拔長大。

不論對或錯，我都接受了他，因為我茫然寂寞又害怕，我知道他是個善良的人，寧死也不願意傷害我。我們後來真的結婚了，而且過得很快樂，沒人可以像他那樣對妻子這麼溫柔。

當我同意跟他共築人生時，只堅持一件事，就是關於我懷著的孩子。我已經安排好將寶寶給人領養，我告訴他，我不想要寶寶受到我恐怖過去的影響。起初他表示抗議，但我向他保證我已經下定決心，如果他無法接受，那麼他就不可能接受我。況且，我補充，在醫院的協助下，我找到一對膝下無子的夫婦，他們一直渴望在充滿愛的家裡養大寶寶，而且我向他們保證過，我不會反悔。

孩子在一九五三年的聖誕節以前不久出生。

是個小女孩。

「送她走以前，妳要替她取個名字嗎？」產婦問我，「養父養母說他們希望妳這麼做，作為他們對妳這份禮物的答謝。他們非常感激妳。」

我想了想。我沒料到會有這個機會，但欣然接受了。

「謝謝妳，」我告訴她。

「妳可以跟哈葛夫夫婦說，他們的女兒叫海蒂。」

15

很難知道誰更詫異：是艾力克斯．達西－威特先生（收到來我公寓對酌的邀請），還是我（他接受了我的邀請）。

我在寫字桌裡找到一張豪華的押花卡片，拿來寫了份邀請函，用的是一支銀製墨水筆。鋼筆因為太久沒用而堵塞，我不得不以熱水沖洗筆尖。我已經好多年沒寫這樣正式的東西，將我帶回大家都還用這種形式溝通的時代。當今，我想像，只有女王會用這種方式寫信了吧。

我邀請他在星期二晚上七點過來，就是卡登和艾蓮諾結婚的前一晚，分針走到指定的時間時，一分不差響起敲門聲，他就站在外頭，襯衫領口鈕釦開著，捧著一束鮮花，就像昔日的追求者。

「你人真好。」我說，收下鮮花——是我鄙視的大理花——拿進了廚房，扔在水槽旁邊。晚點等這件骯髒事結束以後，我會丟進堆肥箱裡。

「不必太受寵若驚，那些花不是我自己買的，」他說著便往艾德格最愛的扶手椅坐下。我就知道他會選那個座位，因為它位居室內的主要位置，而他是想霸住權威位子的那種人。這也讓他背對著廚房，對我來說是幸運的。「我要助理跑腿的，妳喜歡大理花嗎？」

「我痛恨它們。」

「那樣更好。」

「不過，心意才重要。」我說著便帶著笑容回到客廳。「好了，想喝什麼？也許來杯威士忌？還是琴湯尼？」

「冰啤酒就很好了，如果妳有的話。」他和善地說。我點點頭。

「我確實有，」我說，「我喜歡防患未然。」

我走回廚房，開了兩瓶啤酒，各倒進玻璃杯裡，用銀托盤端出去。我們碰碰杯，我坐在他對面，彼此之間只隔了張矮桌。

「唔，這真是文明。」他說，久久喝了一口，在酒精進入血流時漾起笑容。他跟我一樣可能過了漫長的一天。依他的狀況，應該是忙著跟電影明星周旋；我則是為了籌備明天的事情而興奮。

「就因為我們不喜歡對方，不表示我們不能以禮相待，」我說，「說到底，我們是鄰居，不是嗎？我們可能還得相處好多年，如果你沒賣掉房子的話。」

「我不認為會有那麼多年，」他回答，「妳不可能還能再活那麼久吧？我是說，就年紀來說妳看起來是不錯，可是應該有一腳已經踏進墳墓了吧。」

我面帶笑容，小口啜著飲料。「你真是魅力無窮，艾力克斯，」我告訴他，「我現在明白麥德琳為什麼會對你傾心。」

他大大張開手臂，咧嘴笑著。「我是我父親的產物，」他說，「我想，妳也可以這麼說自己。這是咱倆的共同點。」

「可能吧，」我承認，「雖然我這輩子一直在假裝我跟他一點都不像，事實上，我沒辦法改變我是他女兒的事實，他罪行的同謀共犯。另一方面來說，你明明可以當個跟你父親截然不同的人。」

艾力克斯點點頭。「這個邀約、酒飲、客氣的閒聊，我確定一定事出有因，」他說，「妳要告訴我是什麼嗎？我不想停留超過必要的時間。」

「我想跟你談談罪惡感，」我說，傾身向前，「你之前問起過，記得嗎？」

「記得。」

「我後來想了很多關於罪惡感的事，是這樣的，我應該拿同樣問題來問你。問你有沒有任何罪惡感。」

「我們現在要坦誠相見嗎？」

「當然，」我說，「這裡只有你跟我。」

他想了片刻，舌頭在嘴側微微鼓起。最後他開口了。

「我也不是喜歡打他們任何一個，」他說，「妳千萬不要以為我可以從中得到樂趣。也許我天生就不適合當先生或爸爸。只是想到其他人可以接觸到麥德琳，我就無法忍受。比方說，在舞台上，或是在電影銀幕上，我只想把她留給我自己。」

「可是為什麼？」我問，「我們人並不屬於彼此。」

「那就是妳搞錯的地方，」他說，「我們可以這麼做，也應該這麼做，我的老婆屬於我。」

「被妳說得好像是一件不好的事，但妳難道不珍愛自己的所有物嗎？我就會。」

「像是所有物。」

我保持緘默，不確定該怎麼回應。

「我從一開始就把麥德琳當成寶物，」他說下去，「指示她想要的我全部都給她。」

「除了發聲機會。」

「可是，是這樣的，我對她的意見沒有興趣，」他說，看著我彷彿這是世界上再自然也不過的事。「事實是，她沒那麼聰明。別誤會我，我可不是什麼食古不化的厭女者，我認識很多腦袋比我靈光的女人，我可以聽她們講一整天的話。可是麥德琳？不，她說的話沒什麼值得一聽的，可是看著她……」他微笑。「唔，妳見過她，應該懂我意思。我可以坐在她面前，一整天看著她，如果她靜靜別說話。」

「你把她形容得像是一幅畫，」我說，「或是雕像。」

「雕像，對，」他回答，點著腦袋。「是，謝謝，確實。可是話雖如此，」他說下去，「她近年來變得那麼委靡，讓我覺得自己受騙了。有時候我納悶，跟她離婚是不是比較輕鬆，可是要是她在沒有我的狀況下又找回原本的光彩，我可能會滿肚子憤恨。那種事我可無法忍受，所以我只好繼續留在她身邊，她也只能繼續留在我身邊。」

「亨利呢？」我問。

「亨利會長成堅強的人，」他說，「總有一天，他會明白我為什麼這樣對他，我是想把他變成男子漢。」

「我想我們對那個字眼的定義看法非常不同。」

「也許吧。」

「他是那麼溫和的小男孩。」

「可是那就是我想從他身上根除的東西，妳不懂嗎？那種溫和。我無法忍受看到他現在那副樣子，丟臉死了。我看過妳兒子來探望妳。過重、不健康，毫無風格可言，他成了這副模樣，妳不覺得沒面子嗎？」

「我是個差勁的母親，」我承認，「我不配有他這個兒子。他可能有的任何缺陷都是我造成的。事實上，我很幸運他到最後發展得還不錯，這都要感謝我過世的丈夫。」

「被聖人化的艾德格。」他說。

「不是聖人，不，」我承認，「但是個非常好的男人，是我認識過最好的一個。」

「甚至比司令官還好嗎？」

「我們都知道我父親是個怪物，」我說，「雖然我花了很多年時間才接受這一點，但這是真的。如果他母親在他出生時就把他溺死，會比較好。」

「那麼妳就不會存在。」

「可以拯救幾百萬人，付出這樣的代價很小，你不覺得嗎？」

他聳聳肩。「沒有他，也會有別人，」他說，「猶太大屠殺的起點和終點不是妳父親，不要高估他的影響力。」

「但他在其中扮演很重的角色，而我走到了九十幾歲，不曾為他的罪行付出任何代價。」

「我想妳有事要跟我說，葛蕾朵？」他嘆了口氣之後終於問，「要不然也不會把我叫到樓上來。妳想說服我成為更好的男人，我說對了吧？也許妳要針對妳人生中見識過的惡行，還有我需要怎麼把我自己從那些事情分開來，來一場訓話。」

「完全不是，」我說，「我知道你永遠不會改變。只要你太太還在你身邊，你會繼續傷害她，可是最終，我敢說她會自殺成功。到時你就會公開表達哀悼，撐過足夠的時間之後，就會找到下一個不幸的姑娘，接受你的恐嚇脅迫。還有可憐的亨利，到時他會怎麼樣？我想是寄宿學校。像他那樣矮小敏感的男生不可能在那種環境茁壯生長吧？不是浮就是沉。而他會沉。我看得出來。我有個弟弟在他這年紀就死了，你知道嗎？」

「知道，」他說，「我看過照片，記得吧？」

「當然。」

「他發生什麼事了？」

「當時有另一個男孩，」我說，回想父親帶我進營區的那一天，「一個猶太男孩，跟他同年。我在營區遇見他。那裡的小孩好少，發現他時我很驚訝。可是當然有些留著活口，為了醫學實驗和之類的事。」

「妳說得彷彿這再自然也不過。」

「不，這一切沒有一絲自然的地方，」我告訴他，搖著頭。「我有一天在倉庫發現他，就是他們貯放所有條紋睡衣的地方。」

「什麼東西？」

我搖搖頭，忘了這是我和弟弟獨有的說法。「我是說，制服，」我告訴他，「囚犯穿的那種，你知道我的意思。」

「當然。」他說，現在明白了。

「男孩告訴我，他有個朋友天天會來圍籬探望他。我知道，依我弟弟那種充滿冒險精神的個性，總有一天會穿那種服裝進入營區。而我弟弟也真的這麼做了。後來，我們發現他自己的衣服堆在圍籬旁邊，我就明白發生了什麼事，雖然我永遠無法向父母承認，我在弟弟的死裡扮演什麼角色。我永遠忘不了那個男孩，他叫舒穆爾。這個名字很美，你不覺得嗎？像是風咻咻在吹。要是我當初告訴父母，一切可能會有所不同。我自責到現在已經長達八十年，良心背負著這樣的事情算是很漫長的時光。」

「你的良心是個人口過剩的土地。」他說。

「這樣說也沒錯，」我承認，面帶微笑站起來回到廚房，但說話音量大到讓他聽得見，「我度過了很漫長的人生，艾力克斯，懷著許多可怕的秘密。我對天知道有多少的死者有部分責任，而我確實覺得自己對弟弟的死有責任。這些事情，我該怎樣贖罪才好？」

我打開抽屜，取出開箱刀，是我在得知李察森先生的公寓上市販售那天買的。摸起來很銳利，我滑開扣鎖，長長的刀刃從金屬把手探出來，我緊緊攥在手裡。

「我一直沒辦法救任何人，」我揚聲說，「一次也沒有。也許要救你太太也太遲了，可是我真心想救那個小男孩。我打算救救亨利，那麼至少我能為自己的罪孽找到一點救贖。」

他不屑地哼了哼。我離開廚房，從後面接近他。他跟我說話的時候，連頭都懶得轉。

「這點子還不錯，葛蕾朵，」他說，「可是我想妳是自欺欺人。畢竟，這些事情我們都談過了。如果妳揭發我，我揭發妳。兩人同歸於盡，記得吧？我們不能一直拉拉扯扯個沒完吧。」

我現在站在他椅子後方。

「我人生中有幾個人離開我的時候，都講了同一個句子，」我說，「我原本以為不可能發生，但是到了現在，我覺得他們還滿有先見之明的。我只能為自己的罪孽做一件事，即使微不足道，就是讓他們願望成真。你知道他們都說什麼嗎？其實你自己也說過。」

「不知道，」他回答，「提醒我。」

「說我活該死在牢房裡。」我說。

尾聲

婚禮簡單但氣氛歡樂。卡登一襲西裝看來俐落有型，最近幾週甚至甩掉幾磅體重，確保自己穿得下。艾蓮諾一身素雅的奶白色洋裝，彩妝低調，上了淺粉紅的指甲油。雖然這是我參加兒子四場婚禮裡的第三場，但到目前為止是我最喜歡的一場，也許因為我後來對這新娘有滿滿的好感。

典禮在公證辦公室舉行，其他賓客只有艾蓮諾的父母和她一位表親，他向我自我介紹是馬可斯，在犬隻美容業工作。我不知道有這種行業，但他向我保證其實有而且蒸蒸日上，幾乎有一打車子在路上跑，提供預約到府服務：把狗放進廂型車裡清洗一番，修毛髮、剪指甲，加上全套美容。

「真了不起。」我說，納悶這是誰想出來的點子，想到要是有類似的服務能夠提供給人類，這些年來我可以省下多少時間跟精力。

儀式過後的晚餐辦在一家非常好的餐廳裡，馬可斯在那裡介紹我給另一個年輕人，說是他的伴侶，我明白他指的不是工作上的夥伴。我想起了凱特・索弗立和我們在雪梨共度的短暫時光。我並不常想到凱特，但我希望雪梨對她來說是個美好的家園，希望她原諒我不告而別。

尾聲——那些破碎的地方

「有什麼最新的？比太太？」艾蓮諾問，她來女廁補妝時碰到我。

「最新的什麼？」我問。

「八卦啊。」

我怔怔看著她，不確定她指的是什麼。

「樓下的男人啊，」她說，「打老婆的那個，警方那邊有消息嗎？」

「啊！」我說，「是，我接到那位警官的電話。」我絞盡腦汁，努力回想那男人的名字。

「柯爾，」艾蓮諾說，記憶力顯然比我好，「柯爾警官。」

「對，就是那個，」我同意，「他告訴我，他調查了整件事，跟達西－威特先生談過，一切都好好的。」

艾蓮諾皺眉。「他為什麼那麼說？」她問。

「誰曉得？」我問，「艾力克斯．達西－威特先生那樣的人很難成案，朋友有權有勢等等的。我在想，那個警官是不是認為我只是想討別人的關注。」

「我不覺得妳是要人關注的那種人，比太太，」她說，「恰恰相反，妳感覺很重隱私。」

她說的當然沒錯；說起我，很少有人能說得更精準。

「總之，我們都知道他永遠不會停手，」我說下去，「警方要等到一切太遲的時候才會介入，所以我決定親自結束他這種行為。」

「怎麼做？」

我內在有個部分想向她吐實，只是為了看看她的反應——**我用開箱刀割斷他的喉嚨，**我原本可以說，**然後拖著他的屍體到客房，就是我和艾德格以前共用的房間，我**

想再一兩天他就會開始發臭，到時我就得面對後果。可是我想先過完今天再說。妳也知道，卡登永遠不會原諒我缺席他最後一場婚禮。

但我只是說出：「**勸服**，」「妳會很驚訝，我對某件事充滿熱情時，會變得多有說服力。」

艾蓮諾似乎並不信服。「唔，我只希望她能想到辦法離開那個混帳，」她說，「要是她不離開，遲早會發生真正的悲劇。」

「我們今天就不要煩惱這件事，」我告訴她，「說到底，這可是妳的大喜之日，我們應該專注在正面的事情上。可是既然有這個獨處的機會，我想麻煩妳幫個小忙。」

「當然，什麼事？」

「唔，看也知道，我已經不年輕了，也許不會再活多久，我鄰居海蒂——妳見過了她吧？我想？」

她點點頭。

「要是我發生什麼事，能不能請妳幫我照看她？她狀況時好時壞，可是需要有人時不時過去探望一下。只是看看她過得如何。我覺得妳是我絕對可以請託這件事的人。」

「當然，」她說，「我向妳保證。」

「謝謝妳，親愛的，」我說，吻了她的臉頰。「現在來吧，別在這裡逗留了。這是妳的婚宴，妳應該在外頭，在餐廳裡跟賓客打交道。這是個幸福快樂的日子，沒有別的。」

我們回到了賓客之間。卡登謝謝我出席，我累了的時候，他叫了計程車送我回家。還不晚，才十點，但我再也沒有精力應付冗長的夜晚，期待在就寢前換上睡袍，泡杯茶看點電視。

當然要避開客房。

我登上樓梯回到我的公寓時，海蒂的公寓門打開了。奧布朗現身，表情微微尷尬，我對他短促點個頭。

「到什麼好地方去了嗎？」奧布朗問，注意到我盛裝打扮。

「我兒子的婚禮，」我告訴他，「他最後一場婚禮，我希望。唔，反正是我必須參加的最後一場。」

「我想我應該告訴你，」他說，「澳洲計畫喊停了。」

「噢天啊，」我說，「為什麼？」

「他們拒絕負擔我搬家的費用，老實說，我看不出為了享受南半球，我為什麼該耗掉將近兩萬英鎊。加上外婆拒絕賣掉公寓——」

「她說你考慮要強迫她加入反向房貸？」我說。

「不能說是強迫她，」他語氣尖銳說，「我只是覺得這個做法不錯而已。總之，我洽談的那家公司對於搬家費用有了變卦，我有點氣他們，彼此唇槍舌戰了一番。事後回想，也許我應該更深思熟慮的。」

「明白了，」我說，漾起笑容。「所以你會留在倫敦？」

「對，」他說，「反正這樣可能也比較好。我的皮膚一碰熱氣就會起恐怖的水泡。」

「很高興聽到這樣，」我告訴他，「不是高興你皮膚的狀況……唔，你懂我意思。你外婆也會很高興。」

他點點頭，繼續走下樓。

「奧布朗。」我對著他背影呼喚，他停步仰頭看著我。

「是？」

「三號公寓遲早都會是你的，你知道的。你只是需要多點耐心而已。等她走了，你可能會很訝異自己有多想念她。」

他看著我片刻，我忖度他是不是會吐出尖酸的話，但是沒有，他只是點點頭。

「我知道，」他說，「就希望她還會活好長一陣子。」

「確實。」我說著便從提包拿出鑰匙，走進公寓，隨手關上門。非常漂亮的男孩，我想，我的曾孫，可惜腦袋不怎麼靈光。

艾力克斯・達西－威特說過，他可以讓我變成全球最知名的女人，雖然他的死並沒有讓我惡名滿天下，但有一陣子我在英國確實成了最出名的人士之一。說到底，不是每天都有這樣的新聞：一個經濟無虞的老太太劃開成功電影製作人的喉嚨之後，睡個好覺，再去參加兒子的婚禮，然後又睡一晚好覺，才平靜地撥電話給緊急應變中心，承認自己的作為並接受拘提。

無可避免地，事後證明艾力克斯是個殘忍暴力的男人，有些人說我把他除掉是替世界做了件善事。但當然，我不是為了世界而做的。我是為了一個無辜的九歲男孩而做。為了救他。

報章雜誌說我看來是個人畜無害的慈祥老太太，並針對這點大做文章。他們猜測我精神失常，這令我氣惱極了。我的律師告訴我，應該順著這個說法走，但我拒絕了。

我覺得讓大家知道我很清楚自己在做什麼，是很重要的事。我策劃了整件事並完美執行——處決了他。九十年來如果我學到了什麼，就是持續否認真相是毫無意義的。

不過，法官根據情節從輕量刑，於是判我到地點對外公開的低安全級別女子監獄，基本上就像是我兒子希望我去住的退休村。卡登和艾蓮諾常來探望，看到她因為身孕肚子漸漸隆起，真令人歡喜。自然地，我沒辦法跟這孩子建立任何關係，但至少他或她在成長期間不會知道自己可怕的血脈。當然，我也把公寓的所有權轉讓給卡登。令我驚訝的是，他還沒放上市面出售，其實他提到想搬進去的事，這點讓我相當開心。

我最大的孩子海蒂偶爾會來探望我，由奧布朗陪同；對於身處監獄以及我最後會落到哪裡，奧布朗總是一臉驚奇。他定期會寄書籍和雜誌給我，其實他不是個壞孩子。我修改了遺囑，要留點東西給他。也許在恰當的時刻，可以幫助他搬到澳洲去（想當然耳，因為我是個任性的人，我規定他必須等外婆過世，才能拿到我的這筆遺產）。

「妳離開之後，冬市苑出了好多風波，」海蒂在上次來訪時告訴我，奧布朗讓我們獨處幾分鐘，「妳一定不敢相信！一號公寓的男人被謀殺了！」

「我知道，」我告訴她，「恐怕就是我做的。」

「不，不是妳，」她說，搖著頭，「是住我對面的那個女人。我不怪她就是了。那男人是個可惡的傢伙，對太太和孩子糟糕透頂。」

我不去追究，多解釋也沒意義，反正她也不會記得。

打從判刑以來，我沒見過麥德琳或亨利，也沒有他們的任何音訊。但倘若他們真的來訪，也很難想像他們會說什麼。我想她看起來會比長久以來的狀況都好，但亨利會因為失去父親而留下傷疤。他可能希望他父親死了，有如他告訴我的，但是當事情實際發生了的時候，我想像他會有模稜兩可的感受。我希望我並未在無意間讓他受到更深的傷害。這個顧慮壓得我心頭沉甸甸。

熄燈是我最愛的時刻，走廊會陷入靜寂，我躺在床上想著家人，告訴自己我所受的懲罰是我們共有的。有些晚上我祈求寬恕，但大多晚上我不去浪費時間。

不過我必須說抱歉。不是對艾力克斯的死——這點我毫不困擾——而是對其他一切。這字眼過度簡單，我知道，對任何人來說提供不了什麼慰藉，可是我是衷心這麼覺得。

真是抱歉。

然後在我睡著以前，我會做最後一件事。

獄方准許我從家裡帶幾樣小東西來妝點我的牢房。艾德格為我們十週年結婚紀念日買的地氈，每天早上我掙扎著要起床的時候，我可以光著腳踩在上頭。幾本我鍾愛的書，包括《金銀島》還有晚近的選擇《環遊世界八十天》，從一號公寓拿回來的，亨利離開以前留在了那裡。我重讀這些書，想像自己在遙遠的異地、身處未有機會走訪的城市，在那裡我可以過迥然不同的生活，使用更多的姓氏，享受妙不可言的歷險，同時背負著同樣的創傷。我讀它們的時候會想起亨利。

不過，最重要的是，我把那個蘇諾古董珠寶盒帶來，我收在衣櫥裡幾十年，打從一九四六年離開德國以來就不敢打開。裡面只放了一樣東西，就是庫特．科特勒多年前在天氣晴朗的日子裡，替我在我們家外頭拍攝的照片，就在另一地方。

我在牢房頭一晚將盒子打開來，把照片貼在床鋪旁邊的牆壁上。我看著照片中的自己，十二歲，如此天真無邪，渴望著站在鏡頭後方泰然自若的英俊男孩。可是令我詫異的是，我意識到我並非獨自一人。事實上，照片裡還有另外幾人，是我之前從未注意過的。

背景裡在柵門外，父親和母親正在專心談話，遠端的角落有個穿著條紋睡衣制服的男人，推著獨輪車，弓著身子害怕著，心知動作如果不夠快會惹上麻煩。

右上角有個小小的半圓形，是庫特的手指遮住了鏡頭。

但最令我驚訝的是看到填滿左側景框的人。他就坐在輪胎上連著繩子，懸吊在一棵樹的堅實枝椏上。他正晃到半空，雙手緊抓繩子，滿臉喜悅。

是我弟弟。八十年來，我一直不敢說出他的名字，害怕蓄積在那幾個音節裡的情緒，會令我難以招架，讓我想起我們參與其中的恐怖計畫，最後讓我情緒崩潰。

可是現在，我墜入夢鄉以前，他的名字是我唇間的最末幾個字。我殷殷祈禱，在黎明破曉前終將可以被帶離這個世間，祈禱我終將可以拔腿奔向他的懷抱，姊弟倆終於團聚。到那時我會告訴他，我有多麼抱歉。

我會告訴他們，我有多麼抱歉。

燈光熄滅，牢房全部墜入靜寂，我現在雙眼閉合，低聲喃念著：

那個男孩的名字，我對這男孩的愛勝過其他。

勝過庫特、勝過艾密爾，勝過大衛、勝過艾德格、勝過卡登。

我弟弟。

布魯諾。

—專文推薦—

凝視殘忍

作家　鄧九雲

七宗罪裡排序第一的是「傲慢」（pride）。如果把這個形容詞套在希特勒身上是毫無違和，但似乎有種隔靴搔癢的失準度。那麼試試「殘忍」（cruel）呢？我認為無論是中文還是英文，在語感上都更逼近那段大屠殺的歷史之殤。

有足夠勇氣的人們能承認自己驕傲、嫉妒、憤怒、懶惰、貪婪甚至是好色，但有多少人能說出自己是殘忍的？更或許，殘忍的複雜性其實是難以覺察。可是我深信，每一個人或多或少肯定都有殘忍的經驗，只是可能還沒機會為那些行為命名，就已埋藏在記憶深處罷了。

閱讀完《那些破碎的地方》，我開始翻攪記憶，為自己的殘忍命名。

第一個稱之為殘忍的記憶，是凝視殺雞。印象中早期傳統市場的雞肉攤，後面會關著一整籠探頭探腦的雞。小時候跟長輩去市場採買的記憶，全都是自己傻傻站在那，看著肉販如何把雞從籠子裡一把抓出來，在脖子上快速劃下一刀放血，然後丟進熱水裡涮燙擠下去毛——後面的畫面我就不記得了，連雞是何時斷氣的我都說不出來。不到五歲的我，綁著兩根稀疏的沖天炮，就那樣張著嘴巴看呆了。後來的我每次回想這段記憶，總是好奇為什麼面對如此血腥暴力的畫面我沒有別過頭去，反而眼睛像鎖住了一般。我甚至不記得有感到害怕或不舒服，嚴格來說那感覺中心回想起來是「空的」。

麻煩再重看一次我的敘述——每當我回想凝視殺雞，腦中出現的畫面是小小的「我」與被殺的「雞」。不單只有雞，我的身影也在那敘事中。我像是進入某種解離的第三隻眼，正在觀看專心凝視殘忍的自己。我凝視的存在，成了殘忍的共犯。

第二個稱之殘忍的記憶稍長許多，是得知曾熟識的人痛苦自殘。中學讀女校時被一位學妹親睞，她發生什麼事都想跟我分享，每天下課鐘聲一打，她就會衝到我班上的走廊叫我。當時才十歲出頭的我們，沒有人能明白那份渴望見到對方幾乎佔據一切的感覺究竟是什麼。我們當然都知道愛情的存在，但狹隘的社會與環境讓我們以為那只會／能存在於異性之間。

有一天，我實在受不了學妹每節下課的打擾，以及那些我想像出的流言蜚語。於是我非常嚴正地告訴她，請再也不要來找我。剩下共校的兩年裡，我都把她當透明人一般，卻沒有告訴任何人每次彼此擦身而過時，我的心臟都不知為何瘋狂地在跳。幾年後來得知她曾在那段時間數度自殘自己，無論去追究那是否單純因為我的拒絕，或是我需不需要為另一個人的行為負起責任，我都心知肚明經歷家庭破碎與身份探索的她，曾把我當成傾訴一切的對象。我接受她的依賴，卻又在毫無邏輯與警示之下截斷那傾靠。她會倒，是否也在我預料之中？我將那段記憶命名為殘忍，並拒絕用任何「不懂、無知」當成藉口為自己解套。

這兩份自白，能否能讓你意識到，殘忍其實離我們很近很近。在神話與童話裡，總是充滿了各種殘忍的劇情與懲罰。或許因為從口耳相傳的文化故事裡過於熟悉殘忍的各種面向，彷彿被神允許的殘忍是如此深重，於是我們很難毫不猶豫地將殘忍視為一種罪。更別說去辨認出那間接、旁觀的視角，並將之承認為一種共犯存在。

這也呼應了漢娜鄂蘭（Hannah Arendt）提出的「邪惡的平庸」—解釋一個普通人如何成為極權主義體系的演員，上演著殘酷的劇碼而樂此不彼。美國政治理論家朱迪絲．N．施克萊（Judith N. Shklar）在《平常的惡》（*Ordinary Vices*）裡提出，殘忍是有別於亞里士多德提出的「變態的獸性」。老練的人會告訴我們不要細談惡，因為論惡最終都會走入「厭世」的絕境。一旦厭世，抽離就是對社會的一種毀滅——產生消除厭惡之人，留下強壯沒美好的部分的慾望——最終成為一位政治暴君。

然而戲劇與歷史註定得凝視殘忍。古典悲劇踩在「肉體殘忍」，而喜劇則是仰賴「道德殘忍」。本書作者約翰波恩說了，「每個死於屠殺的人的故事都值得述說。」當然也包括那些活下來的，倖存者們，以及所謂的「共犯」。

《那些破碎的地方》是《穿條紋衣的男孩》的續篇。後者以這家族的弟弟為視角，前者是姊姊，在大戰八十年後的現在，以九十二歲的高齡回望過去。那些留著罪人血液的後代，是如何背負著另一種創傷活過來的？如果你像我一樣沒有讀過《穿條紋衣的男孩》的故事就開展這本書，那絕對會是加成享受的閱讀經驗。

或許「享受」這個用詞恐怕不恰當，因為這是充滿歷史硬殤的故事。他們必須不斷被說，直到其中那種複雜的人性與情緒真相能更精準地被逼近。我佩服作者顧慮到像我這樣首次的閱讀者，用高明的敘事手法，同時推進過去與現在，不但補齊了《穿條紋衣的男孩》裡的空白，也更深刻探索那些「一生無法消化的痛苦」。為了不讓自己爆雷，原諒我用如此私密的經驗自白切入。

最後我想提一下《那些破碎的地方》裡現在敘事線中，作者用家暴人物象徵暴君的原型。他的身份是一位電影製作人，而他的老婆是一位貌美卻不能再演戲的演員。作者這樣的設定讓人玩味。他提出另一個重要的悲劇元素，就是「階級」。製作人大於演員，男人大於女人。我非常關心作者試圖靠近的那個殘暴最後的「出口」為何？我們很難否認法國哲學家蒙田所說的：以殘忍的方式厭惡殘忍，是有效的方式。

關於這「出口」，我並沒有明確的答案。但我想分享曾經在進行「家族排列」的治療活動時，家排師說過一件事——家族裡若有嚴重精神疾病的家人，代表那家族裡，有人直接或間接殺過人。而因為我們距離第二次世界大戰還不到百年，要追溯到完全無關的機會幾乎是微乎其微，這也說明了集體意識的現象。用另一個角度來說，那是我們的共業。那些沒有辦法消化的苦痛就是「創傷」，世世代代存於我們的血脈之中。唯有透過不斷不斷地講述，每說出一個故事，那箝制業的枷鎖，終究能夠一點點鬆開吧。

國家圖書館出版品預行編目資料

那些破碎的地方/約翰・波恩（John Boyne）著; 謝靜雯 譯. -- 初版. -- 臺北市：皇冠, 2023.02 面； 公分. --（皇冠叢書；第5076種）（CHOICE；360）
譯自：All the Broken Places
ISBN 978-957-33-3989-2（平裝）

873.857 112000695

皇冠叢書第5076種

CHOICE 360

那些破碎的地方

All the Broken Places

作　者—約翰・波恩
譯　者—謝靜雯
發 行 人—平雲
出版發行—皇冠文化出版有限公司
台北市敦化北路120巷50號
電話◎02-27168888
郵撥帳號◎15261516號
皇冠出版社（香港）有限公司
香港銅鑼灣道180號百樂商業中心
19字樓1903室
電話◎2529-1778　傳真◎2527-0904
總 編 輯—許婷婷
責任編輯—黃馨毅
行銷企劃—許瑄文
美術設計—鄭婷之、李偉涵
著作完成日期—2022年
初版一刷日期—2023年02月

法律顧問—王惠光律師

讀者服務傳真專線◎02-27150507
電腦編號◎375360
ISBN◎978-957-33-3989-2
Printed in Taiwan
本書定價◎新台幣450元/港幣150元